ro
ro
ro

Hans Joachim Schädlich:

Werkausgabe in Einzelbänden

Versuchte Nähe Erzählungen

Tallhover Roman

Schott Roman

Mal hören, was noch kommt
Jetzt, wo alles zu spät is Zwei Erzählungen
Trivialroman

Anders Roman

Kokoschkins Reise Roman

Sire, ich eile. Voltaire bei Friedrich II. Eine Novelle

Gib ihm Sprache Vorbei Erzählungen

Der Sprachabschneider und andere Erzählungen

Aufsätze Reden Gespräche

Hans Joachim Schädlich

Mal hören, was noch kommt

Jetzt, wo alles zu spät is

Zwei Erzählungen

Trivialroman

Rowohlt Taschenbuch Verlag

Neuausgabe April 2015

Originalausgabe veröffentlicht im Rowohlt Verlag GmbH,
Reinbek bei Hamburg, März 1998

Umschlaggestaltung any.way, Walter Hellmann
Kalligraphie Frank Ortmann
Innentypographie Joachim Düster und Daniel Sauthoff
Satz Karmina PostScript (InDesign) bei
Pinkuin Satz und Datentechnik, Berlin
Druck und Bindung CPI books GmbH, Leck, Germany
ISBN 978 3 499 26875 5

Inhalt

Etwas hält mich ab,
dir etwas zu sein
Robert Walser

Mal hören, was noch kommt

Ich lieg im Bett und red mit Frauen. Ich sag: Ich. – Aber die Frauen, mit denen ich red, sagen: Das bist nicht du.

Ich lieg nicht in *meinem* Bett. Aber die Frauen sagen: Du in deinem Bett.

Neben dem Bett steht 'n Nachttisch. Irgendwo müssen meine Papiere liegen. Neben der Tür steht 'n Kleiderschrank. Irgendwo müssen meine Klamotten, meine Wäsche und meine Schuhe sein.

An der Wand hängt 'n Waschbecken. Neben dem Waschbecken hängen zwei Handtücher.

Meine Klamotten und meine Schuhe brauch ich gar nicht. Meine Wäsche? Pro Woche 'n Nachthemd.

Auf'm Nachttisch könnte 'ne Vase mit Blumen stehen. Aber wozu. Ich kann den Kopf nicht zur Seite drehen. Auf'm Nachttisch könnte 'n Glas Wasser stehen. Aber weshalb. Ich kann die Hände nicht bewegen.

Ich lieg auf'm Rücken und seh die Zimmerdecke. Meine Hände liegen flach auf'm Laken.

Die Zimmerdecke ist nicht uninteressant. Sie ist weiß und glatt.

Die Worte: gestern, heute, morgen: benutz ich, weil ich mich an sie erinner. 'ne Frau, mit der ich oft red, hat zu mir gesagt: Ein Wunder, daß du noch redest.

Ich hab zu mir gesagt: Das nennt die reden.

Die Frau ist nicht ehrlich. Sie muß ihr Ohr immer ganz nah an meinen Mund halten.

Bevor sie ihr Ohr fast auf meinen Mund legt, kann ich's kurz sehen. Das Ohr ist schön. Ich weiß nicht, was 'n schönes Ohr ist.

Seit ich mich nicht mehr rasier, wachsen Haare aus meinen Ohren raus. Früher hab ich die Haare nach'm Rasieren abgeschnitten. Ich weiß, daß meine Ohren noch häßlicher aussehen, wenn Haare aus ihnen rauswachsen.

Aus dem Ohr der Frau wachsen keine Haare raus.

Die Frau sagt viel zu mir. Ein Wunder, daß ich noch hör.

Die Frau sagt: Möchtest du Wasser? Möchtest du Suppe?

Die Frau sagt: Möchtest du pissen? Möchtest du kacken?

Meine Uhr ist die Zimmerdecke.

Früher hat die Frau zu mir gesagt: Ein Wunder, daß Sie noch reden. Möchten Sie Wasser trinken? Möchten Sie Suppe essen? Möchten Sie Wasser lassen? Möchten Sie sich entleeren?

Es stört mich nicht, daß sie das nicht mehr sagt. Sie schlägt die Bettdecke zurück, schiebt das Nachthemd hoch und hält 'ne Flasche vor meinen Schwanz. Oder sie schiebt 'n Topf unter meinen Arsch.

Es macht der Frau Mühe, mir halbwegs den Arsch abzuwischen. Aber was soll ich tun.

Als die Frau letztes Mal im Zimmer war, hat sie gesagt: Jemand hat Blumen für dich abgegeben. Ich hab sie gleich in den Mülleimer geschmissen.

Warum hast du sie nicht mit nach Hause genommen?

Weil es ein Grabgebinde war.

Wer hat sie gebracht.

'ne Frau.

Wenn die Frau noch mal kommt, dann schick sie zu mir. Ich will mit ihr reden.

Ich weiß nicht, wieviel Zeit vergangen ist, seit jemand Blumen für mich abgegeben hat. Aber jetzt ist eine da, die sagt: Diesmal hab ich keine Blumen mitgebracht.

Die Frage: Wie heißt du? – wär sinnlos. Ich erinner mich nicht an Namen. Das Gesicht der Frau kann ich nicht erkennen. Die Stimme erkenn ich auch nicht. Ich kann mir Mühe
geben, die Frau daran zu erkennen, was sie erzählt. Vielleicht hat sie's mir schon mal erzählt.

Sie sagt: Daß ich dich so daliegen sehen muß.

Daran erkenn ich sie nicht.

Sie sagt: Wenn ich daran denke, wie schön es mit uns war.

Daran erkenn ich sie auch nicht.

Ich sag: Warum küßt du mich nicht.

Die Frau sagt: Die haben dir doch alle Zähne gezogen.

Die Frau hat recht. Ich seh ein, daß die Erinnerung täuschen kann, wenn man keine Zähne mehr hat. Ich kann mir jetzt nicht mehr vorstellen, *wie* sie mich küssen könnte. Ihre Zunge käm in einen löchrigen Hautsack. Drumrum wachsen versuppte Barthaare. Außerdem atme ich Stinkluft aus. Mein Atem ist das einzige, was ich noch riech.

Die Frau, die mir den Arsch abwischt, hat irgendwann zu mir gesagt: Du stinkst, daß es Gott erbarmt.

Ich hab gesagt: Das ist meine flüssige Scheiße.

Nein: hat sie gesagt: Du stinkst an und für sich. Das ganze Zimmer stinkt nach dir.

Wie gesagt, ich riech das gar nicht.

Mein Gott, sogar als Zahnloser möcht ich manchmal irgendwas kauen. Ich hab das der Frau gesagt. Sie hat mir 'n rindenloses Stück Brot gebracht und hat's halb in meinen

Mund gesteckt. Ich hab nichts abgekriegt. Die Frau hat gelacht und hat das Brot selber gegessen.

Meine Fingernägel wachsen noch, meine Fußnägel wahrscheinlich auch. Ich weiß das, weil eine von den Frauen gesagt hat: Du hast so lange Fingernägel, daß es mich ekelt.

Ja, schöön. Aber keine von den Frauen schneidet mir die Fingernägel ab. Das wurmt mich. Manche Frauen müssen sich

doch in ihren Weichteilen an meine Finger erinnern. Aber es ist mir auch egal; ich benutz meine Finger nicht mehr, meine Füße auch nicht.

Irgendwann hatt ich Lust, 'ne Zigarette zu rauchen. Das ging besser als Brot essen. Die Frau hat 'ne Zigarette angesteckt und sie mir in den Mund geschoben. Ich hatte Probleme, die Zigarette in meinem Hautloch festzuhalten. Die Frau hat die Zigarette für mich gehalten, und ich hab 'n tiefen Zug genommen. Der erste Zug war der letzte. Ich mußte so husten, daß ich kotzen mußte. Ich hab meine Suppe ausgekotzt. Die Suppenkotze ist mir über 'n Hals gelaufen. Die Frau hat die Zigarette selber geraucht. Dann hat sie mir die Kotze abgewischt.

Ich weiß, daß Kotze sauer riecht. Aber ich hab nichts gerochen. Die Frau hat gesagt: Alles Miese hat auch sein Gutes.

Zuerst hab ich mich öfter gewundert, daß oft 'ne Fliege auf meiner Nase rumsteht. Ich hab die Fliege nicht gespürt. Spüren kann ich auf meiner Nase nichts. Ich hab die Fliege gesehen. Am besten seh ich sie, wenn ich ein Auge zumach. Allerdings seh ich sie dann nur von einer Seite. Wenn ich die Augen aber abwechselnd zumach und auf, seh ich die Fliege fast gleichzeitig von beiden Seiten. Sie tut meistens nichts. Irgendwas zu fressen findet sie auf meiner Nase nicht. Ich konnt mir zuerst nicht erklären, warum die Fliege so oft auf meiner Nase rumsteht. Inzwischen versteh ich das. Ich lieg die meiste Zeit mit offenem Mund da. Ich hab 'n vorstehenden Unterkiefer. Die Luft, die aus meinem Mund kommt, zieht an meiner Nasenspitze vorbei. Die Fliege genießt den Gestank aus meinem Mund. Ich hab der Fliege immer was zu bieten. Das macht mich ruhig. Die Fliege ist mir von allen Lebewesen das nächste. Sie erwartet nichts von mir außer bißchen Gestank, und sie ist treu.

Ich weiß nicht, wo sie ihre Verpflegung hernimmt. Manchmal fliegt sie weg. Vielleicht fliegt sie auf 'n Fußboden und findet was. Vielleicht fliegt sie in den Topf, den mir die Frau unter 'n Arsch schiebt, und findet was. Wenn ich das doch wüßte. Ich könnt mich an der Fliege mit dem guten Gefühl erfreuen, daß ich für sie sorg. Ich, in meiner miesen Lage, ein Ernährer.

Manchmal guckt die Fliege mich an. Ihre Augen sagen: Na, alter Junge? Alles o. k.? – Meine Augen sagen: Hallo, Mädchen, wie geht's? Wie hast du mich gefunden?

Manchmal, wenn ich vor mich hindös, schwebt mir die Möse *einer* Frau vor. Ich weiß nicht mehr, wie die Frau hieß. Ich wünsch ihr, daß sie noch lebt. Ihre Möse hätte das verdient. Eines weiß ich aber genau. Die Möse dieser Frau war das Feinste, was ich in meinem Leben gesehen und gefühlt hab. Wenn ich was gleich Feines jemals gesehen und gefühlt hätte, könnt ich's mit dieser Möse vergleichen. Anders gesagt, die Möse dieser Frau war einmalig fein.

Weil ich am Rücken manchmal 'n komisches Gefühl hab, hab ich gesagt: Was ist denn mit meinem Rücken los.

Die Frau, die mir Wasser bringt, hat meinen Oberkörper angehoben. Sie hat gesagt: Bist du aber federleicht. Na, mal sehen.

Sie hat sich meinen Rücken angesehen und gesagt: Sieh mal an. Dein Rücken ist durchgelegen. Das rohe Fleisch. Der ganze Rücken suppt.

Ich wußte über das komische Gefühl Bescheid, und die Frau hat mich zurückfallen lassen.

Letztens hab ich unruhig geschlafen. Mir ging die feinste Möse, die ich jemals gesehen und gefühlt hab, durch 'n Kopf. In dem Augenblick hat sich unterm Bett was bewegt. Ich hör das. Aber ich wollt mich nicht von der Möse abbringen lassen. Ich dachte an die Frau, die zu mir gesagt hatte: Du bist so groß, und meine Möse ist so klein. – So was vergißt man nicht so leicht. Oft hatte ich von Frauen das genaue Gegenteil gehört. Sogar die Frau, die mir bloß die Flasche vor den Schwanz hält, hat gesagt: Dein elender Stummel.

Als diese Frau wieder mal ihr Ohr ganz nah an meinen Mund gehalten hat, hab ich gesagt: Unterm Bett bewegt sich manchmal was. – Sie hat: Psst! – gemacht und geflüstert: Unter deinem Bett liegt nachts einer.

Ich bin gewarnt. Ich schlaf seitdem immer unruhig. Ich will mich nicht verraten. Wer weiß, was ich im Schlaf vor mich hin flüster. Ich flüster auch im Halbschlaf vor mich hin. Vielleicht hab ich: Möse – vor mich hin geflüstert. Ich bin froh, daß ich den Namen von der Frau mit der feinsten Möse vergessen hab. Ich will die Frau nie verraten.

Die Fliege ist meine Komplizin. Sie hat sprechende Augen. Bestimmt ist sie dem Mann unterm Bett schon begegnet. Aber im Dunkeln kann der Mann nicht sehen, was die Augen der Fliege sagen. Dieser Mann weiß nicht, daß die Fliege sich auf meiner Nase aufhält. Dieser Mann weiß nicht, daß ich aus'm Mund stink. Dieser Mann weiß nicht, daß ich die Augen abwechselnd auf- und zumach. Er weiß höchstens, daß die

Fliege vielleicht von mir lebt. Das soll er ruhig wissen. Dann weiß er, daß ich nicht allein bin. Ich und die Fliege, wir sind zwei. Aber er ist allein, jedenfalls unterm Bett.

Was will der Mann.

Wahrscheinlich bin ich 'ne Gefahr. Weil ich mit Frauen red. Weil ich jede Woche 'n frisches Nachthemd krieg. Weil meine Papiere griffbereit im Nachttischkasten liegen. Weil meine Klamotten, meine Wäsche und meine Schuhe in Reichweite verstaut sind. Weil ich mich nicht mehr rasier. Weil Haare aus meinen Ohren rauswachsen. Weil ich noch red. Weil ich noch hör. Weil ich nichts fühl, oder fast nichts. Weil ich Wasser trink. Weil ich Suppe trink. Weil ich pisse. Weil ich kacke. Weil ich die Zeit von der Zimmerdecke ables. Weil ich keine Blumen bekomm. Weil ich geküßt werden will. Weil ich stinke, an und für sich. Weil ich was kauen will. Weil meine Fingernägel noch wachsen und meine Fußnägel wahrscheinlich auch. Weil mir niemand die Fingernägel abschneidet. Weil ich was rauchen will. Weil ich huste. Weil ich kotze. Weil mein Rücken suppt.

Ob das Laken und die Matratze dichthalten? Wenn aber nicht. Bißchen Pisse und bißchen flüssige Scheiße gehen immer daneben, wenn ich pisse und flüssig scheiße. Und die Suppe aus dem rohen Fleisch von meinem Rücken. Der Mann unterm Bett muß Pisse, Scheiße und Blutsuppe schlucken.

Manchmal bin ich am Morgen frisch. Ich hab dann Lust, rasiert zu werden. Ich hab dann Lust, kalt gewaschen zu werden. Aber die Frau, die mir Suppe gibt, rasiert mich nicht und wäscht mich nicht. Sie hat gesagt: Das lohnt sich nicht mehr.

Wieso nicht?

Sie hat mir 'n Spiegel vors Gesicht gehalten und gesagt: Sieh doch selber. – Seitdem weiß ich, wie mein Mund aussieht und daß versuppte Barthaare drumrum wachsen.

Das Waschbecken und die zwei Handtücher sind überflüssig. Warum sind sie da?

Die Frau hat gesagt: Für den nächsten.

Manchmal öffnet die Frau das Fenster. Die frische warme oder kalte Luft verlängert vielleicht mein Leben. Aber die Frau sagt: Dein Gestank bringt mich noch um.

Neulich hab ich durchs offene Fenster Kinderstimmen gehört. Ich hab gesagt: Was sind das für Kinder.

Das sind die Kinder von dem Mann nebenan: hat die Frau gesagt.

Ich hab gesagt: Wann kommen meine Kinder.

Die Frau hat gesagt: Auch wenn du gestorben bist.

Ich hab gesagt: Wenn ich gestorben bin, will ich endlich rasiert und kalt gewaschen werden.

Die Frau hat gesagt: Wer macht denn das heutzutage noch.

Ich hab gesagt: So, wie ich ausseh, sollen meine Kinder mich nicht sehen.

Die Frau hat gesagt: Sag ihnen das selber.

Es ist ein Wunder, daß ich noch Bart- und Ohrhaare hab. Überall sonst, wo ich früher auch Haare hatte, hab ich keine mehr. Ich hab das gesehen, als ich noch stehen, gehen und sitzen konnt. Nicht auf'm Kopf und nicht in der Schwanzgegend hab ich Haare. Nicht auf der Brust und nicht an den Beinen. Nicht an den Armen, nicht in der Nase. Keine Achselhaare, keine Augenbrauen, keine Wimpern. Früher hätt ich solche Haarlosigkeit bedauert. Weil die Frau mit der feinsten Möse zu mir gesagt hat: Ich liebe dein Kopfhaar, ich liebe dein Schamhaar. Ich liebe dein Brusthaar, ich liebe dein Beinhaar. Ich liebe dein Armhaar, ich liebe dein Nasenhaar. Ich liebe dein Achselhaar, deine Augenbrauen, deine Wimpern.

Die Haarlosigkeit hat Vorteile. Ich muß mich nicht mehr

auf'm Kopf, am Schwanz, auf der Brust, an den Beinen, an den Armen, in der Nase und untern Achseln kratzen.

Die Frau mit der feinsten Möse hat nie gesagt: Ich liebe dein Barthaar, ich liebe dein Ohrhaar. Ich wünsch mir, daß auch die Barthaare und die Ohrhaare ausfallen.

Auch die Zahnlosigkeit hat 'n Vorteil. Ich brauch nach'm Essen nicht mehr in den Zähnen rumzustochern.

Ich war mit allen Haaren immer häßlich. Ohne die meisten Haare bin ich noch häßlicher.

Ich hab die Schönheit von Frauen geliebt. Ich fand an Frauen andre Dinge schön als andre Männer. Mir haben dicke Beine gefallen. Mir haben große Ohren gefallen. Mir haben vorstehende Bäuche gefallen. Leider hab ich nie 'ne Frau gekannt, die gleichzeitig dicke Beine, große Ohren und 'n vorstehenden Bauch hatte. Die Fliege auf meiner Nase kommt meinem Schönheitsideal nahe.

Einmal hab ich zu der Fliege gesagt: Du bist 'ne schöne Frau.

Die Fliege hat gesagt: Schade, daß wir uns so spät kennengelernt haben. Ich wäre gern durch dein Brusthaar spaziert.

Ich hab gesagt: Spazier doch in meinem Bart rum. Spazier doch in meinen Ohren rum.

Aber die Fliege hat bloß den Kopf geschüttelt. Bart- und Ohrhaare scheinen bei manchen Frauen unbeliebt zu sein.

Früher hab ich oft Musik gehört. Heutzutage fehlt mir dazu die Gelegenheit. Aber die Fliege ist paarmal an meinem linken Ohr vorbeigeflogen. Das war Musik in dem Ohr.

Wenn ich an Frauenhaare zurückdenk, dann denk ich an Beinhaare und an Mösenhaare. Die Beinhaare müssen licht, kurz und weich sein. Die Mösenhaare müssen weich, lang und dicht sein. Ich denk auch gern an Achselhaare. Sie müssen dicht, lang und weich sein. Mösenhaare und Achselhaare gehören in meinem Gehirn zusammen. Ich weiß nicht, was andre Männer dazu sagen.

Beine, Ohren, Bäuche und Haare. Was noch? Stimmen. Zuletzt hab ich schrille Stimmen geliebt, obwohl ich zuerst dunkle Stimmen geliebt hab. Die Erklärung ist einfach. Schrille Stimmen können liebevoll klingen, dunkle Stimmen liebelos.

Ich hätt lernen müssen, allein zu sein. Dazu ist es zu spät. Aber ich bin getröstet. Die Fliege hat zu mir gesagt: Ich bleib bis zuletzt bei dir. Ich bleib auch danach bei dir. Solange es geht.

Wenn ich gelernt hätt, allein zu sein, dann bekäm ich nicht so viel Frauenbesuch. In Wahrheit hab ich keine Lust, mich an die Vergangenheit zu erinnern. Ich will nicht dran denken, was ich falsch gemacht hab. Solche Gedanken stören meine Verdauung. Erinnerung an die Vergangenheit ist flüssige Scheiße. Das Leben in der Gegenwart wird dauernd versaut.

In meinem Leben gab's auch Schönes. Ich hab mir gern die Zähne geputzt. Geputzte Zähne fletschen war schön.

Ich weiß nicht, wann es war. Es ist 'ne Frau zu mir gekommen und hat gesagt: Es ist wie früher. Du tust nichts für mich. Wenn du wenigstens Geld hättest.

Geld? In meinem Nachttischkasten ist Geld. Nimm dir, was du brauchst. – Die Frau hat das Geld aus dem Nachttischkasten genommen. Die Frau hat gesagt: Ist das alles? Willst du mich verarschen?

Wenn ich die Fliege nicht hätt, würd ich Schluß machen.

Die Frau, die mich nicht rasiert, sagt: Man lebt nur einmal.

Ich muß an die Zukunft denken. Will ich begraben oder verbrannt werden.

Wer kriegt meine Klamotten, meine Wäsche, meine Schuhe.

Was sag ich der Fliege, zum Abschied.

Ob ich noch weinen kann?

Wann hab ich geweint?

Meine Mutter hat gesagt: Als du auf die Welt kamst.

Einmal hab ich wegen einer Frau geweint. Die Frau war meine Mutter. Ich hab geweint, weil sie geweint hat. Warum sie geweint hat, weiß ich nicht.

Es kommt mir normal vor, am Ende noch mal zu weinen, weil ich nach meinem Tod nicht mehr an die Zimmerdecke gucken kann.

Vorgestern oder gestern sind zwei Frauen gleichzeitig zu mir gekommen. Die eine hat gesagt: Hättest du nicht so fett gegessen. Hättest du nicht so stark geraucht. – Die andre hat gesagt: Hättest du Sport getrieben. – Die eine hat gesagt: Hättest du nicht so viele Weiber gehabt. – Die andre hat gesagt: Hättest du dir nicht das Gehirn aus der Birne gefickt.

Jede hat gut reden.

Aber ich hab gesagt: Wer hat denn gekocht. Ihr. Wer wollte denn gefickt werden. Ihr.

Das hätt ich nicht sagen sollen. Die eine hat zur andern gesagt: Was?

Die zwei sind bald wieder gegangen.

Ich hatte nach dem Besuch Lust, 'n Lied zu pfeifen. Aber mit meinen Lippen kann ich das nicht mehr. Ich möcht wissen, wie mein Mund aussieht, wenn ich lächel. Ich lächel immer, wenn niemand im Zimmer ist, der mir 'n Spiegel vors Gesicht halten könnt.

In der Nacht wollt ich wieder Musik hören. Die Fliege schlief irgendwo. Ich konnt nicht hoffen, daß sie an meinem

Ohr vorbeifliegt. Ich hab mir selber was gesummt. Hätte die Fliege mich gehört, wär sie vielleicht vorbeigekommen. Wir hätten im Duett gesummt.

Soll ich mir Vorwürfe machen, weil ich so war wie ich bin? Ich kann gar nicht an 'ne Frau denken, ohne an 'ne andre Frau zu denken.

Die eine hat geglaubt, daß ich sie liebe. Die andre hat auch

geglaubt, daß ich sie liebe. Ich hab beide geliebt. Es war nicht böse gemeint. Es war für beide gut. Für mich war es auch gut. Aber es war auch schwer. Ich mußte meine Zeit einteilen. Ich mußte mir Ausreden ausdenken. Ich mußte doppelt viel Blumen kaufen. Ich mußte doppelt oft duschen. Ich durfte die Namen nicht verwechseln. Damals hab ich gelernt, überhaupt keine Frauennamen mehr zu benutzen. Irgendwann verwechselt man die Namen doch. Ich hab mir mit Kosewörtern geholfen. Es genügen zwei, drei Stück. Mir fällt jetzt auf, daß nie 'ne Frau gewollt hat, daß ich sie mit ihrem Namen anred. Liebe macht taub.

Ich mach mir keine Vorwürfe. Ich war schon damals zufrieden, daß mich die eine manchmal mit'm andern Namen angeredet hat.

Liebesbriefe hab ich ohne Anrede geschrieben. Als Anrede hab ich die zwei, drei Kosewörter benutzt. Bei den Adressen muß man aber aufpassen. Einmal hab ich die Adressen verwechselt. Passiert ist nichts. Die Briefe kamen zurück. Empfänger unbekannt. Ich mußte zwei Briefumschläge neu adressieren. Das war alles. Vielleicht hab ich dabei die Briefe verwechselt. Aber in meinen Liebesbriefen gab's nie klare Orte oder Zeiten. Zum Beispiel statt: Gestern, das war schön mit dir, im Stadtwald – hab ich geschrieben: Das war schön mit dir.

Ich weiß nicht, wie die Frau heißt, die mich nicht wäscht. Ich schwör, daß ich mit dieser Frau nichts hatte. Ich hab sie erst kennengelernt, als ich in das Zimmer geschoben wurde. Sie stand neben der Tür und hat gesagt: Der nächste, bitte. – Wenn sie meine Bettdecke zurückschlägt und mein Nachthemd hochzieht, um mir die Flasche vor 'n Schwanz zu halten, rührt sich gar nichts.

Ich bin neugierig, was los wär, wenn sie nackt wär. Sie ist jünger als ich. Ob ich zu ihr sagen soll: Zieh dich doch mal aus.

Ich könnt wenigstens ihre Achselhaare sehen. Ich könnt wenigstens ihre Mösenhaare sehen. Ich könnt wenigstens ihre Beinhaare sehen. Falls sie Haare an den Beinen hat. Aber ich fürcht mich davor, daß sie sagt: Du kleines geiles Arschloch. Du kriegst doch sowieso keinen mehr hoch.

Wie alt ich bin, hab ich vergessen. Ich leb schon lange. Ich könnte 'ne Frau bitten, in meinen Papieren nachzusehen, wie lang ich schon leb. Aber diese Blöße will ich mir nicht geben. Hauptsache, ich leb.

Wenn ich gestorben bin, müssen sie nachsehen, wann ich geboren bin. Für den Totenschein. Vielleicht auch für 'ne Todesanzeige. Womöglich wundern sich manche, wie jung ich war. Ich könnte Bäume ausreißen.

Die Frau, die manchmal das Fenster aufmacht, ist jetzt im Zimmer. Ich sag: Bist du verheiratet?

Sie sagt: Mein Mann ist tot. Der hat zuviel geraucht. Danach hab ich den Hans geheiratet. Was den gekillt hat, weiß ich nicht. Der hat Blut gekotzt.

Schade, daß ich kein Telefon hab. Irgend 'ne Frau könnte mir den Hörer ans Ohr legen und 'ne Rufnummer wählen.

Ich hab nie an 'n Gott geglaubt. Wie denn. Ich hab so viel Scheiße gesehen. Ein Gott hätte die Scheiße weggemacht.

Aber neuerdings möcht ich mal mit ’ner Pfarrerin reden. ’ne Pfarrerin hatt ich nie. Ich kannte ’n Pfarrer. Der hat zu mir gesagt: Wenn Sie wollen, bringe ich Sie unter die Erde. Ich bin für die Güte meiner Beerdigungen bekannt.

An meinem offnen Grab soll ’n Blues vom Band gespielt werden. Der Lautsprecher soll auf meinem Sarg stehen. Särge sind gute Resonanzkörper. Vorausgesetzt, außer mir ist im Sarg nichts. Manche Bestattungsfirmen füllen die Särge mit Sägemehl auf, damit die Leichen nicht so tief liegen. Manche Bestattungsfirmen füllen die Särge mit Hausmüll oder alten Pornoheften auf. Sie sparen die Hausmüll- und Altpapierabfuhr. Aufgefüllte Särge klingen nicht. Ich verlange einen klingenden Sarg. Das ist mein letzter Wunsch.

Ich krieg kein Telefon.

Ich krieg auch keine Medikamente. Mit mir können sie’s machen. Aber vielleicht stimmt’s auch gar nicht, daß ich krank bin. Warum soll ich dann Medikamente kriegen. Medikamente sind gefährlich. Und teuer. Es gibt genug Kranke, die die Medikamente brauchen. Ich eß ordentlich. Ich trink ordentlich. Ich laß mir nicht noch mal sagen: Wenn du nicht ordentlich ißt, blasen wir dir die Suppe in den Arsch. – Ich hasse Klistiere.

Klistiere hat mir meine Mutter gemacht. Du bist verstopft, mein Kind! – Ich kam nie rechtzeitig zum Klosett. Die Scheißbrühe ist mir an den Beinen runtergelaufen. Ich hab ’ne Stinkespur gezogen. Die Arbeit hatte meine Mutter. Sie ist mit dem Wischlappen hinter mir hergerutscht.

Ich hab zu meinen Frauen gesagt: Macht den Kindern keine Klistiere! Das erniedrigt!

Wenn ich bloß wüßte, wo meine Kinder sind. Manchmal hat sich ’ne Mutter bei mir gemeldet. Die eine hat gesagt:

Du brauchst dich nicht um dein Kind zu kümmern. Aber du sollst wissen, daß du eins hast. – Die andre hat gesagt: Es wäre leichter für mich, wenn du dich um dein Kind kümmern würdest. Aber ich will nicht, daß es dich kennenlernt. Sonst wird es noch genauso ein Scheißtyp wie du. – Die dritte hat gesagt: Gott strafe dich, weil du nie gefragt hast, ob ich ein Kind von dir habe. – Vielleicht hatte sie gar keins.

Die meisten Männer, die ich kannte, wußten, wieviel Kinder sie haben. Frauen haben's leichter. Die kennen ihre Kinder. Oft wissen sie aber nicht, wieviel Kinder sie hätten haben können. Ich weiß das von meiner Mutter. Sie hat manchmal versucht, ihre Abtreibungen zu zählen. Jedesmal kam 'ne andre Zahl raus.

Alle Frauen, die ich geliebt hab, hab ich geliebt. Ich hab für sie getan, was ich konnte. Es hat nie gereicht. Das hat mir böse Worte eingebracht. Zum Beispiel: Du armseliger Pinscher. – Oder: Du Großmaul. – Oder: Du aufgeblasener Arsch. – Das hat mich an die Klistiere meiner Kindheit erinnert.

Alle Frauen, die ich geliebt hab, haben für mich getan, was sie konnten. Es hat immer gereicht.

Der erste Mensch in meinem Leben war die Mutter. Der letzte Mensch in meinem Leben ist die Fliege. Alles Gute kommt von Frauen.

Sogar der Arzt ist 'ne Ärztin. Sie hat mich untersucht, eh ich in diese Bude kam. Ihr Blick war mitleidig. Ihre Griffe waren weich. Zum Abschied hat sie mir die linke Schulter getätschelt. Ohne Vorwurf. Das letzte von ihr war 'n musikalisches Wort: Moribundus. – Ich hab nie 'ne Ärztin gehabt. Ich wünsch mir, daß sie meinen Totenschein schreibt. Als bekäm ich 'ne Postkarte.

Post krieg ich nie. Manche kennen doch meine Adresse.

Sie sagen sich wahrscheinlich: Der schreibt ja nicht zurück. – Schreiben verlangt schreiben.

Wenigstens will ich allen ’ne Todesnachricht zukommen lassen. Ich sag zu der Frau, die mir gesagt hat, daß nachts einer unterm Bett liegt: Nimm mein Adreßbuch aus’m Nachttisch und schick an jede Adresse ’ne Karte: Am Soundsovielten verschied – und meinen Namen.

Die Frau sagt: Wo soll ich die Karten herkriegen. Wer bezahlt das Porto. Wie heißt du überhaupt.

Ich sag: Geld spielt keine Rolle. Du verkaufst meine Klamotten, meine Wäsche und meine Schuhe. Mein Name steht in meinem Ausweis.

Die Frau sagt: Was hab denn ich davon.

Ich sag: Du hast ’n Herz. Achte drauf, wie ich sterb. Dementsprechend schreibst du: ... verschied sanft ..., oder: ... verschied nach schwerem Ringen ... – Aber schreib nicht, wann das Begräbnis stattfindet. Das möcht ich den Frauen nicht antun, daß sie an meinem Grab weinen müssen.

Die Frau sagt: Dir weint doch keine ’ne Träne nach.

Hinterher ist mir eingefallen, daß ich Trauergäste brauch, damit sie aus’m Lautsprecher auf meinem Sarg ’n Blues hören können.

Die Frau hat noch gesagt: Der Mann unterm Bett glaubt, daß ich ihm helf. Ich hab ihn dabei gelassen. Aber ich sag dir, was der wissen will: Ob du noch einen hochkriegst. Der hat Angst, daß du noch ’n Kind machst. Verbrecher zeugt Verbrecher: hat der gesagt.

Verbrecher.

Der will dazwischengehen, wenn du was machst.

Der liegt gar nicht so schief. Ich hätt Lust, noch ’n Kind zu machen. Aber wem.

Es kommen doch genug Frauen.

Die wollen doch nicht.

Am Tag ginge es. Wenn der Mann unterm Bett weg ist.

Meinst du, ich könnte?

Probieren geht über Studieren.

Wie wärs mit dir?

Ich denk drüber nach. Abtreiben kann ich's dann immer noch. Heute geht's nicht. Ich hab grad meine Tage. In zwei Wochen sag ich dir Bescheid.

Ich hab zu der Frau gesagt: Wenn ich tot bin, sollt ihr mir nicht die Kinnlade hochbinden. Wie sieht denn das aus.

Die Frau hat gesagt: Das muß sein. Sonst kommt dir die Scheiße aus'm Hals. Sowas stinkt unglaublich. Wir müssen dir auch das Arschloch zukleben.

Das könnt ihr machen: hab ich gesagt: Das sieht ja keine.

Naja: hat sie gesagt: Wart's ab.

Ich hab gesagt: Gib mir 'ne Spritze, ich will abkratzen.

Aber sie: Warum denn.

Weil ich unheilbar krank bin.

So schnell schießen die Preußen nicht. Hast du unerträgliche Schmerzen?

Nö.

Na also. Außerdem mußt du den Todeswunsch mehrfach äußern.

Das tu ich gern.

Aber sie: Sieh erst zu, daß du unerträgliche Schmerzen kriegst.

Irgendwann kam die Alte, bei der ich jahrelang gewohnt hab, als ich noch keine Wohnung hatte. Sie ist jetzt Mitte 90.

Sie hat gesagt: Na, junger Mann. Wie ist das Leben.

Ich hab gesagt: Ich weiß nicht. Ich hab schon lange nichts mehr von ihm gehört.

Sie sagt: Ich habe ein Kräuterbad genommen. Fühlen Sie mal.

Sie streckt mir ihren knochigen Arm entgegen.

Ich hab mit der linken Schulter gezuckt.

Sie sagt: Mein Mann war Brauereidirektor. Ich trinke jeden Tag Warmbier. Das hält jung.

Ich hab gesagt: Wenn's anders wär, wär's schlimmer. Was macht Ihre Tochter.

Die ist 70 und bettlägerig. Ein Glück, daß sie sich nicht mit Ihnen eingelassen hat. Sonst lägen Sie hier zu zweit.

Ich bin zufrieden. Mehr kann ich nicht verlangen.

Verlangen. Verlangen. Ich hab immer gewußt, daß aus Ihnen nichts wird. Raffen Sie sich endlich auf. Die Welt ist groß. Das Glück liegt auf der Straße.

Ich hab gesagt: Was macht Ihr Schwiegersohn.

Der! Der hat mich mit'm Schuh auf'n Kopf gehauen, daß mir's Blut aus'n Ohren gekommen ist. Weil ich beim Sonntagsbraten gekleckert hab. Ich dachte: Den überlebst du. – Kürzlich ist er tatsächlich gestorben, die Drecksau. Meine Tochter hat er auch geprügelt. Die hat den dafür noch geliebt. Oder sie hat bloß so getan.

Neuerdings weiß ich oft nicht, wo ich bin. Jetzt wieder. Wo bin ich eigentlich.

Die Frau, die dauernd nach mir sieht, sagt: Is was?

Ich sag: Warum kommst du dauernd rein.

Ich komm nicht dauernd. Ich komm jede Stunde. Weil ich nachsehen muß, ob du noch lebst. Wir haben wenig Platz. Wenn du tot bist, mußt du sofort raus hier. Da warten noch andre auf deine Matratze.

Ich hab dir doch gesagt, ich will 'ne Spritze.

Ihr Kerle erwartet immer alles von andern. Tu selber was.

Was glaubst du, wer hier alles sterben will. Mach dir klar, was für ein Luxusleben du führst. Läßt dir Zeit und blockierst tagelang die Bude. Im Hochsommer geht's schneller. Mir wird's allmählich langweilig. Immer dasselbe Gesicht. Deinen Arsch kenn ich langsam.

Die einzige Freude heute war meine Fliege. Sie sagt mir alles. Das ist Liebe. Sie hat gesagt: Im Nachbarzimmer der Typ hat mich angemacht. Er hat gesagt: Bleib doch bei mir. Ich hab eitrige Beulen unter der Achsel. Unter meiner Achsel kannst du dein Wochenbett einrichten. Da finden deine Kinder ein warmes Plätzchen und jede Menge Kindernahrung. – Ich hab gesagt: Neinnein. Ich lebe nicht allein. Ich brauche deinen Eiter nicht. Mein Partner hat einen offenen Rücken. Da ist es warm, und Essen gibt es genug. Ich bin kein besonderer Eiterfan. Ich hab's lieber, wenn meine Kinder frische Blutsuppe kriegen.

Meine Fliege. Ich hab zu ihr gesagt: Flieg auf meine Lippen. Ich will dich küssen.

Die Fliege ist das einzige Wesen auf der Welt, dem was an mir liegt. Ich weiß jetzt, was ich meiner Fliege zum Abschied sag: Hör mal. Ich schenk dir meine Augen. Ich träum davon, daß du mir in die Augen siehst, wenn ich gestorben bin. Du liest aus meinen Augen, wie es mir auf der Reise in die Hölle ergeht. Trink meine Augen aus, bevor du endgültig Abschied von mir nehmen mußt.

Die Fliege hat gesagt: Ich danke dir. Ich will alles tun, was du gesagt hast. Meinen Kindern werd ich erzählen, wie salzig süß deine Augen geschmeckt haben. Schade, daß du begraben oder verbrannt wirst. Anderswo werden die Toten auf Bäumen bestattet. Da dürfte ich bis an mein Ende bei dir bleiben. Ich könnte mich gemütlich in einer Augenhöhle einrichten. In der anderen Augenhöhle fänden meine Kinder eine Bleibe. Dein Totenschädel wäre ein schöner Spielplatz. Die Kinder könnten in deinem Kopf herumklettern. Von deinem Augenrand könnten sie ihre ersten Flugversuche starten.

Ja, schade: hab ich gesagt.

Zu der Frau, die mir mein luxuriöses Leben vorwirft, hab ich gesagt: Drück mir nicht die Augen zu. Ich hab sie der Fliege versprochen.

Die Frau hat gesagt: Das ist wieder mal typisch. Versprichst andern das Blaue vom Himmel. Ich drück dir die Augen nicht zu. Aber was ist, wenn du die Augen selber zumachst? Laß doch die Fliege frei. Vielleicht findet sie 'n andern, der länger lebt als du. Hier gibt's viele, die was zu bieten haben. Offenere Wunden. Ausfluß. Dickere Scheiße. Aber so seid ihr. Egoistisch bis zum Gehtnichtmehr. Meine Freundin hat auch so 'n alten Kacker. Der kann schon lange nicht mehr. Aber sie muß ihm treu sein. Sonst sperrt der Alte die Knete. Er sagt's aber anders: Das schuldest du mir. Ich hab immer für dich gesorgt. Die Leute spucken dich an, wenn du mich sitzen läßt. – Blahblah. Meine Freundin ist noch fit. Die will noch mal. Aber im Moment redet sie sich ein, daß sie nix braucht. Ihr Alter kann noch lange rumkrebsen. Danach ist es echt zu spät.

An irgend 'nem Tag sind plötzlich viele Frauen gekommen. Sie hatten alle schwarze Kleider an. Gesagt hat keine was. Bloß angesehen haben sie mich. Ich hab gesagt: Was geht denn jetzt ab.

Eine hat gesagt: Lebe wohl, alter Freund.

'ne andre hat gesagt: Möge es dir leicht werden.

'ne dritte hat gesagt: Ich vergesse dich nie.

Ich hab keine gekannt. Zwei haben geweint. Sie hatten Taschentücher vor der Nase.

Eine hat geflüstert: Auf dem sitzen schon die Fliegen.

Es war aber nur meine einzige Fliege da. Sie stand neben meinem linken Auge.

Ich hör sehr gut, was geflüstert wird. Ich hab gesagt: Blödsinn. Fliegen sitzen nicht. Fliegen stehen. – Ich hatte Angst, daß irgend 'ne Frau mit'm Taschentuch vor meinem Gesicht rumwedelt.

Die Frauen sind ziemlich lange dageblieben. Wie Krähen. Hocken und warten. Steif wie Bretter.

Auf einmal sind sie verschwunden. Brett für Brett.

Die Frau, die mir nicht die Augen zudrückt, hat gesagt: Der Mann unterm Bett hat sich beschwert. Er hat die Pisse, die Scheiße und die Blutsuppe satt. So kann ich nicht leben: hat er gesagt: Da muß was getan werden. – Was denn: hab ich gefragt. – Dafür bist du zuständig: hat er gesagt.

Ich hab zu der Frau gesagt: Was willst du tun.

Ich muß dir 'ne Windelhose anziehen. Wenn ich's nicht mach, dann denkt der, ich steck mit dir unter einer Decke.

Ich hab gesagt: Ein Mann in einer Windelhose!

Sie hat gesagt: So fängt's an, und so hört's auf. Das ist der Kreislauf des Lebens.

Naja. Mir ist es recht. Es ist sogar angenehmer. Ich hab in der Windelhose viel mehr Lust zum Pissen und Scheißen. Ich lieg wärmer, und ich lieg weicher. Ich lebe auf. Vielleicht komm ich bald wieder hoch.

Ich hab mir zuerst Sorgen um meine Fliege gemacht. Ich kann sie doch nicht mehr aus meinem Nachttopf ernähren. Ich hab zu ihr gesagt: Komm unter meinen Rücken. Der Rükken suppt weiter. Du findest schon ein Fleischloch. Ich bin so federleicht. Ich werd dir nicht zur Last.

Die Fliege hat gesagt: Sei nicht ängstlich. Ich bin doch

nicht wegen des Essens bei dir. Wir wollen von etwas anderem reden. Du mußt etwas für dich tun. Wenn wir zusammen leben, müssen wir auch zusammen etwas unternehmen. Laß uns einen Ausflug machen. Gehen wir die Wand hinauf. Oben an der Decke schauen wir hinunter auf die Welt. In der Deckenlampe ist es warm. Da machen wir ein Picknick.

Du hast gut reden: hab ich gesagt: Die Wand kann ich vielleicht schaffen. Aber an der Zimmerdecke hab ich keinen Halt.

Meine Fliege war traurig. Sie hat gesagt: Wie verschieden wir doch sind.

Ich war auch traurig. Ich hab gesagt: Ja wenn ich gesund wär. Aber wie wär's, wenn du 'n paar Freunde einlädst. Wir könnten uns 'n netten Nachmittag machen. Du wärst in Gesellschaft und kämst auf andre Gedanken.

Na gut: hat die Fliege gesagt: Aber gerecht ist es nicht.

Sie ist abgeschwirrt und kam mit drei Freundinnen zurück. Jede hatte 'n Gastgeschenk dabei. Die eine hat 'n Zuckerkrümel gebracht. Die zweite 'n Tabakkrümel. Die dritte 'n Krümelchen blutige Scheiße. Sie haben sich alle unter meine Nase gestellt. Meine Fliege hat gesagt: Bedient euch! – Sie selber hat den Anfang gemacht und den Rotz geschleckt, der aus meiner Nase läuft. Die andern haben's sich nicht zweimal sagen lassen und haben mitgeschleckert. Für mich war der Tabakkrümel. Ich hab mich gefühlt wie früher. Die eine Fliege hat den Zuckerkrümel zu dem Rotz getan. Die dritte den Scheißekrümel zu dem Zucker. Das hätten wir längst mal tun sollen!: hat die zweite gerufen: Das machen wir mal wieder.

Ich hatte meine Freude an den Gästen. Meine Fliege war stolz drauf, daß sie ihren Freudinnen was Gutes tun konnte mit mir.

Die eine Fliege hat gesagt: Jetzt kann ich es euch ja sagen.

Die zweite Fliege hat gesagt: Happy birthday to you.

Die dritte Fliege hat gesagt: Ich habe Sorgen.

Meine Fliege hat gesagt: Bleib doch bei uns. Hier hast du dein Auskommen, und ich freue mich über deine Gesellschaft.

Aber die dritte Fliege hat mit 'nem Seitenblick auf mich gesagt: Ich weiß nicht so recht. Ihr wollt doch sicher für euch bleiben.

Meine Fliege hat sofort gespürt, was los ist. Sie hat schnell gesagt: Na wie du willst. – So ist sie. Im entscheidenden Moment denkt sie nur an mich.

Das Schöne an den Partys von heute ist, daß ich hinterher nicht mehr abwaschen muß. Meine Fliege und ihre Freundinnen haben alles sauber abgeleckt.

In der Nacht war meine Fliege die ganze Zeit bei mir. Sie hat gesagt: Schön war's heute. Ich wußte gar nicht, daß du so gesellig sein kannst. – Dann hat sie sich in mein rechtes Nasenloch gekuschelt und ist eingeschlafen.

Am Morgen hab ich mich gefühlt wie 'ne Eintagsfliege am Abend. Ich hab zu meiner Fliege gesagt: Guten Morgen, mein Liebes.

Sie hat gesagt: Guten Morgen. Wie geht's dir.

Ich hab gesagt: Scheiße, ich bin krank.

Was hast du denn.

Ich hab Schnupfen. Sieh dich bloß vor. Wenn ich niesen muß, wirst du fortgeweht.

Sie ist aus'm Nasenloch gekrochen und hat sich auf meine Nasenspitze gestellt. Ich mußte aber nicht niesen.

Siehst du: hat sie gesagt: So krank bist du gar nicht.

Ich bin froh: hab ich gesagt: daß ich unbeweglich bin. Ich komm nicht mehr in Versuchung, nach andern zu schielen.

Würdest du das tun? Ich denke, du liebst nur mich.

Das ist es ja: hab ich gesagt: Obwohl ich nur dich liebe, würd ich nach andern schielen.

Du machst mich traurig: hat meine Fliege gesagt. Aber ich weiß schon – Männer sind geborene Verräter. Liebesverräter.

Nana: hab ich gesagt: Ich kenn Frauen, die ...

Na gut: hat meine Fliege gesagt: Vielleicht gleicht sich's aus aufs Ganze gesehen. Aber bestimmt würdest du 'n Doppelspiel treiben und rumlügen. In der Liebe sind Männer feige.

Nana: hab ich gesagt: Ich kenn Frauen ...

Na schön: hat meine Fliege gesagt: Also was ist.

Ich würd dir die Wahrheit sagen.

Der andern auch?

Der andern auch.

Die Wahrheit ist nie verkehrt: hat meine Fliege gesagt.

Von allen Frauen, die ich geliebt hab, hab ich ein bis zwei Frauen am meisten geliebt. Aber die beiden besuchen mich nicht. Vielleicht glauben sie, daß ich ihnen Grund gegeben hab. Deshalb fürcht ich mich vor ihrem Besuch. Womöglich sagen sie im Chor: Du bist ein Verbrecher.

Wenn ich an einen Gott glauben könnt, der an mich glaubt, könnt ich reinen Gewissens sagen: Herr Gott, Sie sind mein Zeuge! Ein Verbrecher bin ich nicht! – Aber vielleicht besuchen mich die meistgeliebten Frauen nicht, weil sie mir nicht zeigen wollen, wie leid ich ihnen tu. Wir könnten alle in Tränen ausbrechen. Ein endloses Geweine. Wie auf'm Bahnsteig, bis mein Zug endlich abfährt.

Meine Fliege hat gesagt: Sobald du tot bist, hört deine Traurigkeit auf.

Ja: hab ich gesagt: Aber bis dahin ...

Meine Fliege hat noch gesagt: Du sollst nicht immer: Meine Süße – zu mir sagen.

Sag ich das?

Ja. Aber ich bin nicht dein. Ich bin nur bei dir. Zuletzt glaubst du dir selber. Womöglich verschluckst du mich noch, wenn ich grade in deinem Mund spazieren geh.

Ehrlich gesagt – ich hab schon dran gedacht. Aber dann wärst du tot, und was hätt ich davon. Ich wüßte nicht, wann es Zeit wär, dich zu verschlucken.

Versprich mir, daß du das nie tust. Was soll ich davon halten, daß du mir deine Augen versprochen hast. War das alles Lüge?

Ich versprech dir, daß ich dich nicht verschluck.

Wir wollen von was anderm reden.

Ja. Ich weiß so wenig von dir. Wo bist du geboren.

In einem Kuhfladen. Meine Eltern hab ich nie kennengelernt. Meine Geschwister hab ich aus den Augen verloren. Ich hab mich ganz alleine durchgeschlagen.

Mit wem warst du vor mir zusammen?

Diese Frage liebe ich nicht. Ich hab dich auch nicht gefragt, mit wem du vor mir zusammen warst.

Entschuldige.

Ich hab geschwiegen. Meine Fliege – ich mein, die Fliege hat auf meiner Nase gestanden und mich freundlich und selbstbewußt angesehen. Ich hab mich in ihre großen schwarzen Augen vertieft. Ich hab gesagt: Heut ist mein farbenfroher Tag. Du bist ein lebendes Kunstwerk.

Du übertreibst: hat meine Fliege gesagt. Du könntest ein bißchen Farbe gebrauchen. Du siehst so angekalkt aus.

Ich sehn mich nach der Zeit zurück, wo ich auf Krücken gegangen bin. Da war ich jeden Tag spazieren. Da bin ich jeden Tag in die Kneipe. Ich konnt auf Krücken an der Theke stehen und mich auf den gepolsterten Achselstützen hängenlassen. Ich konnt meinen Schnaps runterkippen und meine Zigarette reinziehen. Niemand hat mich angepöbelt. Die hatten sogar Respekt vor mir: Der hängt auf Krücken und säuft! – Ich hatte auf den Krücken mehr Halt als die. Ich konnt zum Pissoir gehen. Ich konnt die Hose aufmachen und pissen. Bloß scheißen konnt ich nicht alleine. Runterlassen konnt ich die Hose nicht. Sicherheitshalber hab ich mich zu Hause ausgeschissen.

Meine Hose mußte mir die Frau runterlassen, die's damals bei mir ausgehalten hat. Hinhocken konnt ich mich alleine. Den Arsch abwischen konnt ich mir auch. Wieder hoch kam ich, weil ich starke Arme hatte und mich an zwei Wandgriffen auf die Beine gehievt hab. Meine Hose mußte mir die Frau übern Hintern ziehen. Es war mir nicht angenehm, daß sie dabei meinen Scheißgestank riechen mußte. Zuerst hat sie gesagt: Das macht mir nichts. – Später hat sie gesagt: Warum stinkt deine Scheiße so. – Zuletzt hat sie gesagt: Ich kann deine Scheiße nicht mehr riechen. – Das war der Anfang vom Ende dieser Liebe. Ich mußte selber sehen, wie ich die Hose wieder hochkrieg. Zuerst bin ich mit runtergelassener Hose vom Scheißhaus in die Wohnung getrippelt und hab zu der Frau gesagt: Zieh mir die Hose hoch. – Das hat sie gemacht. Zuletzt hat sie's auch in der Wohnung nicht mehr gemacht. Hab ich gewartet, bis der Briefträger kam oder 'n Kumpel aus der Kneipe. Für 'n Schnaps hat mir der Kumpel oder der Briefträger die Hose hochgezogen.

Abends hab ich mich gar nicht mehr ausgezogen, weil mich niemand ausgezogen hat. Damals hab ich oft gedacht: Das Leben ist nicht einfach.

Die Frau hat's ziemlich lange mit mir ausgehalten, weil ich noch ficken konnt. Ich hatte starke Arme und konnt mich abstützen. Meine Beine lagen tot zwischen ihren Schenkeln. Ich hab damals schon ziemlich lange gebraucht, eh ich abspritzen konnt. Aber umso besser. Für ihr Loch war das 'n Vorteil. Eh ich endlich soweit war, hatt ich sie schon zweimal weggemacht. Sowas bindet. Jedenfalls 'ne Zeitlang. Ich weiß nicht, wieso's irgendwann aus war mit ihr und mir. Ich glaub, es war aus, weil sie zu mir gesagt hatte: Dein Schwanz stinkt wie 'n fauler Fisch. – Kein Wunder. Ich konnt mich nicht mehr waschen. Und sie hat ihn auch nicht gewaschen.

Dann kam noch die Sache mit den Krücken. Ich war in der Kneipe umgefallen. Haben sie mich nach Hause geschafft und ins Bett. Am nächsten Tag hab ich die Krücken nicht gefunden. Ich sag: Wo sind meine Krücken. Ruf mal in der Kneipe an. – Aber sie: Die sind nicht in der Kneipe. Die hab ich heute verkauft. – Stimmt, ich hatte Schulden bei ihr. Am selben Tag ist die Frau abgehauen. Ich hab gedacht: Das Leben ist nicht nur einfach. – Ich hab die Frau nie wiedergesehen. Zwei Tage lag ich im Bett. Dann hab ich mich rausfallen lassen und bin zur Tür gekrochen. Als der Briefträger vorbeikam, hab ich gebrüllt. Der hat die Polizei geholt. Die haben die Tür aufgebrochen und mich ins Krankenhaus geschafft. Einer hat gesagt: Der macht nicht mehr lange. – Aber denkste. Ich bin noch hier.

Ich hab's mir überlegt. Ich mach kein Kind mehr. Die Frau, die mir Bescheid geben wollte, ist nicht die richtige. Und außerdem – wie soll ich das vor meiner Fliege rechtfertigen. Treue gegen Treue: sag ich.

Mit der Frau, die meine Krücken verkauft hat, gab's dauernd Meinungsverschiedenheiten. Wenn sie mir Geld gegeben hatte, hieß es, ich hätt Schulden bei ihr. Aber sie hatte nie Schulden bei mir, wenn ich ihr Geld gegeben hatte.

Meine Fliege war schon den zweiten Tag fort. Langsam hab ich mir Sorgen gemacht. Rufen wollt ich sie nicht. Das hätte der Mann unter meinem Bett gehört. Womöglich wär er auf falsche Gedanken gekommen: Aha, das Aas kratzt ab. – Als hätte die Fliege geahnt, daß ich unruhig war, kommt sie plötzlich angebrummt.

Hallo, hier bin ich wieder.

Wie ist es dir ergangen.

Och, gut eigentlich. Aber ich hab Sachen durchgemacht, das glaubst du nicht.

Was denn.

In der Küche hinterm Kühlschrank lag 'n schöner Krümel Käse. Den hatte ich unter die Scheuerleiste geschoben, für später. Gestern guck ich nach, da ist der Krümel weg. Wer nimmt hinterm Kühlschrank 'n Krümel Käse unter der Scheuerleiste weg. Ich hab die andern in der Küche gefragt, aber keine wollte es gewesen sein. Das gibt's doch nicht: hab ich gesagt. Ich wieder hinter den Kühlschrank. Weißt du, wer da rumgekrochen ist? 'ne Schabe! Diese Scheißschaben haben meinen Käse geklaut. Ich war vielleicht sauer. Ich wollte aus der Küche raus. Aber das Fenster war zu. Bin ich zum Schlüsselloch zurück, wo ich reingekommen bin. Vom Korridor in die Küche, das war gegangen. Aber von der Küche in den Korridor, das ging nicht. Ich denke: Wieso denn. – Ja, der Schlüssel steckte so blöde im Schloß, das war wie 'ne Einbahnstraße. Mußte ich ewig warten, bis jemand die Tür aufgemacht hat. Ich war total fertig. Im Korridor bin ich in die Lampe geflogen. Ich wollte mich aufwärmen. Da muß ich eingenickt sein. Auf einmal hockt doch so ein dämlicher Schmeißfliegenarsch neben mir und sagt: Schläfst du? – Ich sage: Das siehst du doch. – Und der: Wollen wir 'n Nümmerchen schieben? – Ich hab gesagt: Was bildest du dir ein. Einfach ’ne Frau anmachen. Hau ab, du fettiger Rüssel. – Diese Kerle sind vollkommen übergeschnappt. Für die ist man als Frau Freiwild.

Ich sag: Du redest und redest. Was ist eigentlich los.

Ach, weißt du, ’n paar Türen weiter liegt ’n Mann, der hat eine so schöne Haut. Die wollte ich unbedingt von nahem sehen. Wie soll ich es sagen. Die Haut dieses Mannes ist von klassischer Schönheit. Verstehst du? Es gibt ein überzeitliches Schönheitsideal. Die Haut dieses Mannes verkörpert das. Najaa. Ich hab mir die Haut angesehen. Aber nur im Gesicht! Das schwör ich dir. Ich glaub nicht, daß die Hautschönheit dieses Mannes mit seiner Jugendlichkeit zu tun hat. Stimmt schon, der Mann ist jung. Aber seine Haut wär auch schön, wenn er nicht jung wäre. Das behaupte ich. Ich gebe zu, mich hat auch seine Jugend interessiert. Die Schönheit *und* die Jugend. Ich bin schließlich auch jung. Und schön. Das hast du selber gesagt. Soll ich’s dir sagen oder wirst du davon traurig. Ich stand auf seiner Nase und dachte: Wir wären ein ideales Paar.

Ich sag: Was hat er gesagt.

Das ist es ja. Ich kann mit ihm nicht reden. Mit dir kann ich reden, über alles. Aber mit ihm nicht. Er hat kein Hirn. Ich hab mir gesagt: Das hat mit seiner Jugend zu tun. – So eine schöne Haut und so hirnlos. Ein wahrer Jammer. Er hat überhaupt nichts im Kopf. Sein Gehirn ist ausgelaufen. Motorradunfall.

Irgendwer hat zu mir gesagt: Kleinkinderscheiße ist der beste Kitt für Weibertreu. – Ich kann das nicht bestätigen. Alle Frauen, denen ich Kinder gemacht hab, haben mich beschissen, als die Kinder noch Kleinkinder waren. Gut, im

Wochenbett nicht. Schade, daß ich die Frauen nie gefragt hab, warum sie mich beschissen haben. Weil sie gedacht haben, daß ich sie bescheiß? Vielleicht. Oder weil sie *gehofft* haben, daß ich sie bescheiß? Das glaub ich eher weniger. Es ist wahr, ich hab sie beschissen. Aber ich dachte, solange die Kinder in die Windeln scheißen, werden mich die Kindsmütter nicht bescheißen. Irrtum. Ob sie mich auch dann beschissen hätten, wenn ich sie nicht beschissen hätt? Das krieg ich nicht mehr raus.

Ich hab gemerkt, daß mich die Kindsmütter beschissen haben. Aber ich hab mir nichts anmerken lassen. Ob sie gemerkt haben, daß ich sie beschissen hab, weiß ich nicht. Sie haben sich nichts anmerken lassen.

Vielleicht haben mich die Kindsmütter deshalb beschissen, weil ich sie in der Schwangerschaft beschissen hab. Die wollten irgendwann nicht mehr. Daß sie *mich* in der Schwangerschaft beschissen haben, glaub ich eigentlich nicht. Aber ich glaub was andres. Nach der Geburt waren sie doppelt geil. Jedenfalls 'ne Weile lang.

Mit den Schwangerschaften von meinen Frauen bin ich nie klargekommen. Die erste hab ich im zweiten Monat beschissen. Mein Pech war, daß die, mit der ich sie beschissen hab, auch gleich schwanger war. Die zweite hab ich im ersten Monat beschissen. Pech, daß die, mit der ich sie beschissen hab, wieder gleich schwanger war. Die erste hat ihr Kind im Januar gekriegt, die zweite im März, die dritte im April. Die erste war die, die zu mir gesagt hat: Du tust nichts für mich. – Die zweite war die, die zu mir gesagt hat: Hättest du nicht so viele Weiber gehabt. – Die dritte war die, die zu mir gesagt hat: Hättest du dir nicht das Gehirn aus der Birne gefickt.

Die dritte hatte nach mir ’n Mann, der ’ne seltne Art hatte. Der hat beim Frühstück mit’m Kaffee gegurgelt. Als ich das zum erstenmal gesehen hab, hab ich gedacht: Jetzt spuckt er den Kaffee auf’n Tisch. – Aber nein. Nach dem Gurgeln hat er den Kaffee runtergeschluckt. Das hat der nicht nur ein Mal gemacht, sondern jeden Tag bei jedem Schluck. Ich weiß das, weil ich noch bei dieser Frau gewohnt hab, als dieser Mann schon eingezogen war. Mir ist schnell schlecht geworden. Der Mann war ’n guter Vater für mein Kind.

Ich muß an diesen Mann denken, weil der Mann unter meinem Bett neuerdings jeden Morgen Gurgelgeräusche macht. Ich hab die Frau gefragt, mit der ich oft red. Sie hat gesagt: Der gurgelt die Blutsuppe raus, die von dir in sein Maul tropft.

Die zweite Frau hatte am Kopfende von unsrer Matratze ’n Foto von meinem Vorgänger an der Wand. Ich hab gesagt: Warum! – Sie hat gesagt: Wenn du stark bist, hältst du das aus. – Ich hab gesagt: Ich halt das aus, aber warum! – Sie hat gesagt: Wenn du das nicht aushältst, hol ich den da zurück. Dann ist das Foto gleich noch da. – Nach vier Wochen hat sie das Foto abgemacht und *mein* Foto an die Wand gepinnt. Ich hab noch bei der Frau gewohnt, als mein Nachfolger schon eingezogen war. Geschlafen hab ich in der Küche auf’m Sofa. Mein Foto blieb an der Wand. Mein Nachfolger fand das unpassend; er hat mein Foto abgemacht. Aber sie hat’s wieder angepinnt. Zu meinem Nachfolger hat sie gesagt: Wenn du das nicht aushältst, hol ich den aus der Küche zurück. – Mein Nachfolger hat das nicht ausgehalten. Aber mich hat sie nicht aus der Küche zurückgeholt. Ich weiß nicht, wer ’n guter Vater für mein Kind geworden ist.

Die erste Frau hat mich nach meinem besten Freund

gefragt. Wie er aussieht, wollte sie wissen. Ich hab ihn, so gut ich konnte, beschrieben. Sie hat gesagt: Also unscheinbar. Genau wie du. – Paar Tage später, im Bett, hat sie mich gefragt, ob ich schon mal Sport getrieben hätt. Laufen, oder radfahren. – Ich hab gesagt: Wieso das denn! – Sie hat gesagt: Deine Beine sehen so degeneriert aus. – Degeneriert?: sag ich: Bist du irre? Weißt du, was degeneriert ist? – Sie hat gesagt:

Naja. – Ich hab gesagt: Du meinst wohl untrainiert! – Sie hat gesagt: Naja. – Mein Nachfolger sah auch untrainiert aus. Ich hab noch bei der Frau gewohnt, als der schon eingezogen war. Der Mann war kein guter Vater für mein Kind.

Ich hab mich selten so wohl gefühlt wie jetzt. Die Frau, die zu mir gesagt hat: Du brauchst dich nicht um dein Kind zu kümmern –, hat ganz am Anfang zu mir gesagt: Du siehst so geleckt aus. Laß dir doch 'n Vollbart wachsen. – Also hab ich mir 'n Vollbart wachsen lassen. Der Frau hat das auch auf ihrer Haut gefallen. Später hat sie zu mir gesagt: Männer mit Vollbart sehen alle gleich aus. Ich kann dich nicht mehr von andern Vollbärten unterscheiden. – Ich hab sie nicht gefragt, ob das ihrer Haut auch so geht. Jedenfalls, ich hab den Vollbart abgemacht.

Dieselbe Frau hat zu mir gesagt: Bei dir weiß ich nie, woran ich bin. Heute bist du so, morgen so. Manchmal frag ich mich, wer du eigentlich bist. Wenn ich dir die Haut abgezogen hab, ist dadrunter die nächste Haut. Ich komm bei dir nie bis zum Kern. – Also hab ich mir Mühe gegeben, heute und morgen derselbe zu sein. Ich wußte zuletzt nicht mehr, wer ich bin.

Die Frau, die zu mir gesagt hat: Es wäre leichter für mich, wenn du dich um dein Kind kümmern würdest –, hat zu mir gesagt: Du bist so eckig. Für dich gibt's nur ja oder nein, alles oder nichts. Bei dir weiß ich im voraus, was kommt. Jeden Tag dasselbe. Hast du schon mal das Wort flexibel gehört? – Also war ich wieder wie ich bin – heute so und morgen anders.

Dieselbe Frau hat zu mir gesagt: Ist dir schon aufgefallen, wie du rumläufst? – Nö: sag ich. – Krumm: sagt sie: Du bist doch jung. Aber rumlaufen tust du wie 'n Daddergreis. Läßt du dich bloß hängen oder hast du 'ne Rückgratverkrümmung. – Also hab ich jeden Tag zehn Klimmzüge gemacht und mich extra gradegehalten. Aber das war's auch nicht. Die Frau hat gesagt: Sag mal, hast du 'n Lineal verschluckt? Du siehst aus wie 'n Buchhalter.

Die Frau, die zu mir gesagt hat: Gott strafe dich, weil du nie gefragt hast, ob ich ein Kind von dir habe –, hat schon am fünften Tag zu mir gesagt: Ich an deiner Stelle, ich würd nicht jeden Abend trinken. – Ich hab gesagt: Du bist nicht an meiner Stelle. An meiner Stelle bin nur ich. – Sie hat gesagt: Erstens riechst du nach Schnaps. Zweitens, wenn du angetrunken bist, benimmst du dich im Bett wie 'n Tier. Ich bin kein Fickautomat. Drittens, wenn du voll bist, kriegst du keinen hoch. – Also hab ich mit Trinken aufgehört.

Dieselbe Frau hat zu mir gesagt: Wenn du dich sehen könntest, würdest du weglaufen. – Ich sag: Wieso? – Sie sagt: Deine Hose. Zu weit, zu lang. Deine Jacke zu kurz, zu eng. – Ich hab gesagt: Willst du mir vorschreiben, was ich anzuziehen hab? – Sie sagt: Ja! – Also hab ich mir 'ne kürzere engere Hose und 'ne weitere längere Jacke besorgt.

Dieselbe Frau hat zu mir gesagt: Du machst alles, was ich will. Das ist zwar einerseits angenehm, aber andererseits hab ich in dir leider kein richtiges Gegenüber. – Also hab ich mich bockig gestellt. Ich kam manchmal sogar richtig in Wut. Von da an ging's nur noch abwärts. Zuletzt hab ich ihr eine geknallt, weil sie mir einen blasen wollt, aber ich wollt sie in den Arsch ficken, bloß – das wollte sie nicht. Sie hat gesagt: Jetzt hast du's kaputt gemacht, jetzt ist es aus. – Da hatte sie wieder recht.

Die Frau, die erst 'n Vollbart an mir wollt und dann keinen, hat zu mir gesagt: Ich kann's auf'n Tod nicht ausstehen, daß du dir 'n Hals nach andern Frauen verrenkst, wenn ich mit dir spazieren geh. Das demütigt mich. – Ich sag: Ich seh mir andre Männer an, die dich anglotzen, weil du ihnen schöne Augen machst, obwohl du mit mir spazieren gehst. – Sie sagt: Das bildest du dir ein. – Ich sag: Daß du mit mir spazieren gehst? – Sie sagt: Zelebrierst du jetzt 'ne pädagogische Einlage? – Also hab ich immer nach unten geguckt, so daß ich nicht weiß, ob sie andern Männern immer noch schöne Augen gemacht hat, wenn wir nebeneinander her gingen.

Die Frau, die zu mir gesagt hat: Du bist so eckig – hat zu mir gesagt: Daß du nie den Mund halten kannst, wenn ich was sag. Immer mußt du mitgackern. Ich begreif nicht, warum du dich laufend in meine Sachen reinhängst. – Also hab ich mich dumm gestellt und hab geschwiegen. Da hat sie gesagt: Ich glaub, du blickst rein gar nichts.

Jetzt, wo ich auf der Schlachtbank lieg, ist es endlich egal, ob ich 'n gutmütiges Schaf oder 'ne arrogante Sau bin. Jetzt fühl ich mich so wohl wie selten. Ich sehn mich auch nicht mehr nach der Zeit zurück, wo ich auf Krücken gegangen bin.

So wohl gefühlt wie jetzt hab ich mich nur bei den zwei Frauen, die ich am meisten geliebt hab. Ich kann die beiden nicht mehr richtig auseinanderhalten, sie verschwimmen allmählich zu einer. Egal wie ich aussah oder was ich gedacht oder gemacht hab, ich wußt immer, wer ich bin. Die eine – oder war es die andre – hat zu mir gesagt: Du bist du. – Die andre – oder war es die eine – hat zu mir gesagt: Mach, was du willst. – Die eine oder die andre hat zu mir gesagt: Du süßer Verbrecher. – Oder das haben beide gesagt. Es macht nichts, daß mein Gedächtnis im Eimer ist. Die eine war meine größte Liebe, und die andre war meine größte Liebe. Es gibt nur eine größte Liebe, und das waren beide. An mehr brauch ich mich nicht zu erinnern.

Von einer Frau, die rote Haare hatte, hab ich 'ne Menge über Treue gehört. Die Frau hatte Bücher gelesen und war schlauer als ich. Ich hab nie mitgekriegt, welche Sachen von ihr waren und was sie aus ihren Büchern wußte. Damals wollt ich treu sein. Eifersüchtig war ich auch. Ich hab zu ihr gesagt: Ich will, daß du mir treu bist. – Sie hat mich ausgelacht. Wo lebst du denn: hat sie gesagt: Ich und treu. Ich weiß gar nicht, wie man das schreibt. Deshalb gehen mir auch alle Männer auf den Wecker, die eifersüchtig sind. Wenn du mir treu sein willst, ist das deine Sache. Aber eifersüchtig, das halt ich nicht aus. Bist du mir nicht treu, ist das auch o. k. Ich jedenfalls bin nicht eifersüchtig. – Ich hab gesagt: Wie soll denn das mit uns gehen. – Sie hat gesagt: Das geht nicht. Mit abgelutschten Eifersüchteleien versaust du dir und mir die schönsten Tage.

Das hab ich gemacht. Lange ging das nicht. Aber mit dieser Frau hab ich noch oft geredet.

Wenn ich früher so gewesen wär wie ich jetzt bin, hätt's besser mit der Frau auf'm Dorf geklappt, die nach Kuh gerochen hat. Wie bin ich in das Dorf gekommen. Wie sah die Frau aus. An ihren Kuhgeruch hab ich mich schnell gewöhnt. Aber die Frau hatte hinterm Haus 'n Plumps-Klosett. Erstens, die Kacke ist 'n halben Meter unterm Kackloch auf den Scheißeberg geklatscht. Zweitens, damals war Sommer, in dem Gestank in der Bretterbude bin ich halb erstickt. Drittens, nach'm Kacken hab ich immer den Scheißeberg gesehen, und der war weiß. Beim erstenmal hab ich gedacht: Wieso denn. – Ich hab mir die Nase zugehalten und genau hingeguckt. Das Weiß hat sich bewegt. Sah aus wie Milch, die anfängt zu kochen. Das waren Maden.

Die Frau hab ich in der Dorfkneipe kennengelernt. Sie sah aus, daß ich Lust hatte, ihr was ins Ohr zu flüstern: Ich tät dich gern ins Maul ficken. – Sie hat gesagt: Mach's doch. – Wir waren heiter und blau. So war meine Ankunft auf dem Land. Wie lange bin ich da eigentlich geblieben. Die Frau hat sich in alle Löcher ficken lassen. Aber leider nicht nur von mir. Das hab ich schnell spitzgekriegt. Trotzdem war ich nicht eifersüchtig. Aber sie war's. Ich weiß nicht, auf wen. Außer ihr kannte ich im Dorf keine. Am liebsten hab ich sie ins Vorderloch gefickt. Sie hatte 'ne selten fleischige Möse, und immer saftig. Auf sowas war ich damals scharf. Beim Ficken hat sie die großen runden Augen offen gehabt und das große runde Maul. Gestöhnt hat sie dumpf. Das hatte sie alles von ihren Kühen. Weggegangen bin ich, weil ich die Maden auf der Scheiße nicht mehr sehen konnte. Zuletzt war ich nach'm Kacken immer total verhühnert. Sie hat gesagt: Was hast du. Nimm deine fünf Sinne zusammen. – Aber es ging nicht mehr.

Die Frau hat mir gesagt, daß sie 'ne Vorliebe für braune Augen hat. Ich hab aber blaue Augen. Und?: hab ich gesagt. Das macht nichts: hat sie gesagt: Du machst ja die Augen zu beim Ficken.

Einmal kannte ich eine, die wollte selten. Ein Fick pro Woche, das war für die schon viel. Ich hab zu ihr gesagt: Du liebst mich nicht. – Aber sie hat gesagt: Liebe, das ist doch nicht bloß Ficken. Ich denk manchmal, du liebst *mich* nicht.

Du willst bloß mit mir ins Bett. Liebe, das ist für mich noch was andres. Mit dir spazierengehen. Oder ins Kino. Oder was kochen. Was ist denn, wenn ich krank bin. So wie jetzt. Ich hab 'ne Blasenentzündung von deinem ewigen Geficke. Ich kann heute wirklich nicht. Lieben tu ich dich trotzdem. Liebst du mich? Wahrscheinlich nicht. Weil ich 'ne Blasenentzündung hab. Du bist so primitiv. Ich frag mich, wieso ich dich liebe. Wenn Liebe für dich noch was andres wär als Ficken, dann würdest du mir jetzt 'ne heiße Wärmflasche machen. Und 'n Blasentee für mich kochen. – Mir blieb nichts andres übrig. Als sie endlich eingeschlafen war, bin ich raus. Ich kannte noch eine, die wollte immer, aber deshalb war sie mir auch langweilig. Diesmal war mir das egal. Als ich zurückkam, ist die Blasenentzündung wach geworden. Sie hat sofort Lunte gerochen. Du bist ein Dreckskerl!: hat sie gesagt: Ich kann krepieren, aber du haust ab und treibst es mit andern. – Mit einer andern: hab ich gesagt. Meinetwegen: hat sie gesagt: Das eine sag ich dir. Ich war mit dir zufrieden. Einen anderen wollt ich nicht. Ich war nie eifersüchtig. Ich dachte, du hältst zu mir, auch wenn ich nicht jeden Tag die Beine breit mache. Jetzt, wo ich seh, was für ein Lump du bist, müßt ich eifersüchtig sein. Aber jetzt bin ich's auch nicht. Du bist es gar nicht wert.

Das Schlimmste, was ich erlebt hab, war die Frau, die fast jeden Tag zu mir gesagt hat: Wenn du mich betrügst, dann bring ich mich um. – So was hab ich zu einer Frau nie gesagt. Ich hab mir gesagt: Wegen einer Frau häng ich mich doch nicht auf. – Ich hab Wort gehalten. Die Frau hat gesagt: Ich liebe nur dich. Und du sollst nur mich lieben. – Das hat mir gefallen. Ich kam mir aber immer vor wie 'n Verurteilter auf Bewährung. Wenn ich auf'n Bier in die Kneipe wollte, hat die

Frau gesagt: Wo willst du so spät noch hin. – Wenn ich aus der Kneipe kam, hat sie gesagt: Wo kommst du so spät her. – Aus der Kneipe: hab ich gesagt: Das weißt du doch. – Wer weiß, wen du getroffen hast: hat sie gesagt. Ich sag: Kumpels. – Wer weiß, wo du mit denen hingegangen bist: sagt sie. Nirgends: sag ich. Ach so: sagt sie: Deine Weiber waren auch alle in der Kneipe. – Quatsch doch nicht: sag ich. Sie sagt: Ich bring mich

um, wenn du mich betrügst.

Den einen Tag bringt sie meine Hose zur Reinigung. Sie kommt zurück und sagt: In deiner Hosentasche war dieses Taschentuch. – Na und?: sag ich. Sie sagt: Das ist ein Frauentaschentuch. Woher hast du das. – Ich sag: Von 'nem Kumpel. – Sie sagt: Wieso hat der ein Weibertaschentuch. – Von seiner Frau wahrscheinlich: sag ich. Gib's zu: sagt sie: Du hast es von seiner Frau. Du hast was mit der. Mit der Frau des eignen Freundes! Du hast mit ihr geschlafen. Im Auto wahrscheinlich. Hinterher hat sie dir ihr Taschentuch gegeben, damit du dir deinen Schwanz abwischen konntest. Was bist du für ein Mensch. Ich bring mich um. – Ich hab gesagt: Du redest einen Stuß, zum Weglaufen ist das. – Ja, lauf nur weg: hat sie gesagt: Das ist es doch, was du willst. Geh doch zu der Frau deines Freundes. Ihr könnt es ja zu dritt machen. – Vor Wut hab ich gesagt: Das wär 'ne Möglichkeit. – Sie ist aufgesprungen und ins Bad. Ich hinterher. Sie hatte sich schon eingeschlossen. Mach auf!: ruf ich. Sie macht nicht auf. Im Bad ist es still. Mir wird mulmig. Ich denk: Da liegen meine Rasierklingen. – Ich ruf: Mach auf! – Aber es rührt sich nichts. Ich werf mich gegen die Tür, daß das Schloß wegsplittert. Sie sitzt auf'm Klo und weint. Aber lautlos.

Ihre Mutter hat jeden Tag angerufen. Stundenlang haben die miteinander gequatscht. Die Mutter kam jeden Sonntag zum Kaffee. Ich saß dabei und hab meinen Kaffee getrunken. Eines schönen Sonntags rührt die Alte in ihrer Kaffeetasse, guckt mich an und sagt zu ihrer Tochter: Dieser Kerl ist ein Sexualverbrecher. – Was hätt ich sagen sollen. Ich bin einfach rausgegangen.

Paar Tage später sagt meine Hübsche: Ich fahr übers Wochenende weg. Mit meiner Mutter. – Ich dachte: Auch gut. Zwei Tage Ruhe. – Ich hab gesagt: Schön für dich. –

Aber als sie weg war, dacht ich: Wahrscheinlich fährt sie zu ihrem Verflossenen. – Den konnt ich nicht ausstehen. Ein echter Büro-Arsch. Der hat immer noch angerufen, als ich mindestens schon vier Wochen bei meiner Schönen gewohnt hab. Ruf bitte nicht mehr an: hat sie gesagt. Aber der konnte nicht davon ablassen. Der wollte ihr einreden, daß ich nicht der Richtige für sie wär.

Das könnt ihr haben: hab ich mir gesagt. Ich kannte immer noch die, die immer wollte. Ich hab sie angerufen, und sie kam. Leider ist meine hübsche Reisende 'n Tag eher zurückgekommen. Die Frau in meinem Bett war kaltblütiger als ich. Sie hört den Schlüssel im Schloß, springt auf und zieht sich ihr Kleid über. Eh ich Klamotten anhatte, stand meine schöne Rückkehrerin schon im Schlafzimmer. Sie Hure!: schreit sie die andre an: Verschwinden Sie aus meiner Wohnung! – Die andre wollte das Laken vom Bett ziehen, weil's blutig war, aber das hat nicht mehr geklappt. Du Hure und Diebin!: schreit die Meine und reißt der andern das Laken aus'n Händen. Die andre ist gegangen. Zu mir hat meine Selbstmörderin gesagt, oder hat sie geschrien: Du bist schuld, wenn ich Schluß mache! – Sie hat das Laken losgelassen und ist zum Fenster. So schnell, ich kam gar nicht hinterher. Das Fenster aufgerissen, und raus. Gottseidank war's parterre.

Ich zum Fenster, da steht sie schon wieder auf'n Beinen. Sie rennt über die Straße und schreit: Hilfe! Hilfe! – Ich hab mir die Hose angezogen und bin aus'm Fenster. Mitten auf der Straße hab ich die Frau eingefangen. Barfuß, mit nacktem Oberkörper steh ich da und red auf die Frau ein: Komm nach Hause! – Sie schlägt um sich, wird plötzlich still und läßt sich ins Haus führen.

Die Frau, die 'ne frische Windelhose bringt, sagt: Du ißt kaum noch, du trinkst kaum noch, du redest nicht mehr – was ist los?

Ich sag: Ich rede nicht mehr? Ich red die ganze Zeit.

Was sagst du? Ich versteh kein Wort: sagt die Frau. Sie dreht sich um und sagt: Jetzt ist allmählich Schluß mit dem.

Ich träum von meiner Mutter. Sie ist schwanger und sagt: Ich will kein Kind. Ich treib's ab. – Aber sie weiß nicht wie. Deshalb werd ich geboren. Dein Vater ist tot: sagt meine Mutter: Ich überleg, was ich anfange, wenn du tot bist. – Sie kramt Fotografien raus. Das ist dein Onkel: sagt sie: Und das ist dein Großvater. Neben deinem Großvater der, wer is'n das. Der kommt mir auch bekannt vor. – Ich sag: Das ist mein Vater. – Sie findet 'n kleines Foto von mir. Ich sag: Das bin ich. – Das bist doch nicht du: sagt sie. Sie findet 'n großes Foto von mir und sagt: Hier siehst du meinem Sohn ähnlich. – Ich sag: Schön, daß ich dich wiederseh. – Warum bist du gekommen: sagt sie: Hab ich Geburtstag? – Nein: sag ich. Sie sagt: Bist du mein Sohn oder bist du sein Bruder. – Egal: sag ich. Sie sagt: An alles hätte ich gedacht, nur nicht an dich. – Es ist Hochsommer, aber meine Mutter friert. Sie sagt: Die scheinen am Heizen zu sparen. – Meine Mutter wird so klein, daß sie in meine Hand paßt. Ach: denk ich: Jetzt ist sie doch noch vor mir gestorben. – Ich heiz den Ofen an und tu sie hinein.

Die Frau, die meine Windelhose gewechselt hat, sagt: Der scheint irgend was zu brabbeln.

Meine Fliege ist da! Sie sagt: Ich hab in der Küche auf'm Fensterbrett geschlafen, da haben die mich eingefangen. Ich bin erst wach geworden, als ich in der Hand von so einer Drecksau war. Die Hand hat nach Seife gestunken. Der hat mich am Flügel gepackt und in ein Glas gesteckt. Deckel drauf, und aus. Ich hab alles gesehen, aber ich konnte nichts machen. Ich dachte, ich werd verrückt. Ich weiß nicht, wie lange ich festsaß. Zwei Tage oder drei. Als der Seifenstinker Brotkrümel ins Glas tun wollte, bin ich raus und weg. Ich muß höllisch aufpassen. Ein zweites Mal dürfen die mich nicht kriegen. Die machen mich tot. Ich kann nur noch nachts zu dir kommen. Tagsüber muß ich mich verstecken.

Wir dürfen nur noch flüstern: hab ich gesagt.

Als die Zimmerdecke heller wurde, hat meine Fliege geflüstert: Ich muß jetzt fort.

Paß auf dich auf: hab ich geflüstert.

Die Frau, die mich nicht mehr hört, ist gekommen. Sie sagt: Die haben sich erkundigt, ob du noch ißt und trinkst. Ich hab gesagt: Kaum. – Wenn das so ist: haben die gesagt: dann fällt es nicht auf. Der kriegt ab heute gar nichts mehr. Dann hört auch sein Gepisse und Gescheiße auf. Aber die Windelhose bleibt dran. Irgend was läuft immer aus dem raus, und wenn es seine Gedärme persönlich sind. –

Ich hab gesagt: Und du?

Was?: hat die Frau gesagt.

Ich hab nichts mehr gesagt. Die Frau hat gesagt: Aber eines versprech ich dir. Wasser kriegst du von mir noch. Das nehm ich auf meine Kappe. Ich stell dir Blumen auf'n Nachttisch. Du kriegst das Wasser aus der Blumenvase.

Das geht jetzt schon 'ne Weile so. Die Frau holt 'n Pappbecher aus ihrer Kitteltasche und tränkt mich mit Blumenwasser.

Ich weiß nicht, was das für Blumen in der Vase sind. Das Blumenwasser schmeckt nicht schlecht.

Die Frau sagt: Komm, meine Hungerblume – und gießt mir was in den Hals. Manchmal denk ich: Das schmeckt nach Rosen. – Manchmal denk ich: Das schmeckt nach Nelken. – Manchmal denk ich: Das beruht auf Gegenseitigkeit. Was die Blumen mir jetzt abgeben, das kriegen sie zurück, wenn sie auf meinem Grab wachsen.

Seit ich nichts mehr zu essen krieg, schlaf ich mehr. Vielleicht ist das 'n Winterschlaf. Mir hat mal eine gesagt: Ohne Essen hält das ein Mensch 50 Tage lang aus. Du mußt aber gut ernährt und ganz gesund sein. – Ein Mensch bin ich, aber gut ernährt bin ich nicht. Andrerseits lieg ich vollkommen still. Das spart Energie.

Ich hab zu meiner Fliege gesagt: Das Hungern hat sein Gutes. Ich hab das Gefühl, ich hätt Champagner getrunken. Ich lieg gar nicht mehr auf der Matratze.

Wo liegst du denn: sagt meine Fliege.

Ich schwebe: sag ich: Ich fliege. Wir fliegen zusammen weg.

Toll!: sagt sie: Wir fliegen aufs Land. Ich hab Lust, meine Heimat wiederzusehen. Wir suchen uns 'n frischen Kuhfladen und machen's uns gemütlich.

Ach, mein Herzchen: hab ich gesagt: Du machst mir Hoffnung. Das Ende ist gar nicht das Ende. Es kommt noch was. Irgendwie hab ich das immer gewußt. Es kann mir egal sein, wie lang ich's ohne Essen aushalt. Je eher das Menschenleben aus ist, desto früher fängt das Fliegenleben an. Ich hab dich oft darum beneidet, daß du an der Zimmerdecke langspazieren kannst.

Ja: hat die Fliege gesagt: Wir sind nicht mehr verschieden. Sieh zu, daß du Schluß machst. Ich warte auf dich.

Ich hab nie gewußt, was Glück ist. Ich bin glücklich, und wenn ich mich frag: Wieso denn, Alter? –, dann sag ich mir: Weil ich 'ne Fliege sein will und wie 'ne Fliege bin. Ich bin, was ich sein will. Ich bin mit mir eins.

Ich hab immer falsch gelebt. Ich hab mich danach gerichtet, was die andern wollten. Schon meine Mutter hat zu mir gesagt: Schmatz nicht! – Aber wenn ich geschmatzt hab, konnt ich besser schmecken, wie das Essen schmeckt. Schon meine Mutter hat gesagt: Red nicht! – Aber wenn ich geredet hab, konnt ich besser denken. Meine Mutter hat gesagt: Onanier nicht! – Aber wenn ich onaniert hatte, konnt ich besser schlafen.

Eine von den Frauen, die ich gekannt hab, konnte nicht neben mir schlafen, weil ich im Schlaf mit den Zähnen geknirscht hab. Sie hat mir ihre Hand aufs Gesicht gehauen. Ihr Fingerring hat meine Zähne getroffen.

Ich hätt wissen müssen, warum ich mit den Zähnen geknirscht hab. Weil ich nicht schmatzen, nicht reden und nicht onanieren durfte. Irgend was muß man dürfen.

Die Fliege hat mich gefragt, ob ich drüber nachgedacht hab, was schön ist. Ich hab gesagt: Du bist schön. – Ach: hat sie gesagt: Sei doch ernst. – Also schön: hab ich gesagt: Mal ist das eine schön und mal das andre. Was schön ist, ist nicht immer schön. – Meine Fliege hat gesagt: Manchmal denke ich, mit dir kann man sich gar nicht unterhalten.

Ich hab gesagt: Mir hat einer aufgelauert, weil ich seine Frau gefickt hab. Ich geh ahnungslos um die Ecke, und der haut mir einen über die Rübe. Das war unschön. – Hör auf!: sagt meine Fliege.

Schnarche ich?: hab ich gesagt.

Nein: sagt meine Fliege.

Manche Frauen schnarchen: hab ich gesagt: Ich kann da nicht schlafen.

Na schön: sagt meine Fliege.

Manche Frauen riechen am Morgen aus dem Mund: hab ich gesagt.

Na und: sagt meine Fliege: Ich mag das. Aber ich meine was andres. Wie etwas aussieht. Wie etwas klingt.

Nein: sag ich: Darüber hab ich nie nachgedacht.

Meine Fliege sieht mich unzufrieden an. Sie sagt: Warst du verheiratet?

Geheiratet hab ich nie: hab ich gesagt. Meine Mutter hat zu mir gesagt: Willst du freiwillig unters Joch? – Ich hab gesagt: Unters Joch kommen doch die Frauen. – Das sieht nur so aus: hat meine Mutter gesagt: Dein Vater hat das zuerst auch gedacht. Heirate nie! – Meine Mutter hat mir viele Ratschläge gegeben. Das war der einzige, den ich immer befolgt hab.

Du hast nie geheiratet: sagt die Fliege: Also kannst du gar nicht wissen, warum du nie geheiratet hast.

Mein scharfsinniges Flügelchen: sag ich.

Meinst du wirklich?: sagt die Fliege.

Ich sag dir: sag ich: Ich weiß nicht, welche Frau zu mir gesagt hat: Du bist ein typischer Manns-Idiot. Du hantierst mit mir herum, als wär ich dein Putzlappen. Ich bin kein Putzlappen, und ich gehöre nicht dir. Dich würd ich nie heiraten. Du müßtest erst kapieren, was ich bin. Ich will Kinder. Ich möchte einen Mann, der für mich da ist. Mein Mann muß kochen können, Wäsche waschen, Säuglinge füttern. Mein Mann muß da sein, wenn ich nicht da bin. Mein Mann muß *mein* Mann sein.

Meine Mutter hat zu mir gesagt: Du kannst dich dran gewöhnen. Du mußt die Frau nur lieben. Dann sehnst du dich sogar danach, ein Waschlappen zu sein.

Meine Fliege sagt: Ist das nicht langweilig?

Ich sag: Meine Mutter hat gesagt: Zumindest ist es beruhigend.

Und die Frau?: sagt meine Fliege.

Meine Mutter hat gesagt: Die langweilt sich. Sie geht zu ihrer Freundin und sagt: Mein Gott, dieser Mann hofft womöglich noch, daß ich ihm ein Kind mache. Der riecht nach Waschpulver und Grießbrei. Der stellt mir die Pantoffeln vor die Füße. Der fragt, ob er in der Küche 'ne Zigarette rauchen darf. Hab ich 'ne Kinderfrau geheiratet oder 'ne Wäscherin. – Und wenn du zu ihr sagst: sagt meine Mutter: du hast es doch so gewollt, mein Liebling! –, dann sagt die Frau: Ich wollte einen Mann.

Dann wirst du gleichgültig: hat meine Mutter gesagt: Die Frau sieht sich inzwischen nach 'nem andern um. Sie will ihren Kopf an seine breite Brust legen und daß er ihr die Tränen vom Gesicht küßt.

Und du?: sagt meine Fliege.

Ich?: sag ich: Meine Mutter hat gesagt: Jetzt haßt du diese Frau. Du rechnest ihr vor, was du alles für sie getan hast. Aber sie sagt: Ich habe dich nicht dazu gezwungen! Wenn du alles unfreiwillig getan hast, bist du sowieso nicht der Richtige für mich. Ich will einen Mann, der freiwillig für mich da ist.

Ich sag zu meiner Fliege: Ich möchte *dich* heiraten.

Kirchlich?: sagt meine Fliege.

Ach, weißt du: sag ich: Ich bin gottlos. Das weißt du doch.

Meine Fliege sagt: Ich träume von einer weißen Hochzeit.

Das wird nicht gehen: sag ich.

Dann lassen wir es lieber: sagt meine Fliege: Schließlich ist es sowieso Wurscht.

Einmal wollte ’ne Frau *mich* heiraten: sag ich: Es war die, die zu mir gesagt hat: Ich will nicht, daß dein Kind dich kennenlernt. Sonst wird es noch genauso ein Scheißtyp wie du. – Sie hat gesagt: Das kannst du meinen Eltern nicht antun, daß ich ein uneheliches Kind kriege. – Ich hab gesagt: Ich hab dich nicht darum gebeten, ein Kind zu kriegen. – Sie hat gesagt: Du bist kalt wie Hundeschnauze. Schließlich ist das Kind unterwegs. – Ich hab gesagt: Das Kind ist noch gar nicht da, und du denkst schon ans Heiraten. – Sie sagt: Das Kind braucht einen Vater. – Den hat es: hab ich gesagt. Sie sagt: Der Vater muß dasein, wenn es auf die Welt kommt. Es muß sich jemand um das Kind kümmern. Außerdem krieg ich keinen anderen Mann, wenn ich schon ein Kind hab. – Ich hab gesagt: Versuch’s doch, solang das Kind noch unterwegs ist. – Sie sagt: Dazu ist es zu spät. – Ich sag: Wieso. – Sie sagt: Denkst du, der merkt nicht, daß ich im fünften Monat bin? Außerdem, im fünften Monat laß ich keinen rauf. Der rammelt mir noch mein Kind aus’m Bauch. – Ich hab gesagt: Mach, was du willst. Aber heiraten tu ich dich nicht. Ich heirat nie. Meine Mutter hat gesagt ... – Sie sagt: Deine Mutter! Diese Hexe! Was geht mich deine Mutter an. Bist du ein Mann oder ein Muttersöhnchen. Fick doch deine Mutter. Die kannst du dann heiraten. – Ich war beleidigt. Ich hab gesagt: Jetzt ist es endgültig aus. Meine Mutter laß ich von dir nicht beleidigen. – Sie sagt: Deiner Mutter wünsche ich die Pest an den Hals. Und dir die Krätze. Elender Ficker. Hätt ich mich bloß nicht mit dir eingelassen. Mein Kind tut mir schon jetzt leid, daß es ein Arschloch zum Vater hat. Du kannst bloß rumficken und dämlich daherquatschen. Aber die Verantwortung für dein Gequatsche und Geficke übernimmst du nicht. – Ich sag: Halt das Maul! Hättest du dich doch vorgesehen. – Ja!: hat sie gesagt: Ich! Du brauchst das ja nicht. Für dich ist das ja Weibersache. Aber ich sage dir – *die* Zeiten sind vorbei. Wer nicht aufpaßt, muß auch die Folgen tragen. – Das sag ich doch: hab ich gesagt. Da hat sie sich 'ne große Salatschüssel gegriffen und hat mir die Schüssel auf die Füße geknallt. Das hat sehr weh getan. Bist du wahnsinnig?: hab ich gesagt. Sie hat nach der vollen Kaffeekanne gelangt, aber ich bin raus aus der Küche. Ich laß mich doch nicht auf so was ein, mit Geschirr schmeißen. Genau in dem Moment, wo die Küchentür zugekracht ist, hat die Frau aufgeschrien. Dann hat sie laut geweint. Ich bin aus der Wohnung gegangen. Das kann ich am allerwenigsten vertragen, Weibergekreisch und Geheule.

Meine Fliege hat gesagt: Ich verstehe diese Frau nicht. Hat sie gar keinen Stolz?

Doch: hab ich gesagt: Aber 'n andern als du.

Die Fliege sagt: Daß du dich nicht um deine Kinder gekümmert hast, ist normal. Fliegen kümmern sich nicht um ihre Kinder. Das lebt schon.

Ja: sag ich: Aber damals war ich noch 'n Mensch. Menschen kümmern sich um ihre Kinder. Irgend 'ne Frau hat zu mir gesagt: Du bist kein Mensch, du bist ein Tier. – Ich muß 'ne verkappte Fliege gewesen sein.

Ich freue mich darüber: sagt die Fliege.

Ja: sag ich.

Trauerst du dem Menschenleben nach?: sagt die Fliege.

Nein: sag ich: Wie kannst du das fragen, wo ich jetzt dich hab.

Du wirkst so verkrampft: sagt die Fliege.

Das kommt vom Absterben: sag ich.

Aber du lebst doch auf: sagt die Fliege.

Dann kommt es von den Gedanken an meine Kinder: sag ich: Ich weiß nicht, wieviel ich hab. Ich weiß nicht, was aus ihnen geworden ist. Ich weiß nicht, wo sie leben.

Vielleicht sind es nur wenige: sagt die Fliege: Du hast so vieles vergessen. Vielleicht hast du auch vergessen, daß du von den Frauen verlangt hast, sie sollen die Kinder abtreiben.

Das hab ich nie verlangt: sag ich: Der Menschengott ist mein Zeuge.

Dem Fliegengott wär's egal: sagt die Fliege.

Ich sag: Meine Mutter hatte 'ne Freundin zu Besuch, die was über mich wissen wollte. Meine Mutter wußte nicht, daß ich im Nebenzimmer sitz und mich vollaufen laß. Hat dein Sohn Kinder?: hat die andre gesagt. Kinder?: hat meine Mutter gesagt: Was will der mit Kindern! Der hat schon so viele Kinder abtreiben lassen, die füllen 'ne komplette Schulklasse. – Ich war schon ziemlich blau. Sonst wär ich rübergegangen und hätte gesagt: Das ist eine Lüge! – Seinerzeit hab ich mich noch nicht getraut, meine Mutter Lügnerin zu nennen. Ich hätte zu ihr gesagt: Vielleicht redest du von dir!

Meine Mutter hat oft gelogen. Ich hatte 'n Brief gekriegt von 'ner Frau, die geschrieben hat, daß sie mich liebt. Und die hat meiner Mutter gefallen. Meine Mutter hat zu mir gesagt: Das ist die Passende für dich. Sie hat Geld, und sie kann kochen. Du mußt dich versorgen, solange du noch jung und knackig bist. Ich kann nicht ewig für dich aufkommen. – Ich hab gesagt: Soll ich mit 'nem Scheckbuch ins Bett gehen? Oder mit 'nem Kochbuch? – Meine Mutter hat gesagt: Nimm dir deinen Cousin zum Vorbild. Seine Frau ist reich, und sie ist 'n Hausmütterchen. Dein Cousin hat schon ausgesorgt, und das in deinem Alter.

Jedenfalls, ich hab damals 'ne andere geliebt. Die hat meiner Mutter nicht gefallen. Meine Mutter hat gesagt: Die hat nichts, und die kann nichts. Wovon wollt ihr denn leben. Etwa von meinem Geld? – Ich hab gesagt: Aber die lieb ich! – Quatsch!: hat meine Mutter gesagt: Liebe! Das ist keine Frau zum Heiraten. – Ich hab gesagt: Du redest von Heirat? Du hast doch zu mir gesagt, ich soll nie heiraten. – Jaja: hat meine Mutter gesagt: Hab ich etwa gesagt, du sollst dich nicht versorgen?
Wenn du irgend 'ne arme Kirchenmaus heiraten willst, weil du die angeblich liebst, dann bin ich dagegen. Das ist keine Heirat, das ist Schwachsinn. Mit Heiraten meine ich für die Zukunft sorgen.

Den Brief von der Frau, die geschrieben hat, daß sie mich liebt, den hat meine Mutter aus meinen Sachen geklaut. Eines schönen Tages treffe ich die, die *ich* geliebt hab, im Stadtpark. Wir setzen uns auf 'ne Bank, und sie zieht diesen Brief aus ihrer Handtasche. Hier, der Liebesbrief deiner Braut: sagt sie: Anstatt mir offen zu sagen, daß du was mit 'ner andern hast, steckst du mir ihren schmierigen Wisch in den Briefkasten. Das ist so unsäglich geschmacklos, ich finde dafür keine Worte. – Ich saß da wie behämmert. Weil ich mich für meine Mutter geschämt hab, bin ich noch rot geworden. Jetzt ist es dir peinlich, wie ich sehe: sagt die Frau, die ich wirklich geliebt hab: Aber jetzt ist es zu spät. Jemand, der so was macht, ist in meinen Augen ein Hosenscheißer. – Ich sag: Aber um Himmelswillen! Hör doch mal zu! – Sie sagt: Ich will von dir nichts mehr hören. – Ich sag: Das hab ich nicht gemacht! – Sie sagt: Und wie kommt dieser Brief in meinen Briefkasten? – Dabei hat sie mit dem Brief vor meiner Nase gewedelt und den Brief auf meinen Schoß fallen lassen. Ich sag: Das kann nur meine Mutter gewesen sein. – Jaja, deine Mutter. Du hast nicht mal den Mumm, für deine miese Art geradezustehen. Das ist doch das Letzte: sagt sie. Ich schwör's dir!: sag ich: Ich hab den Brief nicht in deinen Briefkasten gesteckt. Was hätt ich denn davon gehabt.

Sie hat eingesehen, daß es meine Mutter gewesen sein mußte. Aber aus war es mit uns trotzdem.

Meine Mutter hat gesagt: So was mache ich doch nicht. Willst du mich beleidigen? Ich weiß gar nicht, wo dein Liebchen wohnt. – Da hatte sie zum zweitenmal gelogen. Die Adresse hatte ich ihr selber gesagt.

Meiner Mutter hab ich seitdem nie mehr getraut. Briefe hab ich nicht mehr zu Hause liegen gelassen. Meine Mutter konnte scheißfreundlich sein, aber ihr verkniffnes Gesicht und ihr Blick waren 'ne einzige Gemeinheit. Ich hab zu ihr gesagt: Ich könnte dich auf 'n Mond schießen. – Weißt du, was ihre Antwort war?: Wer noch eine Mutter hat, der danke Gott und sei zufrieden. Nicht jedem auf dem Erdenrund ist dieses hohe Glück beschieden.

Die Fliege hat gesagt: Ich hab meine Mutter Gottseidank nie kennengelernt.

Ich sag: Vielleicht hab ich gar nicht so viel Kinder. Ob viel oder wenig – was ist aus ihnen geworden?

Was soll aus ihnen geworden sein: sagt die Fliege: Menschen. Sieh doch mich an. Ich bin auch eine Fliege geworden.

Und wo sind sie?: sag ich: Man könnte sie benachrichtigen: Kommen Sie! Ihr Herr Vater liegt im Sterben. – Ich möcht meine Kinder gerne mal sehen.

Du würdest sie gar nicht erkennen: sagt die Fliege: Willst du ihnen das antun, daß sie sagen müssen: Grüß dich, Vater! Ich bin dein Sohn. – Hallo, Alter! Ich bin deine Tochter. – Was willst du antworten? Etwa: Du bist meine Tochter? – Du bist mein Sohn? –Das kränkt. Vielleicht denken sie: Das soll ein Vater sein? Wären wir bloß weggeblieben. – Oder sie fragen dich: Warum hast du dich nicht um uns gekümmert? – Oder sie hoffen, daß du ihnen was vererbst. Was denn! Deine Klamotten? Deine Wäsche? Deine Schuhe? Vielleicht sind sie dagegen, daß du mit mir zusammenlebst. Womöglich verscheuchen sie mich. Oder sie schlagen mich tot.

Nein: sag ich: So sind sie bestimmt nicht. Sie könnten doch sehen, daß ich selber 'ne Fliege bin. Warum sollten sie da was gegen dich haben. Dann müßten sie auch mich totschlagen.

Außerdem müßten sie dich beerdigen: sagt die Fliege: Willst du sie in diese Verlegenheit bringen? Menschen nehmen das sehr ernst. Da wird geweint. Da wird geredet. Das kostet Nerven, und das kostet Geld. Du hast doch nichts. Sollen deine Kinder noch dafür bezahlen, daß du ihnen nie Geld gegeben hast? Laß deine Kinder aus dem Spiel. Sie haben dich nicht kennengelernt, und sie werden dir ein einziges Mal dankbar sein – dafür, daß sie dich nicht kennenlernen müssen.

Du hast recht: sag ich: Vielleicht sind sie dagegen, daß auf meinem Sarg 'n Lautsprecher steht und 'n Blues abgespielt wird.

Bei Fliegen ist alles viel einfacher: sagt die Fliege: Du fällst irgendwo hin und bleibst liegen, bis dich 'n Vogel wegpickt oder bis dich 'ne Hausfrau mit'm Handfeger auf die Schaufel kehrt. Wenn bei jeder toten Fliege so ein Sums veranstaltet würde wie bei einem toten Menschen!

Kannst du bügeln?: sag ich.

Nein: sagt die Fliege: Wie kommst du jetzt darauf.

Mein Totenhemd müßte aufgebügelt werden.

Jetzt aber bitte keine Rückfälle: sagt die Fliege: Du brauchst doch nicht so etwas. Du schlüpfst aus deiner Windelhose und fliegst auf und davon.

Ach ja: sag ich: Entschuldige. Aber ...

Ja? Was ist?: sagt die Fliege.

Kochen kannst du.

Nein: sagt die Fliege: Wieso jetzt das?

Wer kocht meine Henkersmahlzeit?

Mein Gott!: sagt die Fliege: Ich hab dir doch gesagt, wir gehen sofort nach deinem Tod aufs Land. Da ißt du, was du willst. Du mußt doch nicht vorher noch essen.

Ich bewunder meine Fliege. Sie ist schön, und sie ist klug. Fast alle Frauen, die ich kannte, waren noch dämlicher als ich. *Fast* alle. Manche waren klüger. Grade die hab ich am meisten geliebt. Meine Mutter war auch dämlicher als ich. Deshalb konnt ich sie nicht besonders lieben. Ich denk oft: Meine Fliege ist die Klügste von allen. – Ich liebe sie über alles.

Wär meine Mutter klüger als ich gewesen, dann hätt ich wahrscheinlich diejenigen Frauen am meisten geliebt, die dümmer als ich waren. Mit dummen Frauen kommt man angeblich leichter klar.

Für die bist du der liebe Gott. Die fragen dich: Was soll ich anziehen? – Was soll ich essen? – Was soll ich sagen? – Die fragen dich: Was kann ich für dich machen? – Du kannst sagen: Frühstück, Mittag, Abendbrot. – Du kannst sagen: Wäsche waschen, Hemden bügeln, einkaufen gehen. – Wenn du pleite bist, kannst du sagen: Wo ist dein Geld? – Wenn du keinen Bock aufs Ackern hast, kannst du sagen: Geh bißchen arbeiten! – Dumme Frauen lassen sich leichter ficken – du brauchst bloß das Wort Liebe einzuflechten. Die lassen sich auch leichter bescheißen. Hauptsache, sie lieben dich. Dann hört bei denen der Durchblick auf. Sie müssen dich mehr lieben als du sie. Wer mehr liebt als du, den kannst du um den Finger wickeln!: hat meine Mutter gesagt. Scheiße, jetzt kommt mir wieder meine Mutter dazwischen. Jedenfalls – dumme Frauen himmeln dich auch an, wenn du nur noch Scheiße baust. Bei denen kannst du tierisch auf die Kacke hauen.

Aber ich, ich bin mit dummen Frauen nie leichter klargekommen. Wenn dir die Dummen hinter die Kulissen gucken, kann's heikel werden.

Die kreischen, daß die Nachbarn an die Wände klopfen. Die schmeißen mit Geschirr. Die kratzen, beißen und schlagen. Die zünden dir die Bude an. Dann nützt dir deine ganze Schlauheit nix. Der Klügere gibt nach, und schon ziehst du den kürzeren.

Frauen, die klüger waren als ich, waren für mich auch immer die hübscheren. Klar, ich hab hübsche Dumme erlebt. Aber wirklich schön waren die nicht. Die Schönheit muß von innen kommen, vom Gehirn her. Das hab ich schon in der Schule kapiert. Ich hatte 'ne Lehrerin, die hab ich geliebt, weil sie die Klügste war und deshalb die Schönste. Ich saß in der ersten Reihe, und als die Pause anfing, und alle waren schon aufgestanden, und alles ging durcheinander, und die Lehrerin stand vor meiner Bank, da hab ich sie kurz an die Titten gefaßt. Das hat keiner gesehen. Die Lehrerin guckt mich groß an und geht 'n halben Schritt zurück. Ich war der Dumme.

Immer hab ich mir 'ne gescheite Ärztin gewünscht. Ich bin nur zu *Ärztinnen* gegangen, wenn ich zum Arzt mußte. Entweder ich hatte was auf der Lunge oder ich hatte was am Bauch. Hatte ich was auf der Lunge, hat sie gesagt: Machen Sie Ihren Oberkörper frei. – Ich hab die Brust rausgestreckt, und sie hat mich abgehorcht. Auf dem Rücken hatt ich's am liebsten.

Ihr Atem in meinem Nacken! Dann hat sie mich abgeklopft. Ihre Finger auf meiner Haut! Hatte ich was am Bauch, hat sie gesagt: Machen Sie sich frei und legen Sie sich auf die Liege! – Ich hab den Bauch eingezogen, und sie hat mich abgetastet. Ihre Hände auf meinem Bauch! Ich hatte sofort einen stehen. Das muß sie gesehen haben. Aber sie hat getan als wär nix. Sie können sich wieder anziehen! – Ganz sachlich. Ich hab mir immer 'ne gescheite Ärztin gewünscht. Aber keine hat sich auf mich eingelassen. Die waren *zu* gescheit.

Wenn ich an Mösen denk, seh ich nur noch die Möse vor mir, die von allen die feinste war. Wie andre Mösen aussehen, hab ich vergessen. Andre Mösen hab ich auch schon vergessen, als ich noch nicht alles vergessen hab. Kaum hatte ich die Frau gewechselt, hab ich die alte Möse vergessen. Ich hab nur noch die gesehen, die ich grade hatte. Nur die eine, die das Feinste war, was ich gesehen hab, die hab ich nie vergessen. Ich weiß auch noch, wie sie gerochen und geschmeckt hat. Nach Pfifferlingen hat sie gerochen. Pfifferlinge sind mein Leibgericht. Wenn ich tot bin und mit meiner Fliege aufs Land geh, dann flieg ich in den Wald und such Pfifferlinge.

Andre Mösen haben anders gerochen. Ich weiß nicht mehr, wie welche Möse gerochen hat. Aber die eine hat nach Blut gerochen und die andre nach Fisch und die dritte nach Zimt und die vierte nach Zwiebel und die fünfte nach mir. Nach Pfifferlingen hat keine gerochen, außer der einen.

Ich hab 'ne Frau gefragt, ob sie sich an andre Schwänze erinnert. Sie hat gesagt: Ungenau. Ich hab nur den Schwanz im Sinn, den ich grade hab. Aber warum fragst du mich. Willst du hören, daß die andern dicker und länger waren, damit du den Othello spielen kannst? Oder willst du hören, daß die andern kürzer und dünner waren, damit du dir wie Goliath vorkommst? Das ist doch unwesentlich. Hauptsache, wir passen gut ineinander und haben Spaß. Egal, wie lang und dick deiner ist. Verstehst du das, du Muskulinum? Ich frag dich auch nicht, wie eng andre Mösen waren.

Dick, dünn, lang, kurz!: hab ich gesagt: Ich will wissen, wie sie gerochen und geschmeckt haben! – Findest du nicht, daß das ein bißchen weit geht?: hat sie gesagt: Also gut, der eine war rötlich, und der andre war bräunlich, und der dritte war bläulich, und einer war schwarz, weil das ein Schwarzer war. Gerochen? Nö, die haben alle nicht besonders gut gerochen. Geschmeckt hat's nach nix, höchstens bißchen süßlich.

Ich frag mich, wie alt ich geworden bin. Ich hab die Frau gefragt, die mich mit Blumenwasser tränkt: Kannst du in meinem Ausweis nachsehen, wann ich geboren bin? – Sie hat getan als versteht sie mich nicht, und hat gesagt: Ich bin allerhand gewöhnt, aber wenn das zerfranste Maul von dem zuckt, wird mir anders. Gibt es denn keinen Gott? Warum muß das immer noch leben.

Ich hab zu meiner Fliege gesagt: Alles vergeß ich.

Alles nicht!: hat sie gesagt: Du hast mir viel erzählt.

Ach, mein Krabbelchen: hab ich gesagt: Ich red, weil ich mir sag: Ich wüßte 'ne Menge. Ich darf jetzt nicht einfach schweigen.

Meine Fliege sagt: Hauptsache, du vergißt *mich* nicht.

Das meiste aus meinem Leben ist weg, aber du bist da.

Da siehst du es: sagt die Fliege: Dein Menschengedächtnis läßt nach, aber dein Fliegengedächtnis arbeitet.

Ich küsse deine Flügel. Du bist klug, schön und erwachsen! Ich hab schon denken müssen: Ohne Gedächtnis hat das Leben keinen Sinn. – Aber ich hab ja mein Fliegenleben. Das braucht kein Menschengedächtnis.

Du hast recht: sagt meine Fliege: Einen Sinn braucht dein Menschenleben nicht mehr. Deshalb brauchst du dich auch nicht zu grämen, daß du dein Alter vergessen hast. Wozu mußt du dein Alter kennen. Das mußtest du nur, damit du wußtest, wann du in die Schule kommst und wann du Rente kriegst. Dein Alter ist vollkommen uninteressant.

Immerhin sterb ich als Mensch: hab ich gesagt: Die Menschen sagen: Er starb im Alter von soundsoviel Jahren.

Warum sagen die das?: sagt meine Fliege: Die messen ihr Alter am Toten. So ein Mensch sagt: Ich bin sieben Jahre jünger als der. Ich lebe noch sieben Jahre. – Pustekuchen. Vielleicht knallt er in der nächsten Minute an 'nen Baum. Für dich ist das alles schnuppe. Das ist nicht zu ändern. Sei doch glücklich, daß du dein Menschenleben vergißt. Nebenan lag einer im Sterben. Der hat jeden Tag gesagt: Ich will nach Hause. Aber es gibt kein Zuhause mehr. – Das war bloß ein armseliger Mensch. Aber du wirst eine Fliege. Als Fliege bist du jung. Du hast dein Fliegenleben noch vor dir.

Du bist erstaunlich: sag ich: Du bist viel klüger als ich. Ich liebe dich.

Ach, weißt du: sagt die Fliege: Du denkst immer noch ein bißchen wie ein Mensch. Das Fliegenleben ist kurz, im Fliegenleben lernst du schnell.

Ich muß dir beichten, daß ich als Mensch nicht viel von Fliegen gehalten hab: sag ich.

Das versteh ich schon.

Mir hat in der Kneipe einer gesagt: Loch ist Loch! – Ich hab gedacht: Der hat weniger Hirn als 'ne Fliege. Jedes Loch ist anders. – Jetzt, wo ich 'ne Fliege werd, halt ich nicht mehr viel von Menschen.

Aber 'ne Sehnsucht hab ich noch. Meiner Fliege sag ich

davon nichts. Sie ärgert sich bloß. Kürzlich hab ich ihr gesagt, wie gern ich Zeitung gelesen hab. Menschenkram!: hat sie gesagt.

Ich möcht noch mal hören, wie ich gepißt hab. Mit voller Blase in die Pißbude, Hose auf, und los. Einen klaren vollen Strahl ohne Pause bis zum Schluß. Den Schwanz geschüttelt, in die Hose gestopft, fertig. Und nicht vor der Rinne stehen und warten, bis die Pisse endlich kommt, und dann läuft es, und dann nicht mehr, und dann doch wieder, und dann weißt du nicht: Hast du ausgepißt? –, und dann tröpfelt noch was nach, und wenn du denkst: Das war's! – und schiebst deinen Schwanz in die Hose, dann kleckert es in der Hose weiter.

Ich möcht noch mal hören, wie die Frauen gepißt haben. Wie die Pisse in 'nem großen Schwall rausschießt, wie die Pisse satt niederrauscht und ich an Wasserfälle gedacht hab – das möcht ich noch mal hören.

Ich möcht nur noch *ein* Mal hören, wie 'ne Frau, weil ich nicht abwarten kann, zu mir sagt: Du kannst nicht rein, ich bin noch trocken! –, und wie ich ihr aufs Loch spuck und mich reinschieb, und wie sie sagt: Jetzt geht's.

Wo ich jünger war, hab ich mir gewünscht, daß ich beim Ficken krepier. Du bist ganz oben und – zack! kannst für immer oben bleiben. Selber bin ich gar nicht drauf gekommen. Hat mir 'ne Frau ins Ohr gesetzt, den Floh. Wie ich abspritz, sag ich zu ihr: Ich glaub, ich krepier! – Sie sagt: Bloß nicht. Den Ärger hatte ich schon. – Waas?: sag ich. Sie sagt: Der war älter. Seine Frau wollte nicht mehr. Kam er zu mir. Der stöhnt sich einen ab, genau wie immer, und bleibt auf mir liegen. Ich sag: Eh! Schlaf nicht ein! – Keine Antwort. Ich sag: Das wird mir zu schwer! – Wieder nix. Ich schieb den weg, der rührt sich nicht. Ich sag: So schnell bist du nie eingeschlafen. – Ich steh auf, mach Licht, und da seh ich – die Zunge raus, die Augen verdreht, ach du grüne Scheiße. Ich wußte nicht, was jetzt. Ich hab mich angezogen, hab 'ne Zigarette geraucht und hab seine Frau angerufen.

Und?: sag ich.

Die hat gedacht, ich will sie verscheißern. Die immer nur: Wer sind Sie? Wo wohnen Sie? Wie ist Ihre Telefonnummer? –

Ich bet alles zweimal runter und sag: Rufen Sie die Polizei an! – Die kam dann. Mit'm Arzt. Die Frau kam nicht.

Ich bin nicht verheiratet: sag ich.

Die Polypen haben mich stundenlang ausgequetscht. Ich war bedient bis oben hin. Nie wieder so'n Alten: hab ich mir gesagt. Und jetzt fängst du damit an. Du bist doch jung.

Noch *ein* Mal meine Hand auf 'ne süße Möse legen, die Haare zwischen den Fingern, mit dem Mittelfinger vom Arschloch bis zum Mösenloch, über den Mösenrand in die Möse, die Hand wieder auf die Möse.

Und die linke Titte in die Hand nehmen, und die rechte Titte in die Hand nehmen.

Das hört nie auf. Und ich lieg hier und kann keinen Finger mehr rühren, und das Warme und Weiche um meinen Schwanz rum, das ist meine eigene Pisse und Scheiße.

Mir ist, als wär ich im Kino. Ich seh 'nen Film, den ich schon gesehen hab.

Ich will nicht mehr sehen, wie ich bei meinem zweiten Mädchen rechtzeitig das Loch find und wie ich mich wunder, wie leicht das geht, und dabei hatt ich gedacht: Entjungfern, das geht nicht so leicht! –, und ich bin stolz, daß ich das kann, und hinterher sagt die Kleine: Mit dem, der mich entjungfert hat, war's schöner.

Das will ich nicht noch mal sehen, daß ich zum erstenmal

mit 'nem Mädchen im Bett lieg, und ich geh drauf und find ihr Loch nicht, und alles geht daneben, und das Mädchen sagt: Krieg ich jetzt 'n Kind von dir?

Das kann ich nicht mehr sehen, das Mädchen, das in der Schule zwei Reihen vor mir saß, und wie ihr Nacken aussah, und daß ich nichts andres mehr gesehen hab, und wie ich am Nachmittag in 'n Wald gelaufen bin, und wie ich auf 'ne Waldwiese komm, und wie das Mädchen in der Wiese liegt mit dem Idioten, der in der Schule 'ne Reihe vor mir saß.

Mir wird schlecht, wenn ich seh, wie ich mit diesem Idioten durch die Gegend gezogen bin im Sommer, und mitten in 'nem Feld sagt der: Wenn uns jetzt 'ne Puppe übern Weg läuft, die legen wir flach und stoßen sie, ob sie will oder nicht –, aber wir sehen keine, und hinter dem Feld kommt 'n Wald, und dieser Idiot sagt: Ich geh als erster rauf, und du hältst sie fest –, und hinter dem Wald kommt 'n Gebüsch, und der Idiot stellt sich vor 'nen Busch, und ich stell mich vor 'nen Busch, und der zieht sein Ding aus der Hose und holt sich einen runter, und ich zieh mein Ding raus und hol mir einen runter.

Mir kommt's hoch, wenn ich mich seh bei dem Bauer, wo ich in den Schulferien war, und ich weiß nicht wohin auf der Wiese in der Sonne, und die Ziegen links und rechts mit ihrem Geknabber und Gemecker, und die Schwarze frißt sich an mich ran und leckt meinen Schwanz, daß ich aufspring und sag: Ich fick dich! –, aber wie ich ihr verschissenes und schleimiges Loch vor mir hab, wird mir schlecht, und ich tret ihr in die Beine, daß sie meckert und fortspringt.

Ich möcht absaufen, wenn ich mich in der Badewanne stehen seh, und meine Mutter seift meinen Rücken ab, und mein mieser kleiner Schwanz wird steif, und ich will mich nicht umdrehen, und ich tauch ab, und meine Mutter sagt: Was soll denn das! Ich bin noch nicht fertig!

Warum muß ich auch noch sehen, wie ich scheiß, und das Scheißhaus ist frisch gestrichen, und mir dreht sich alles, wenn die Scheiße langsam aus meinem Arsch drückt, und ich zieh den Scheißgeruch und den Farbgeruch ein und bin scharf auf den nächsten Schiß.

Ich hab zu der Frau, die mir gesagt hat, daß auf ihrem Bauch einer gestorben ist, gesagt: Das meiste, was ich über Männer weiß, hab ich von Frauen gehört. – Die Frau hat gesagt: Das meiste, was ich über Frauen weiß, hab ich von Männern gehört. – Ich sag: Männer interessieren mich nicht. Ich will nur wissen, ob andre Männer genauso blöde sind wie ich. – Die Frau sagt: Ja. Mich interessieren Frauen nicht. Die sind alle genauso blöde wie ich. – Ich sag: Männer wollen nur eins – fikken. – Die Frau sagt: Frauen wollen nur eins – gefickt werden. – Wir waren uns einig und haben mit Ficken angefangen.

Das ist wenig, was ich über Frauen und Männer weiß. Zu mehr hab ich's nicht gebracht. Inzwischen weiß ich was über Fliegen. Das ist auch nicht viel, aber mich hält munter, daß ich noch mehr rauskrieg. Ich hab 'ne Chance.

Ich hab nicht genug gehabt vom Leben. Die paar Frauen. Mit keiner ist es was geworden. Wahrscheinlich, weil ich nie genug kriegen konnte. Das ist das Miese und Blöde an mir. Ich bin 'ne Null, 'n schwachsinniger geiler Scheißer, der sich alles versaut hat. Von Frauen wollt ich das nie hören. Jetzt sag ich's mir selber, damit ich mit meiner Fliege was andres aus'm Leben mach. Warum mußt ich erst total auf der Schnauze liegen, eh ich kapiert hab, daß ich die Frau, die ich such, nie find, wenn ich dauernd *andre* Frauen such. Seit ich meine Fliege hab, seh ich klar – du kannst alle in einer finden.

Warum hab ich das nie kapiert? Die Frauen, die ich am allermeisten geliebt hab – warum kommt keine von denen? Zu einer hab ich mal gesagt: Ich freu mich, dich zu sehen! – Sie hat gesagt: Es ist mir im Moment nicht das wichtigste, von dir gesehen zu werden. – Da wußt ich plötzlich, was für ein Arschloch ich bin. Ich kam mir doch immer vor wie der Mittelpunkt der Erde. So hieß meine Stammkneipe. Alles dreht sich um mich. Die andern sind bloß da, damit sie um mich rumstehen. Deswegen konnt ich nie Karten spielen oder Schach oder mit Würfeln. Ich konnt nicht verlieren. Wenn ich verloren hatte, war ich beleidigt. Eine hat gesagt: Das ist doch nur 'n Spiel! – Für mich nicht.

Ich konnte nie hören, daß jemand an mir rummäkelt. Bei mir ist doch alles bestens: hab ich gedacht.

Daß es außer dir noch andre gibt, das geht nicht in deinen Kopf!: hat eine zu mir gesagt. Die hatte recht. Ich hab nur gesehen, daß es außer ihr noch andre gab.

Meine Schulzeit war 'n einziges Drama, weil's immer welche gab, die besser waren als ich. 'ne Weile hab ich gedacht: Verleg dich auf'n Sport, damit du wenigstens dort 'ne Kanone bist. – Dann kam der Langlauf. 10 Kilometer. Nach 3 Kilometern bin ich ausgestiegen. Ich stand am Rand und hab gekotzt, so kaputt war ich.

Meine ganze Schulzeit war Krampf. Aber ich wollt's nicht einsehen. Ich hab's auf die Lehrer geschoben. Auf den Gedanken, daß ich nur zweite Wahl war, bin ich nicht gekommen. Durchschnitt. Ein Versager. Ich wollt immer mehr sein als ich bin.

Eine von den Frauen, die ich am meisten geliebt hab, hat zu mir gesagt: Dreh dich nicht stundenlang vorm Spiegel, davon wirst du nicht schöner.

Nie war ich damit zufrieden, wie ich ausseh. Entweder ich wollt größer sein – hab ich mir Schuhe mit dicken Sohlen gekauft. Oder ich wollt stärker sein – hab ich mir 'ne Jacke mit wattierten Schultern gekauft. Ich hab mir sogar 'ne Brille mit Fensterglas besorgt, damit ich schlauer ausseh. Eine hat zu mir gesagt: Das paßt nicht zu dir, mit deinem Quadratschädel.

Jetzt, wo ich im Arsch bin, ist mir alles egal. Meinetwegen seh ich aus wie 'ne verfaulte Kohlrübe. Aber daß das so lange gedauert hat!

Ich wollt immer nur vierblättrigen Klee, ich Rindvieh.

Welche Frau war das, die zu mir gesagt hat: Auf deinen Schwanz brauchst du dir nichts einzubilden. Der ist nicht besser als andre Schwänze. Wenn du mir nicht sympathisch wärst – dein Schwanz tät's auch nicht. Da hab ich schon andre gehabt, aber die dazugehörigen Kerle waren mir zu knochig oder zu spitzfindig oder sie haben zuviel gequatscht.

Ich kam nicht drüber weg, daß sie von Kerlen geredet hat, die zu den Schwänzen gehören. Daß ich von Frauen geredet hätt, die zu den Mösen gehören, daran kann ich mich nicht erinnern.

Ich hab plötzlich 'n Gefühl wie Durst.

Wahrscheinlich ist Nacht, meine Fliege ist gekommen. Ich flüster: Mein Herz! – Die Fliege flüstert: Willst du nicht bald sterben? Es wird Frühling. Ich möcht so gerne mit dir raus hier.

Mich hält nichts: flüster ich: Und meine Sache steht günstig. Ich krieg nichts mehr zu essen. Ich krieg kaum noch was zu trinken. Ich kann nicht mehr reden. Jedenfalls hört die Frau, die mir kaum noch Wasser gibt, nichts mehr. Hörst *du* mich noch?

Ja: flüstert die Fliege.

Ich hör dich auch: flüster ich: Aber ich kann nicht mehr richtig sehen.

Das kommt wieder: flüstert die Fliege: Wenn du erst Fliegenaugen hast, siehst du tausendmal besser als früher.

Ich scheiß fast nicht mehr: flüster ich: Es ist nur noch 'n Fliegenschiß.

Ach, mein Schatz: flüstert die Fliege: Du siehst schon ganz zart und friedlich aus. Dein Gesicht wird immer kleiner.

Leider leb ich aber noch: flüster ich: Ich war lang genug Mensch. Wenn es was gäb, was mir das Herz bricht! Das könntest nur du sein. Aber dann wärst du ja fort, und wir könnten nicht mehr gemeinsam weg.

Das wäre absurd: flüstert die Fliege: Weißt du nichts anderes?

Woran denkst du: flüster ich.

Ich weiß nicht: flüstert die Fliege.

Ich wüßte nur eins: flüster ich: Wenn ich hör, daß meine Kinder tot sind, könnt ich nicht mehr leben. Das will ich nicht hören, solang ich noch leb.

Du armer Mensch!

Du brauchst nicht mehr lange auf mich zu warten: flüster ich: Bald hab ich's geschafft. Dann wird alles gut.

Mein Fliegenmann: flüstert die Fliege.

Mein Mückchen: flüster ich: Dann heiraten wir.

Was redest du immer vom Heiraten!: sagt meine Fliege.

Pst!: flüster ich: Sei leise!

Heiraten ist Blödsinn: flüstert die Fliege: Warum heiraten. Das klingt wie 'ne Versicherung. Ihr habt 'ne Gepäckversicherung, 'ne Autoversicherung, 'ne Lebensversicherung – weil ihr denkt, wenn alles weg ist, bleibt trotzdem noch was. Wenn die Liebe weg ist, hilft auch keine Versicherung. Eine Liebesversicherung gibt es nicht.

Ich flüster gar nichts mehr.

Warum sagst du nichts: flüstert die Fliege.

Du bist mir manchmal 'ne Nummer zu abgebrüht: flüster ich.

Und ich hab manchmal das Gefühl, du sagst Sachen, die auf 'nem fremden Mist gewachsen sind: sagt die Fliege.

Du hast recht: flüster ich: Ich komm nicht vom Menschen los.

Stimmt!: flüstert die Fliege: Du wolltest doch selber nie heiraten. Da warst du schon mal weniger Mensch als jetzt. Besinn dich wieder!

Ich träum davon: flüster ich: Kein Gequatsche mehr übers Heiraten.

Na siehst du: sagt die Fliege.

Keine Sorgen mehr um die Kinder: sag ich: Nicht mehr arbeiten. Nicht mehr einkaufen, kochen, abwaschen.

Die Fliege sagt: Wir säen nicht, wir ernten nicht, und Gott, der Herr, nährt uns doch.

Keine Mutter: sag ich: Keinen Vater.

Keine Versicherung: sagt die Fliege.

Keine Wohnungssuche, keine Miete, keinen Ärger mit dem Hausbesitzer: sag ich.

Aber aufpassen mußt du: sagt die Fliege: Die Hausbesitzer mögen auch die Fliegen nicht.

Keine Klamotten mehr, keine Schuhe: sag ich.

Keinen Arzt und keine Ärztin: sagt die Fliege.

Immer in Gesellschaft. Immer unterwegs: sag ich: Heute in 'nem eleganten Hotelzimmer ...

Und keine Betten machen: sagt die Fliege.

Morgen auf der grünen Wiese: sag ich.

Übermorgen in einer saftigen Mülltonne: sagt die Fliege.

Nicht mehr waschen, kämmen, Zähne putzen. Obwohl ich mir die Zähne gerne geputzt hab: sag ich.

Jaa!: sagt die Fliege.

Hinscheißen, wo man will: sag ich.

Ein freies Leben: sagt die Fliege.

Jeden Tag ficken: sag ich.

Aber nur mich: sagt die Fliege.

Ja natürlich: sag ich.

Ich erwisch mich bei meinen blöden Menschengedanken und denk: Vielleicht treff ich bei den Fliegen die Frauen wieder, die ich am meisten geliebt hab. Dann hätte sich das Menschenleben wenigstens noch gelohnt. – Aber sagen tu ich das nicht.

Ich sag: Glaubst du, daß ich fliegen kann?

Mit deinem Fliegengewicht – schon: sagt die Fliege.

Ich sag: Du bist meine große Liebe. Wenn's anders wär, müßt ich dir dankbar sein.

Sag das nicht zu oft!: sagt die Fliege: Sonst krieg ich noch rote Öhrchen. Trotzdem – ich hör's gern. Es beruhigt ungemein.

Durch dich komm ich ins Paradies: sag ich.

Ehrlich gesagt, ich hab ein bißchen Angst davor: sagt die Fliege: Durch mich wirst du eine unabhängige Fliege. Aber wenn du die Menschheit hinter dir hast, brauchst du mich nicht mehr und verläßt mich.

Aber Fliege!: sag ich: Ich rede von Liebe. Du bist doch kein Klopapier, das man nach Gebrauch runterspült.

Ich glaub dir: sagt die Fliege.

Neuerdings ist es ungeheuer still im Zimmer. Ich denk

schon, meine Ohren sind zu. Aber ich hör doch die Fliege. Ich hör auch, daß der Wasserhahn tropft. Das kann ich oft nicht mehr hören – wie 'ne Uhr geht das. Am deutlichsten hör ich, wie die Blätter von den Blumen abfallen. Von dem Mann unter meinem Bett hör ich gar nichts mehr. Ich hör aber 'n Rauschen. Das muß von draußen kommen. Vielleicht regnet das. Das kann doch nicht ununterbrochen regnen! Vielleicht sind das Autos. Früher sind keine Autos unter meinem Fenster vorbeigerauscht. Vielleicht haben die da 'ne Straße gebaut. Aber das hätt ich eigentlich hören müssen.

Mein Zimmer wird immer größer. Es ist jetzt schon so groß wie 'ne Turnhalle. Ein Glück, daß ich im Bett lieg – die Turnhalle hat keinen Fußboden. Mein Bett steht in der Mitte. Ich frag mich, wieso das Bett stehen kann. Vielleicht hängt's unter der Decke. Aber 'ne Decke hat die Turnhalle auch nicht. Mein Bett schwebt wahrscheinlich in der Luft. Alles, was ich hör, hat 'n Echo. Deswegen tropft der Wasserhahn so laut. Deshalb fallen die Blätter so hart. Statt der Decke seh ich 'n Stück Himmel. Am Himmel ist immer Nacht. Gibt's denn das? Irgendwann müßte doch die Sonne scheinen. Ich seh nur Sterne. Bin ich überhaupt noch im Bett oder flieg ich schon. Manchmal hab ich das Gefühl im Magen, ich stürz ab. Wenn ich denk, ich lieg noch im Bett, wird mir schlecht. Ich hab schon gerufen: Halt! – Wenn ich denk, ich flieg schon, ist es besser. Ich sag mir, daß das beim Fliegen passiert, wenn man Anfänger ist.

Von mir merk ich gar nichts mehr. Ich hab nur noch 'n Kopf. So leicht war mir noch nie. Ich *muß* ja 'ne Leichtigkeit haben, damit ich aus dem Stand in die Luft starten kann. Meine Damen und Herren. Äpfel sind keine Birnen. Birnen sind keine Äpfel. Die Wurst, die hat zwei Zipfel. Zwei Zipfel hat die Wurst. Der Bauer, der hat Durst. Durst hat der Bauer. Zitronen, die sind sauer. Steige hoch, du kühner Adler, hoch über Sumpf und Sand, hoch über dunkle Wälder, leb wohl, mein Heimatland. So egal wie jetzt war mir noch nie was egal. Ich seh alles von ganz oben. Da unten zappeln die Leute rum wie Ameisen. Die einen rennen da hin, die andern rennen dort hin. Das ist doch sinnlos. So war ich auch. Wozu gibt's das denn. Ich kann gar nicht mehr hinsehen. Das macht mich nervös. Wenn ich 'n Flugzeug wär, ich hätt Lust, da 'ne Bombe draufzuhauen. Schluß mit dem Gezappel. Ruhe. Nur noch die Bäume rauschen hören. Ich hab mit dem Gezerre auf der Erde nichts zu tun. Da kann ruhig einer zu Besuch kommen und sagen: Alle sind tot! – Ich sag nur: Aha. – Auch deine Verwandten: sagt der Besuch. Ich sag: Hab ich Verwandte?

Jetzt kommt die Sonne raus. So nah! Aber heiß ist mir nicht. Ich hab immer gedacht, der Himmel ist blau. Der ist gar nicht blau. Der ist weiß! Ich bin jetzt so hoch, daß ich niemanden auf der Erde mehr seh. Das riecht gut hier oben. Den Gestank aus meinem Mund riech ich nicht mehr. Hier riecht's nach frischer Luft und Salzwasser. Ich hab Lust zum Schwimmen. Fliegen oder schwimmen – das ist dasselbe. Ob ich von der Luft hochgetragen werd oder von 'ner Welle, egal. Endlich hör ich wieder die Vögel zwitschern. Aber Vorsicht! Vögel sind scharf auf Fliegen. Oder sind das Fische, die da singen? Aufgeschwommen gen Himmel? So muß es mal gewesen sein. Am Anfang war Himmel und Meer. Oben die Fliegen und unten die Fische. Was zischt da? Will da wer was von mir? Ich stell mich taub. Jetzt laß ich mir nix mehr sagen. Hallo, Sonne! Wo geht's lang? Links rum oder rechts rum. Egal? – Na endlich. Die Sonne sieht von hinten genauso aus wie von vorne. Der Himmel ist *überall* weiß. Wie 'n frisches Laken. Ich brauch nicht mehr mit den Flügeln zu schlagen. Erst mal Pause mit dem Geflatter – ich leg mich 'n Moment hin. Ah! Jetzt Milch trinken und Honig essen. Das haben wir hier alles!: sagt die Sonne. Wo ist meine Fliege?: ruf ich. Auf dem Stern da drüben: sagt die Sonne. Was soll jetzt noch schiefgehen. Ich seh meine Fliege schon von weitem. Ihre Augen leuchten. Ihre Flügel glitzern. Sie ruft rüber: Na, du. – Ich sag: Ich war tot, und jetzt leb ich.

Warum mußt ich überhaupt erst auf der Erde rumkrebsen. Von Anfang an im Himmel, das wär günstiger gewesen.

Die Frau, die mir früher Blumenwasser gegeben hat, ist mit Eimer und Wischlappen ins Zimmer gekommen und hat unter meinem Bett reinegemacht. Jetzt ist Schluß mit der Sauerei: hat sie gesagt: Diesen Schweinekerl sind wir los.

Zu mir hat sie gesagt: Du kriegst zwar sowieso nix mehr mit, aber ich sag's dir trotzdem: Der Mann unter deinem Bett ist weg.

Ich hab gesagt: Daß ich das noch erlebe! – Dann ist mir schwarz vor Augen geworden. Als ich wieder zu mir kam, war ich tot. Mein erster Gedanke war: Das Sterben hat überhaupt nicht weh getan.

Mein nächster Gedanke war: Ich komm mir rasiert und gewaschen vor. Ich hab das Gefühl, ich hab 'n frisches Nachthemd an, und meine Bettwäsche ist auch frisch.

Mein dritter Gedanke war: Die Windelhose ist ab, aber das Arschloch haben sie mir nicht zugeklebt. Die Kinnlade haben sie mir nicht hochgebunden.

Als mir schwarz vor Augen geworden ist, muß ich die Augen zugemacht haben. Ich kann nichts mehr sehen. Ich bin traurig, daß ich meine Augen nicht an meine Fliege vermachen kann.

Bis jetzt ist keine Frau zu mir gekommen, um: Tschüs! – zu sagen. Ich glaub nicht, daß noch eine kommt. Entweder weiß keine, daß ich tot bin, oder keine will's wissen. Ich hab mir umsonst Gedanken über Frauen gemacht. Die machen sich keine Gedanken über mich. Ab mit Schaden! – Hauptsache, meine Fliege kommt bald.

Jetzt kommt sie! Sie stellt sich auf meine Nase und sagt: Ich war auf'm Land. Ich hab mich nach 'nem Plätzchen für uns umgesehen. Ich hab auch eins gefunden. Du wirst sehen, wie schön es dort ist.

Ich sag: Mit meinen Augen – das tut mir leid.

Ach, laß doch!: sagt sie: Hauptsache, du bist tot, und wir können los. Gut, daß dir jemand die Hände auf die Brust gelegt hat. So kannst du besser losfliegen.

Ich sag: Schade, daß du nicht da warst, als ich gestorben bin. Wie hast du's mitgekriegt?

Mir sagt ja keiner was!: sagt sie: Ich hab's zufällig in der Zeitung gelesen.

Du liest Zeitung?: sag ich.

Naja: sagt die Fliege: Auf dem Müllplatz, wo wir wohnen werden, lag eine. Ich bin von Buchstabe zu Buchstabe gelaufen, da wußte ich's.

Ich dachte, wir wollen in 'nem Kuhfladen wohnen: sag ich.

Ich hab's mir anders überlegt: sagt sie: Auf 'nem Müllplatz haben wir mehr Abwechslung. Auch mit'm Essen.

Was stand in meiner Todesanzeige: sag ich.

Nur der Name, das Geburtsdatum und das Sterbedatum.

Nichts von Trauer?: sag ich.

Nö: sagt die Fliege.

Keine Unterschrift?: sag ich.

Nö: sagt die Fliege.

Wann die Beerdigung ist?: sag ich.

Auch nicht: sagt die Fliege.

Naja: sag ich: Ist vielleicht besser so.

Wahrscheinlich!: sagt die Fliege: Kommst du jetzt?

Einen Moment noch: sag ich: Gleich.

Sofort!: sagt die Fliege: Komm jetzt!

Ich bin todmüde: sag ich.

Reiß dich zusammen: sagt die Fliege: Raff dich auf. Es ist schön draußen. Du mußt an die Luft. Das ist gesund.

Ich versuch's: sag ich.

Du bist schon ganz steif: sagt die Fliege.

Noch!: sag ich: Noch.

Du mußt dich warm halten: sagt die Fliege.

Dazu ist es zu spät: sag ich.

Was redest du!: sagt die Fliege.

Ich schlag mit den Flügeln, aber ich komm nicht hoch.

Noch mal!: sagt die Fliege.

Ich schlag noch mal mit den Flügeln, aber ich komm wieder nicht hoch.

Was ist mit dir los!: sagt die Fliege.

Ich schaff's nicht: sag ich.

Tu mir das nicht an: sagt die Fliege.

Ich hör sie auf dem Sargrand hin und her trippeln.

Mein Gott!: sagt die Fliege: Was soll ich nur tun.

Ich weiß nicht: sag ich.

Du mußt dich beeilen: sagt die Fliege: Wenn der Sarg zugemacht wird, ist es zu spät.

Ich weiß: sag ich.

Na also: sagt die Fliege.

Es geht nicht: sag ich.

Was bist du nur für ein Mann: sagt die Fliege.

Fang auch du noch damit an: sag ich.

Du wolltest mit mir weg, ich hab auf dich gewartet – und was ist jetzt?

Du siehst ja: sag ich: Ich kann nicht.

Du hast mir versprochen, daß du mich nie verläßt!: sagt sie.

Die Fliege fliegt auf, hör ich. Ich hör, daß der Sarg zugemacht wird.

Mal hören, was noch kommt.

Jetzt, wo alles zu spät is

Jetzt, wo alles zu spät is, hab ich gut reden: «Hätt ich ...»

Hätt ich mir doch 'n Kind angeschafft. Früher hab ich gedacht: ‹Mit'm Kind bin ich angebunden. Ich kann nich mehr weg, und ich kann nich mehr machen, was ich will. 'n Kind macht einsam. Bis das groß is, bin ich versauert.› Männer wollen doch nix mit'm Kind zu tun haben: «Fährst du mit mir weg?» «Kann ich nich, mein Kind muß zur Schule.»

Jetzt versauer ich langsam, aber 'n Kind hab ich nich.

Bin ich selber dran schuld oder meine Mutter. Die hat immer gesagt: «Paß bloß auf, daß du kein Kind kriegst. Mit'm Kind is alles vorbei. Das war bei mir so, und bei dir is es nich anders. Ja, wenn du 'n Mann findest, der dich nich bescheißt. Aber die Männer hauen irgendwann ab, und du sitzt da mit dei'm Kind. Dann darfst du noch selber dafür aufkommen. Genau wie ich.»

Mein' Vater kenn ich nich. Der hat meine Mutter sitzenlassen und 'ne andre genommen. Mit der hat er zwei Kinder. Das sind meine Geschwister. 'n halber Bruder und 'ne halbe Schwester. Ich hab die nie gesehen.

Das wollt ich nich, daß mein Kind 'n Vater hat, den's nich kennt, und fremde Geschwister. Vielleicht is mein Vater dran schuld, daß ich kein Kind hab.

Einer wollte mir unbedingt 'n Kind machen. Der war verheiratet, und Kinder hatte der auch. Der hatte auch Geld.

Aber seine Frau sollte nix von mir wissen. Der wollte 'ne frische Ficknudel und 'n Sonntagskind. Besuchsvater wollte der werden. Jederzeit abspringen können, wenn's zuviel wird. Na danke.

Vielleicht hätt ich mitmachen sollen. Kind is Kind.

Den andern Männern war's egal. Kind oder nich. «Und wenn du eins kriegst, is es deine Sache.»

Meine Freundin war dümmer als ich. Oder schlauer. Die weiß nich mal, wer der Vater von ihrem Kind is. Die sagt nix, aber ich merk, daß ich ihr leid tu ohne Kind. Neulich hat sie gesagt: «Heute war ich richtig froh. Ich komm nach Hause, und zu Hause wartet einer auf mich.» Ich hab gesagt: «Was?!» «Mein Sohn», hat sie gesagt.

Jetzt is es soweit, daß ich neidisch werd. Obwohl, wenn ich dran denk, was die mitgemacht hat. Nie Zeit. Nie Kohle. Die ersten drei Jahre waren die schlimmsten. Immer mit'm Balg auf'm Rücken. Immer «Ich muß nach Hause». Ich hatte meine Freiheit, und sie hatte ihr Kind.

Meine Freiheit hab ich immer noch. Aber so richtig kann ich damit nix mehr anfangen. Na schön, ich seh noch gut aus. Bloß, irgendwann hört auch das auf. Was hab ich dann. So 'ne Sache wie mit'm Peter grade? Da stand ich doch schon auf der Kippe.

Manchmal geht mir meine Freundin auf die Nerven. Ich kann das nich, so sein wie sie. Wo ich se kennengelernt hab, hatte se in ihrer Firma noch 'n ganz miesen Posten. Hat se zu mir gesagt: «Ich will was werden, und ich schaff das.»

Ich hab gesagt: «Du hast doch nix gelernt, wie soll d'n das gehen.»

Sagt se: «Du mußt eben reinschleimen. Dabei lernst du, was du nich gelernt hast.»

Paar Wochen später hatte se was mit ihrem Chef.

«Der is komisch», sagt se.

«Wieso.»

«Im Bett. So mechanisch.»

«Und sonst?»

«Prima. Der macht sich nix draus, wenn ich in der Firma schön mit ihm tu.»

«Is der nich verheiratet?»

«Nee.»

«Bist du ihm nich zu poplig, auf dei'm Posten?»

«Nee. Der nimmt mich sogar zum Essen mit, mittags. Wenn's alle sehen! Gestern war noch einer aus der Personalabteilung dabei.»

«Und?»

«Zu dem Personalfritzen hat er gesagt, er soll mir 'n andern Posten geben, 'n bessern. ‹Na sicher›, hat der gesagt. ‹Ab Montag.›»

«Kommst du dir da nich blöde vor?»

«Wieso. Ich krieg mehr Kohle und muß weniger tun.»

Paar Wochen drauf sagt se: «Mein Chef hat gesagt, ob ich Lust hätt, die Sekretärin in der Abteilung zu machen. Ich hab gesagt: ‹Meinst du das ernst?› ‹Aber ja›, hat er gesagt. ‹Ab nächsten Monat.›»

'ne Woche später war se Abteilungssekretärin. Ab da hat se mehr verdient wie ich. Daß die was mit ihrem Chef hat, das wußte jeder.

Ich hab gesagt: «Ich kann's nich fassen.»

«Ich hab dir doch gesagt», sagt se. «Reinschleimen mußt du.»

«Kann ich nich», hab ich gesagt.

Das dicke Ei kam noch. Sie kommt zu mir und sagt: «Weißt du, was ich jetzt weiß?»

«Nee.»

«Mein Chef is schwul. Der hat was mit dem Personalonkel.»

«Was machst de jetzt?» sag ich.

«Was kann ich 'n da schon machen. Der tut weiter so wie wenn er was mit mir hätt. Aber zwischen uns spielt sich nix mehr ab. Ich muß mitmachen, wenn ich mein' Posten behalten will.»

«Machst du das?»

«Na sicher.»

«Und wie bist de dahintergekommen?»

«Gesagt hat er's mir. ‹Tut mir leid, Schatz›, hat er gesagt. ‹Gehen wir zusammen essen?› ‹Ja›, hab ich gesagt.»

Wenn se mir auch manchmal auf'n Wecker geht, ich brauch meine Freundin. Mit wem soll ich mich denn sonst ausquatschen. Wir sind total verschieden, wir zweie. Schon rein äußerlich glatte Gegentypen. Ich blond, sie schwarz. Ich blaue Augen, sie braune, und ich 'n Kopf größer. Sie 'ne dunkle Stimme, ich 'ne helle. Einer hat mal zu mir gesagt, wenn ich mich aufreg, wär meine Stimme schrill. «Schrilli» hat das Arschloch zu mir gesagt. Das glaub ich nich. Meine Mutter hatte 'ne Plärrstimme. Ich konnt das nie ausstehen. Wenn die gesagt hat: «Hast du wieder die Küche verdreckt?», das war wie Eisenblech. Ich hab extra anders geredet.

Ich möcht noch mal jung sein. Komisch, daß meine Freundin und ich zweimal auf dieselben Typen scharf waren. Ich hab den Bodo kennengelernt, da kannt ich meine Freundin noch gar nich. Ich hab den gefragt, ob er 'ne Freundin hat. Ich mach das nich, 'ner andern den Mann ausspannen. «Nee», hat er gesagt, «hab keine.»

Der Bodo war 'n schöner Mann. Groß, durchtrainiert. Der

hat was gehabt, was mir gefallen hat. Der hat immer Anzüge getragen, und weil sonst alle in Jeans rumgelaufen sind, war das stattlich. Passende Hemden, also nich Krawatte, sondern Anzüge auf locker. Jemand, der 'ne gute Figur hat und sportlich is, da sieht das Klasse aus. Als junge Frau war ich so beeinflußt von irgendwelchen Models in Zeitschriften, daß ich gedacht hab: ‹Ach, is der aber schön.› Braune Haare, im Nacken kurz, und so 'ne Strähne da drin. Dunkle Augen, schmales Gesicht, 'n hübsch geschnittenen Mund, schmale Hände.

Der hat immer auf geistvoll gemacht. Auf der einen Seite hast de seine Dummheit durchblitzen sehen, auf der andern Seite hast de gedacht: ‹Ne, das kann nich sein.› Der konnte immer so pathetisch durch die Gegend reden. Der hatte den «Faust» gelesen, das war was, daß einer den «Faust» gelesen hatt'.

Wollten wir mal ins Kino. Sind wir mit'm Auto hingefahren, sind aber zu spät gekommen. Hat er sein' Benz geparkt, hat gesagt, hat ... is er kreidebleich geworden. Ich hab gesagt: «Was is 'n los.» Sagt er: «Da steht das Auto von der Julia.» «Wer is 'n das», sag ich. «Meine frühere Freundin.»

Sind wir rein, die Reklame hatte schon angefangen, und haben uns in die erste Reihe gehockt. Dann kam 'ne Pause, und das Licht ging an. Wir sitzen so, quatschen rum, auf einmal steht 'ne Frau vor uns und sagt: «Bodo, Bodo, wie kannst du nur! Dich mit deiner Tussi vor mich hinpflanzen und mich nich mal grüßen!»

Ach, du grünes Loch! Ich wußt nich, was ich sagen soll oder machen. Der Bodo hat gesagt: «Laß doch! Was is 'n! Was willst du denn! Wir reden später!»

Nach'm Film hat der Bodo draußen auf die Frau gewartet,

ich stand so abseits blöde rum. Zu mir hat er noch gesagt: «Entschuldige, hast ja gesehen ...»

Hat er mit ihr geredet. Hat ihr 'ne Scheiße erzählt, daß er ins Kloster gehen will. Wahrscheinlich weil er 'n schlechtes Gewissen hatte. Hat sich nach der Reinheit gesehnt.

Ich bin losgegangen, in seine Wohnung, und er is nachgekommen. Hat er mir stundenlang was aus sei'm Leben erzählt. War wahrscheinlich kein Wort wahr, aber das macht ja weiter nix. Er hätt Schluß gemacht mit der Julia, und die hätt im Kino durchgedreht. Daß er nach der Julia 'n Vakuum gehabt hätt und mit jeder Disco-Schnalle rumgemacht, die mal 'n langen Schwanz zwischen die Beine haben wollt. Bis er mich getroffen hätt. Ich glaub, ich war für 'n Bodo so 'ne Art Julia-Ersatz, weil er in mir 'ne Frau mit Grips gesehen hat.

Sind wir in sei'm Benz ans Mittelmeer gefahren. Haben uns abgewechselt, einmal is er gefahren, einmal bin ich gefahren. Ohne Pause durch, die 15 Stunden. War eigentlich gefährlich. Kurz vorm Ziel haben wir im Auto übernachtet. Sitze runtergeklappt und eingeschlafen. Nächsten Morgen runter in die Stadt, ans Meer. Gegen Mittag haben wir 'n Zimmer gefunden, in so 'nem Hotelchen, mit Balkon, das war überhaupt nich teuer. 'n großes Doppelbett. Da haben wir drin geschlafen. Nich geschlafen, bloß beide in einem Bett eben. Nackt schon, aber eher so, Spielchen. Er hat mich bewundert. War mehr 'ne Freundschaft. Das einzige, was er gemacht hat, er hat meine Möse geleckt. Das war, naja. Was wollt ich denn mit 'nem Kopf zwischen mein' Beinen. Ich bin da nich so drauf abgefahren, 'n Orgasmus hatt ich nich. Mit'm Bodo, das war unterkühlt. Seine Zunge in meiner Möse, absolut unnötig.

Der Bodo konnte gut fotografieren. Hat schöne Bilder von mir gemacht, nackt am Strand, oder nackt auf'm Bett.

Wie ich später meine Freundin kennengelernt hab, hat se gesagt: «Ich kenn dich.» «Ich dich auch», hab ich gesagt. «Tut mir leid, das im Kino damals», hat se gesagt. «Da war ich auf achtzig. Heut tät ich das nich mehr machen.» Ich hab nix drauf gesagt.

Irgendwann hat se mir gesagt, sie hätt damals Schluß mit'm Bodo gemacht, weil er sie beschissen hat. «Der Bodo! Ich hab dem so viel beigebracht. Ich hab zu ihm gesagt: ‹Hör mal! Du mußt Anzüge tragen. Jeans trägt jeder. Und kauf dir 'n Benz, das sind die besten Autos.› Damals war ich auf'm ‹Faust›-Trip. Ich hab zum Bodo gesagt: ‹Lies mal den ‹Faust›, Bodo.›»

Der Bodo hat nachher 'ne Hausfrau geheiratet, die er bescheißen kann, weil er 'n schöner Mann is, der Showmaker.

Dann hab ich den Jonas kennengelernt, beim Tanzen. Der wußte nich, was er will. Hatte sich grade von seiner Frau getrennt, die 'n Kind von ihm gekriegt hat. Ein Jahr hatt er's mit ihr ausgehalten. Ich hab 'n kurz nach seiner Trennung von dieser Frau erwischt. Hatte sein' Job hingeschmissen und sich eingebildet, er müßte jetzt frei sein und 'n neues Leben anfangen.

Bei dem zu Hause war ich nich, der war nur ein' Abend bei mir. Haben wir ewig rumgeknutscht, und ich hab ihm ein' runtergeholt. Das is für 'ne Frau ganz schön. Irgendwie is man hinterher auch zufrieden. Wir hatten alle beide Angst, daß ich schwanger werd. Er, weil er schon mal 'n Kind gemacht hatt, was er überhaupt nich wollte. Ich sowieso. Das hatt sich gut getroffen. Er hat noch 'n bißchen neben mir gedöst und is dann weg, mitten in der Nacht.

Da wußt ich, daß ich mit dem nix zu tun haben will. Der war mir zu chaotisch. Was der für Probleme hatte, und ich zu der Zeit auch. Das wär nich gegangen, absurd wär das gewesen. Alles, was wir uns zu sagen hatten, das hatten wir uns gesagt. Das war 'n Versuch. Danach hat man gewußt: ‹Nee, der nich.›

Jedenfalls, wie ich meine Freundin schon 'ne Weile kannte, sagt die, sie hätt jetzt ein', der Jonas heißt und so und so aussieht, und der weiß nich, was er will. Da wollten wir uns zu dritt treffen, und ich wußt, das kann nur der Jonas sein.

War er auch. Ich hab «Hallo!» gesagt und fremd getan. Der genauso. Ich hab meiner Freundin nie gesagt, daß ich den Jonas ziemlich gut kenn. Ob der Jonas was zu ihr gesagt hat, weiß ich nich. Ich glaub's nich. Ich hab nie verstanden, warum meine Freundin den geliebt hat, aber ich muß ja auch nich alles verstehen.

Auf 'ner Silvesterparty hab ich ein' getroffen, der hat mich intressiert. Der hatte 'n schmales Gesicht, dunkle Haare und dunkle Augen. Im Gesicht ganz mager. Wie eingefallen. 'n Kopf größer als ich, aber ziemlich krumm. So groß sah der gar nich aus. Schmale Hände. Ich hab's mit 'n Händen. Wenn ich die Hände von 'nem Mann seh, weiß ich schon, ob der was für mich is oder nich. Ich kann breite Hände nich ausstehen. Oder fette. Ich kann auch dicke Männerärsche nich vertragen. 'n Männerarsch muß klein und trotzdem kräftig sein. Wir haben getanzt. Das war mal einer, der sich nich gleich ranklemmt, daß du sein' Schwanz spürst. Ganz leicht hat der getanzt, mit Abstand. Schweißige Hände sind mir auch zuwider. Der hatte trockne feste Hände. Ich dachte: ‹Vielleicht is er schüchtern.›

Ich hatte Lust, mit dem zu reden. Wir haben uns hingesetzt und 'ne Zeitlang gar nix gesagt. Der hat mich angeguckt, und ich hab zurückgeguckt. Direkt in die Augen.

Ich hab gedacht: ‹Der kann mich leiden.› An mehr hab ich nich gedacht. Ewig so dahocken wollt ich aber auch nich. Ich hab gesagt: «Bist du alleine hier?» «Ja.» «Ich auch», hab ich gesagt.

Ich hab ihm nich zugetraut, daß er aus sich rausgeht, aber mit ei'mmal nimmt der meine Hand und sagt: «Ich weiß nich, was du davon hältst, aber ich will nie mehr was mit Frauen zu tun haben. Ich bin nich schwul, im Gegenteil. Aber ob's 'ne Ägypterin is oder 'ne Chinesin oder 'ne Polin oder 'ne Deutsche – sie brauchen nur den Mund aufzumachen, und schon lügen sie.» Ich sag: «Na hör mal!» Er sagt: «Ich hatte schon viele Frauen. Alle haben mich angelogen. Die letzte, die ich hatte, war 'ne Schwedin. Die war die Lüge selber. Die hat mich vernichtet. Jetzt fahr ich Taxi. Das Wort ‹Frau› ist für mich dasselbe wie das Wort ‹Lüge›.»

Ich hatte keine Lust mehr. Ich dachte: ‹Du Arschloch› und hab meine Hand weggezogen. Zum Glück hatte meine Freundin was spitzgekriegt. Sie kam her und hat gesagt: «Kommst du mit in die Küche was essen?» In der Küche hat sie gesagt: «Der is nich schlecht, aber total durchgeknallt.»

Vielleicht wär mir aber heut einer, der so durch'n Wind is, lieber wie der Dauerficker hab ich den genannt. Ich hatte den auf der Arbeit kennengelernt. Du merkst ja gleich, ob einer scharf auf dich is. Ich wollte das nich, und da hat sich auch nix abgespielt. Aber der dauernd um mich rum wie 'n Fuchs hinter 'm Hasen. Ich war auch blöd. Ich hab den noch angespitzt. Aber ranlassen gab's nich. Ich hatte keine Antenne für den. Bloß ficken, dadran bin ich nich intressiert. Da muß noch was andres funken. Ich muß 'n Wort mit dem reden können. Das is überhaupt das Wichtigste. Ich hab schließlich 'n Kopf, und mit 'm Gefühl muß es auch stimmen.

Meine Freundin is eigentlich genauso. Die hatte was Festes, sogar 'ne große Liebe, das war der Bodo. Irgendwann mußte sie für ihren Job 'ne Prüfung machen und wollte vier Wochen alleine sein und jeden Abend pauken. Das hat sie ihrem Herzblatt gesagt, und daß er das verstehen soll und 'ne Weile Pause machen. Nach den vier Wochen geht sie zum Bodo hin, da liegt der mit 'ner andern im Bett. «Mir hat in dem Monat nix gefehlt», hat meine Freundin zu mir gesagt. «Ich war mit 'm Kopf beschäftigt, und ich hab gedacht, hinterher wird's umso schöner.»

Jedenfalls, das war Sonntag früh, da klingelt's. Ich noch im Bademantel mach auf, und vor der Tür steht der Dauerficker – die Hose offen, den Steifen draußen. Der schiebt mich in 'n Korridor, legt mich aufs Kreuz und fängt an zu rammeln. Ich hab erst bloß gedacht: ‹Ohne Gummi, das kann schiefgehen.› Der konnte nich aufhören, und langsam hatt ich Spaß dran. Von dem Tag an hab ich den nich mehr losgekriegt. Der kam jede Nacht, und jede Nacht ging die Post ab. Der hat bei mir gepennt, und jeden Tag vorm Aufstehen mußte der schon wieder. Mir war das zuviel. Ich bin vom Ficken immer matschig in der Birne. Nachts geht das, da kann ich mich hinterher auspennen. Aber vorm Aufstehen, nee. Ich häng dann den halben Tag durch. Das Dümmste dadran war, wir hatten uns nix zu sagen. Bloß immer was essen, beim Essen übers Essen reden, eine rauchen, zehn Minuten fernsehen und ab ins Bett. Ich hatt schon längst genug, wenn der immer noch weitergemacht hat. Manchmal war's so, daß ich bloß noch dagelegen und gewartet hab, bis der endlich abspritzt. Vorm Aufstehen hab ich mal gesagt: «O Gott! Schon wieder. Ich bin noch müde. Bitte nich!» Der hat gemeint: «Andre sagen ‹Bitte!›, wenn ich's ihnen machen soll.» Ich hab gesagt: «Du bist so potent, grauenhaft is das!» Ich wollt einfach nich mehr. Und weil wir uns sowieso nix andres zu sagen hatten, hab ich nich mehr aufgemacht. Auf der Arbeit hat er dann so getan wie wenn er mich nich kennt.

Ich hatt's immer am liebsten, wenn ich mich mit 'm Kerl gut verstanden hab. Wenn ich an denselben Sachen intressiert war wie der. Wenn ich mit dem reden konnt und der mit mir. Wenn ich 'n Gefühl hatte für den, und der eins für mich.

Am Wochenende, wenn ich alleine rumhing, von der Arbeit kaputt, und die Decke is mir auf'n Kopf gefallen, hab ich mich ins Auto gesetzt und bin aufs Land gefahren, zur Kati und zum Horst, in so 'm Kaff.

Die hatten 'n Freund, das war der Leo, der is auch oft rausgefahren, Kaffee trinken bei der Kati, und spazierengehen, mit, mit sei'm Hund. Der hat bloß sein' Hund gehabt, so 'ne Promenadenmischung, den hat er geliebt.

Der Leo war 'n stilles Wasser, ich hab Zutrauen zu dem gehabt. Hab auch gemerkt, daß er was für mich übrighat. Aber der war so verklemmt, der hat nix gesagt.

Hab ich mich mit ihm verabredet, daß ich ihn besuch in der Stadt. Bin ich ab und zu hin. Der hat in 'ner Bank gearbeitet. «Das is grauenhaft», hat er gesagt. Das war nix für den. Hat er viel rumgekifft. Der hat's nie auf die Reihe gekriegt, daß er mal was andres macht und nich seine Bank. Is immer bekifft in die Bank gegangen.

Intelligent war er. Hat sehr gut Schach gespielt, sogar bei Wettkämpfen. Aber ewig rumgejammert. Daß er sein' Job schmeißen müßt und was andres machen. Hat aber nix gemacht. Bloß kiffen, Schach spielen, und sein' Hund. Hat kein' Inhalt gehabt. Und alle Leute beneidet, die klarkommen.

Daß ich nu ausgerechnet mit dem. Der hat mir, ich hatte das Gefühl, das is 'n Freund.

Die Kati hat mir das übelgenommen, daß ich mit 'm Leo was gemacht hab. Die hatte ja ihren Horst, aber der Leo hat ihr auch gefallen.

In seiner Wohnung hab ich ihn zum ersten Mal geküßt. Der wollte das, aber der war, hat sich nix getraut.

Mich hat er auch besucht. Mein Gott, der war so willenlos, der hätte nie gesagt: «Komm, wir schlafen jetzt miteinander.» Das wollte dann ich. Hat er sich endlich ausgezogen, der hatte so 'n scheußliches weißes Unterhemd an, so 'n schlabbriges, und hat seine Brille abgenommen, ohne Brille hatte der schöne Augen. Der Leo war ziemlich groß, und tierisch behaart. Hat fast gar nix mit mir gemacht. Hat sich halt sein' Gummi übern Schwanz gezogen und is zu mir reingekommen. Aber überhaupt kein Feuer. Ich hab versucht, was zu empfinden, aber das ging nich. Ich war froh, daß es ziemlich schnell ging. 's hat mir sogar weh getan. 'n totaler Durchhänger, der Leo. Eigentlich wollt ich jetzt nix mehr mit ihm zu tun haben. Ich wollt 'n nich mehr sehen. Ich hab 'n dann aber trotzdem noch getroffen.

Sein depressives Gejammere immer, das ging mir auf die Nerven. Depressiv bin ich selber. Der Leo war 'n echter Looser.

Wie bin ich 'n den losgeworden. Ich hab 'n nich mehr angerufen. Der war von sich aus so lasch, der hat gewartet.

Dann hat auf einmal die Kati angefangen, ob denn der Leo nich doch der Richtige für mich wär. Die hat gemerkt, daß es ihm mies geht.

Ich hab mir gesagt: «Das is doch 'n erwachsner Mann, hätt er doch zu mir sagen können: ‹He, was is 'n los.›» Aber. Hat einfach akzeptiert, daß nix mehr von mir kommt.

In meiner ersten Firma, das war nach 'm Axel, ich hab da so viel Scheiße erlebt, das faß ich nich. Der größte Scheißer war der Harro. Der hatte schon 'ne Menge hinter sich, der hat natürlich sofort gecheckt, was ich für 'n knackiges Früchtchen war, für den war ich das gefundne Fressen. Hat sich auf mich gestürzt und «Ich helf dir, daß du dich zurechtfindest in der Firma.» Ich hatte keine Ahnung, und der hat gewußt, wie der Hase läuft.

Vorher hatte der rumgehangen, bis er geschnallt hatte, daß er sich auf 'n Arsch setzen muß und was lernen, damit er Kohle kassieren kann.

Der is jeder Frau um 'n Hals gefallen, damit er an ihre Titten rankommt. Dabei hatte der 'ne Freundin, die Karin. Der hat die nach Strich und Faden beschissen, und die ihn auch. Aber die haben zusammen gewohnt, immer nach dem Motto: «Fickst du mit 'm andern, dann fick ich 'ne andre.» Die haben das ziemlich lange ausgehalten. Ich hab das am Anfang gar nich mitgekriegt.

Der Harro hat immer auf stark gemacht, war aber 'n ganz schwacher Typ, der selber 'n Führer gesucht hat. Das war dann unser Chef. Dem hat er aus der Hand gefressen und die Stiefel geleckt. Unser Chef hat der Karin 'n Zungenkuß reingedrückt, auf 'ner Party war das, und der Harro stand daneben und war noch stolz drauf. So 'n Arschloch war das.

Jedenfalls, ich war ganz froh, daß ich jemand gefunden hatt, der mir sagt, wo 's langgeht.

Hat er mal gesagt, er fährt mit mir spazieren und zeigt mir was. Sind wir spazieren gegangen, in 'nem Park, haben uns auf 'ne Bank gesetzt, und da hat er erst mal angefangen, stundenlang was zu erzählen über was weiß ich. Und wie damit Schluß war, hat er gedacht, er kann sich sein' Fummellohn abholen und hat an mir rumgegrapscht. Da war's schon dunkel, in dem Park. Hat er gemeint, wir könnten jetzt eigentlich zu mir fahren, was trinken.

Sind wir zu mir gefahren, haben was getrunken, ganz schön sogar, und da hat er so lange rumgequatscht und rumgemacht, daß er mir eingeredet hat, daß ich das jetzt ganz scharf und heiß finden müßt, was er mit mir macht, daß er

mir mit sei'm Rumgequatsche meine Hosen ausgezogen hat und is auf mich draufgeklettert und hat mit mir geschlafen. Das war, ich hab kein, ich weiß nich mehr, wie das war. Ich weiß bloß noch, daß er 'ne ziemliche Sau war. Weil er von seiner Freundin geredet hat, und wie gut er sich mit ihr versteht, und es tät überhaupt nix machen, wenn er mal was andres laufen hat. Das andre war ich. Der war 'n Idiot. Ich hab nix davon gehabt. Ich hab das alles so, ich weiß nich, so, ich war, ich hab einfach, weil ich das Gefühl, ich hab mir, ich hab's machen lassen. Der hat so lange rumgebaggert, bis ich, bis er sein'n Orgasmus hatte.

Das ging 'ne ganze Weile so. Immer mal wieder.

Einmal war ich sogar bei ihm, da war seine Freundin grad nich da. Hat er vorm Spiegel, so 'n großer Spiegel, hat er mir die Hose runtergezogen und hat mir erzählt, wie geil das gewesen wär, daß er die Karin auf 'm Küchentisch gefickt hat. Hat er seine Hose runtergelassen und hatte 'n Ständer. Das war alles, was er gebracht hat. Ich hab ihm vorm Spiegel ein' runtergeholt, und er hat auf 'n Fußboden gespritzt und hat das mit seiner Unterhose weggewischt.

Irgendwann haben wir uns nich mehr getroffen. Naja, paar Monate ging das mit 'm Harro, diesem Bussi-Arsch.

Ich war alleine an der Bar, saß da eine mit ’nem Kerl, der hat mich gefragt, ob wir, ob er mich zu ’nem Drink einladen darf. Ja, warum nich. Haben wir zu dritt ein’ getrunken. Die Frau war seine Schwester. Die is für ’ne Weile verschwunden, an ’nen Tisch, hat da mit ’nem Typen. Nach ’m dritten Drink sind wir alle viere aus der Bar raus und am See-Ufer langspaziert. «Gehen wir noch zu mir ’n Kaffee trinken», hat der, der hieß Otmar, hat er gesagt.

Seine Schwester is mit dem Kerl, den se in der Bar aufgegabelt hatte, aus ’m Wohnzimmer raus nach nebenan.

Irgendwann haben wir uns ausgezogen und auf die Couch gelegt. Ich war blau, hab gesagt: «Nee nee, laß.» Hat er sich trotzdem auf mich draufgelegt, hat meine Beine auseinandergepreßt, hat mir ins Ohr gesäuselt, daß er jetzt unbedingt, der hat nich lockergelassen, das war überhaupt kein, also das war schon ’ne halbe Vergewaltigung. Hab ich mitgemacht, aus Mitleid oder was. Gut ficken konnte der nich. Ich hab gedacht: ‹Naja, so sind diese Typen, da kannst de nix machen.›

Seine Schwester, das war ’ne Mami vom Lande, die mal richtig ficken wollt in der Stadt, das hat se gemacht. Die hat gekreischt, daß es in der ganzen Wohnung.

Ich hab ’n Otmar noch öfter getroffen. Der war eigentlich Klavierspieler. Hatte mal ’n Unfall und hat sich ’n Finger abgequetscht, da war’s zu Ende mit seiner Klavierspielerlaufbahn. Is er auf Computer umgestiegen und war jetzt im Computergeschäft mit neun Fingern tätig.

Einmal war ich bei ihm, da is ’ne Frau aufgetaucht mit zwei Koffern, die hat gesagt: «Wer bist ’n du. Was machst ’n *du* da.» Hat se gesagt, sie is schon ’n Jahr mit ’m Otmar zusammen, und daß se verreist war. Der Otmar, der is, der hat, is einfach verschwunden, in die Küche. Saß ich mit der Frau da, und mir war klar, daß der mich und die verarscht hatte. Die is aber nich ausgerastet. Ich auch nich, weil ich mir gesagt hab: ‹Dadran is dieser Blödarsch schuld.›

Bin ich raus. Ich hab meine Sachen zusammengesucht, ich konnt mit dem nich mehr reden, bin einfach raus. Mein' BH hab ich vergessen.

Ich hab, ich wußt nich, was ich machen soll, ich hätt nich Auto fahren können, ich hab mich vor Wut auf die Haustreppe gesetzt.

Ich hätt nie gedacht, daß der mich, daß er 'ne Freundin hat und mir das nich sagt. Wenn er mir gesagt hätt, er hat 'ne, dann hätt er mich auf kein' Fall angefaßt. Na schön, ich hab nich gefragt, aber für mich war das klar, daß gesagt wird, was los is. Daß er sagt: «Hör mal, wir können ruhig was zusammen machen, du gefällst mir saugut, aber ich hab 'ne Freundin, kann sein, daß die jederzeit auftaucht.» Das wär fair gewesen. Aber der hätt mir auch nich die Wahrheit gesagt, wenn ich gefragt hätt. Der hatt gleich von Liebe gesoßt. Seine Wohnung war auch so, wie wenn er alleine lebt.

Diese Sau, ich hab dem angesehen, daß er das genießen wollt, daß sich zwei Frauen wegen ihm angiften.

Auf einmal geht die Wohnungstür auf, und er is die Treppe runter. Ich hab gedacht, er kommt mir nach. Hat ganz cool gesagt, er holt Kaffee. «Was hockst 'n noch da.»

Hab ich gesagt: «Also hör mal, so geht's ja nu wirklich nich, du hast mich verladen, du bist 'n mieses Arschloch, vom Abschaum das Feinste.»

Hat er gesagt: «Jaja, is o. k. Verpiß dich.»

Bin ich gegangen. Selber schuld, wenn ich mich auf so was einlaß. Scheiße, selber schuld.

Ich hab mir überlegt, ob ich dem die Autoreifen aufstech.

Oder wenn ich ’n Bruder gehabt hätt, der dem eins auf die Rübe klatscht. Aber am liebsten wär ich wieder zu ihm hingerannt.

Es gab ’ne Zeit, da hab ich, also ich fand’s spannend.

Der Matthias, das war einfach ’n guter Kumpel, das heißt, und sein Busenfreund, die waren unzertrennlich, die zweie, Max hieß der. Matze und Max. Ich hab bloß «MM» gesagt. Ich konnte die gar nich voneinander trennen. Äußerlich ganz verschieden. Der Matze größer, ’n dunkler Typ, der Maxe ’n kleiner blonder Wuschelkopf. Alle beide intelligent.

Den Matze hab ich zuerst gekannt, mit dem konnt ich reden, sonst war gar nix. Ich hab ihm auch als Frau gefallen.

Beim Matze hab ich den Maxe getroffen. Der ist voll auf mich abgefahren, und ich auf den. Wir waren immer zu dritt. Im Kino, in der Kneipe. Am Wochenende mal bei mir, mal beim Maxe, mal beim Matze. Der Matze war eifersüchtig auf ’n Maxe.

Mit ’m Maxe bin ich auch alleine losgezogen. War mal bei ihm zu Hause, und beim zweiten Mal hab ich mit ihm geschlafen. Der Matze hat das gewußt. Ich hab gemerkt, daß der auch was von mir will.

War ziemlich angenehm, daß die zweie um mich rumgesprungen sind. ‹Lustig›, hab ich damals gedacht.

Den ein’ Abend haben wir dreie bei mir groß gekocht. Und Wein hatt ich besorgt. Die wollten nich mehr nach Hause fahren, angesoffen, so spät.

Ich bin mit ’m Maxe ins Bett, und der Matze hat sich im Wohnzimmer auf die Couch gelegt. Auf einmal hat der Matze auch neben mir gelegen.

Der Maxe hat das in sei’m Schumm gar nich mitgekriegt. Vielleicht doch.

Der Matze hat mir in die Möse gefaßt und das Fummeln angefangen. Ich hab, ich war geil, ich hab auch, ich wollt das ausprobieren, zu dritt.

Hat der Maxe auf einmal gesagt: «Matze, laß das, das is doch, ich kann das nich, verschwinde.»

Der Matze hat gemeint: «Jaja, is klar, ich seh's ein.» Is wieder raus aus 'm Bett und ins Wohnzimmer.

Ich war so naß, ich hab sofort mit 'm Maxe geschlafen. Der Maxe hat mich gemocht, aber nich geliebt.

Mit 'm Matze wollt ich's noch wissen. Ich bin zu ihm hin und hab's mit ihm gemacht. Der war mir näher wie der Maxe.

Wir haben uns weiter zu dritt getroffen, aber eigenartig war das.

Ich hab damals schön rumgesaut.

Der Kurt, das war der Firmenschönling in der Bude, wo ich damals gearbeitet hab. Der hat auf intellektuellen Softi gemacht.

Hat gesagt: «Komm doch mal zu mir.» Hab ich gedacht: ‹Ich geh hin, mal sehen, wie der's macht.› Aber bewundert hab ich den nich oder wie die andern Frauen dem Firmenschönling zu Füßen. Als intelligente Frau hat der mich natürlich nie akzeptiert. Für den war ich doof. Was andres wollte der nich wahrhaben. Das wär ja unpraktisch gewesen, da hätt er ja nich mehr den tollen Hecht mimen können.

Am Anfang hat mir seine weiche Art gefallen. Der hatte 'n großen Schmollmund. Schöne Hände, immer Ringe getragen. Blonde Haare, braune Augen, und 'n Dreitagebart. Hat immer wie Zucker geredet. Aber nich «Ich bin dein Hündchen und hüpf dir nach», sondern «Komm her, geh weg».

Der hatte 'ne Bude, 'n ganz primitiver Laden war das,

dreckig, keine saubre Tasse, kein Bett, bloß so 'ne Matratze. Lagen wir da und haben uns langsam ausgezogen. Hat er an mir rumgefummelt und hat mit mir, also das war so 'ne Softi-Tour, der is beim Rein und Raus schon eingeschlafen. Nix mit Leidenschaft. Der wollt mich einfach auf seine Masche ficken und hat seinen Saft bei mir abgeschlagen. Ob ich was davon hab oder nich, egal. Ich hab 'n machen lassen, weil ich nu schon mal auf der Matratze lag.

Wie ich 'n nächsten Tag aufgewacht bin, hab ich gedacht: ‹O Gott, was für 'n Arsch liegt denn da neben mir.›

Wir haben uns ab und zu getroffen, und jedesmal hat der seine Softi-Show abgezogen. Der hat immer gedacht, er müßte den coolen Macker raushängen. Hat erzählt, wie lässig er is, und daß er in Tunesien war und irre Zahnschmerzen hatte und nich zum Arzt gegangen is. Dabei hatte der überhaupt kein' Arsch in der Hose.

Das war 'ne Affäre von paar Wochen, da war's dann schon wieder finito.

Von einer Scheiße in die andre. Den Namen hab ich vergessen. So 'n Sonnenscheinchen. Der hatte mit sei'm Freund zusammen 'ne Penthouse-Wohnung. Singles, und trotzdem 'ne schöne große Bude. 'ne Zweckgemeinschaft. Abschlepp-Companions. Sich gegenseitig die Weiber zuschieben.

In der Disco, ich hab mein Bier getrunken, hat er mir ins Ohr gebrüllt. Wie ich heiß und was ich mach oder so was Ähnliches. Ob's mir gefällt oder nich. «Hier is meine Telefonnummer», hat er gesagt, «ruf doch mal an.» Ich hab 'n nich angerufen, aber der mich.

Haben wir uns irgendwo getroffen. Hübsch war der nich, bloß intelligent. Bißchen glatt, sogar irgendwie schwammig.

Sind wir durch die Gegend gelaufen, zu ihm in die Wohnung. Im Wohnzimmer gehockt und Campari genippt. Hat er gemeint, wir könnten doch was zusammen machen. Ob ich Lust hätt. Haben wir uns gegenseitig oder er hat mich ausgezogen. Hat sich auf mich draufgelegt. Wie wenn jemand sein Fitness-Programm auf mir absolviert, ohne was dabei. Ich hab gedacht: ‹Will ich nich.› Hab ich ’n runtergeschubst und bin aufgestanden.

Zum Abspritzen ist er nich gekommen. Hat seine Pausbakken aufgeblasen und große braune Kulleraugen gemacht. Was los is. «’s geht nich», hab ich gesagt. Hat er gesagt: «Na o. k.» «Gut», hab ich gesagt, «tschüs.» Der is noch liegengeblieben.

Meine Liebe, das war, glaub ich, der Munk. Ich wollt was Festes, jemand’n, zu dem ich halt, und nich bloß: schlaf ich nu mit dem oder nich.

Ich hatte den Munk schon öfter in Kneipen getroffen. Ein’ Abend war ich auf ’ner Fete, und der Munk war da auch. Ich hab gleich gesehen, dem geht’s nich gut. Eigentlich war ich mit’m Thomas dort, aber der mußt nach Hause. Bin ich mit ’m Thomas abgehauen, und hinterher zurück. Der Munk hing in der Ecke und hat sein Bier getrunken. Bin ich hin und hab gesagt: «Wie geht’s dir denn.» «Naja», sagt er.

Ich sag: «Du, da läuft ’n Film im Fernsehen, den will ich mir angucken.»

Hat er gesagt: «Ich wohn gleich um die Ecke, wir könn’ uns den Film bei mir ansehen.»

Haben wir uns den Film angeguckt. Den Abend bin ich bei ihm geblieben. Aber geschlafen haben wir nich miteinander. Das war schön. Ich bin ganz früh aufgestanden und fort. Ich hab gedacht: ‹Bloß nich so ’ne kurze Sache, wo man rumfickt und sich nix mehr zu sagen hat.›

Wir haben noch lange nich miteinander geschlafen, noch lange nich. Irgendwann hat er mir ’n Zettel geschickt, ’n richtigen Liebesbrief.

Ich bin zu ihm in die Wohnung und hab mit ihm geschlafen. Von da ab waren wir unzertrennlich.

Der Munk is bald in ’ne andre Wohnung gezogen, und ich mit. Meine Wohnung hab ich aber behalten.

Im Sommer mußt ich von der Firma aus vier Wochen in ’ne andre Stadt, ganz weit von zu Hause weg. Da hat der Munk hysterische Anfälle gekriegt und hat geweint, ich soll nix mit andern Männern machen. Dort hab ich den Lennart kennengelernt und den Harry. Wir waren nach der Arbeit immer auf Achse. Ausflüge oder baden oder in die Kneipen.

Nach den vier Wochen hat mich der Munk abgeholt. Ich hab gesagt: «Das is der Harry, das is der Lennart.» Aber mit denen konnt der Munk nich reden. Hat wahrscheinlich gedacht, ich hätt was mit denen gehabt. Wie ich mich vom Lennart und vom Harry verabschiedet hab, hat er sich weggedreht. «Tschüs» hat er zu denen nich gesagt. Auf der Heimfahrt hat er gesagt, er könnt’s nich aushalten, daß ich so bin. «Wie denn!» hab ich gesagt. «Immer andre Typen gucken und mit denen rumziehen», hat er gesagt. «Ich hab nix gemacht!» hab ich gesagt, «kapier das doch endlich.»

Warum sollt ich nich so sein wie ich bin.

Ich war zweimal mit ’m Munk in Urlaub. Im ersten, das war ’ne Zeit, wo wir jeden Tag miteinander geschlafen haben. Wie wir wieder zu Hause waren, hat das nachgelassen. Ich hab gedacht, das is normal, aber die Liebe, die bleibt.

Nach ’m zweiten Urlaub war’s wie vorbei.

Der Munk, das war der Richtige. Der hat alles gemacht, was gut für mich war. Ach, an den Munk darf ich gar nich denken.

Zum Schluß hat er mich betrogen. Das letzte Mal, wo wir miteinander geschlafen haben, hat er gesagt, daß ich die Frau seines Lebens wär, und daß er sich gar nich von mir trennen will.

Die andre war älter wie er, die hatte schon 'n Kind. Ich wollt kein Kind, das wär 'ne Katastrophe gewesen. Die andre war mütterlich, für 'n Munk verläßlich. Die war scharf auf 'n

Munk und wollt ihn auf kein' Fall bescheißen. Ich war für 'n Munk nie so 'ne heiße Nummer, daß ich ihm die Hosen ausgezogen hätt und gesagt: «Hopp, wir schlafen jetzt miteinander, ich möchte.» Die andre war bestimmt heißer. Die hat er geheiratet. Wahrscheinlich hat er gedacht: ‹Schluß mit den überschwenglichen Liebesgeschichten, die immer so beschissen enden.›

Der war wie 'n Kind. Wir konnten nie über uns reden, da hatte er keine Worte für, ich auch nich.

Wenn ich an den Munk denk, muß ich manchmal an ganz früher denken. Mit 15 war ich auf 'ner Klassenreise und hab den Klaus getroffen. In den wollt ich mich verlieben, 's waren ja schließlich Ferien. Wir haben bloß Händchen gehalten und sind spazieren gegangen. Oder wir haben Minigolf gespielt, oder Tennis. Und geküßt haben wir uns. Stundenlang. Am Strand, oder in der Hecke vorm Haus. Das war alles, aber das war 'ne Sache. Vergeß ich nie. Der Klaus war nich schön, aber der hatte was. Komisch war der auch, weil er auf 'm Elitär-Trip war. Der wollte nur Lacoste-Sachen anziehen.

Der, der mir 'n Kind machen wollt und den Besuchsvater spielen, das war mein Chef damals.

Ich war vorher arbeitslos, lange, und auf der neuen Arbeit

hab ich noch nich viel verdient. Ich dachte: ‹Bloß nich rausfliegen. Und hoffentlich bald mehr Geld machen.›

Ich wollt 'ne zweite Ausbildung durchziehen. Und mein Chef hat die geleitet. Is er öfter in mein Zimmer gekommen, hat gefragt, was ich früher gemacht hab, oder 'n Fragebogen ausfüllen. Mal hat er gesagt, er möcht mir 'n paar Bücher zeigen, die ich durchlesen müßt. Sind wir in sein Büro gegangen. *Das* Buch wär wichtig, und das. Und die Tabellen. Lag alles auf sei'm Schreibtisch. Hat mich plötzlich ganz groß angeguckt, ich dachte: ‹Was is 'n jetzt los›, hat mich umarmt und hat gesagt: «Spürst du das auch? Diese Anziehungskraft?!» Ich hab gesagt: «Ja, nee, was?» Ich wußte, daß er verheiratet is, ich bin überhaupt nich auf die Idee gekommen, daß der mich anders sieht als irgend 'ne Angestellte. Ich war wie 'n Bündel, ich hab's über mich ergehen lassen. Aber geduzt hab ich 'n auch, weil ich gedacht hab: ‹Na toll!› Der hat mich gar nich reden lassen, immer bloß er. So 'n alter Männertrick, daß du gar nich gefragt wirst. Das war auch ganz einfach, weil ich den respektiert hab, war ja mein Chef. Ich fand das aufregend, daß der mich als Frau, da hab ich mitgemacht. Ich dachte, daß mir das 'n Halt gibt, in der Firma. Ich hatte keine Ahnung, in was für 'n Schlamassel ich mich reinreit, in was für 'n irren. Ich bin aus sei'm Büro raus – richtig happy, weil der mir gesagt hat, wie gescheit ich wär und daß ich die Ausbildung bestimmt schaff. Das wollt ich ja hören.

Wenn ich irgend was wissen wollt, bin ich in sein Büro, und der – hat wieder angefangen. Vorher die Tür abgesperrt. Das war mir auch lieber. Ich hab gedacht: ‹Das wär das Ende, wenn der mir grade auf 'n Arsch tatscht, und da kommt jemand rein.› Naja, heiße Küsse undsoweiter. Hat mir einfach in die Hose gefaßt. Einmal hat er mir die Hose runtergezogen und die Hand zwischen meine Beine, meine Möse streicheln. Im Stehen, da war ja nix zum Liegen. Die Hose is mir auf die Schuhe gefallen. Hat gesagt, daß er mit mir schlafen möcht. Aber er hat seine Hose nie aufgemacht. Hat bloß meine Hand auf seine Hose gedrückt, ich sollte sein'n tollen Schwanz spüren. Ich wollte kein' Sex von dem.

In mei'm Zimmer hat er sich mal 'ne orangene Plastikschere von mir geborgt, die hat er mir nie zurückgegeben. Er hat gesagt, die behält er, damit er was von mir hat.

Ich mußt mir extra wegen dem 'ne neue Schere besorgen. Das, die Schere war 'ne Art Pfand für den.

Ich hab gemerkt, daß er begeistert von mir war. Hat schon gestimmt, was er gesagt hat. Aber der war feige. Daß er's nich fertiggebracht hat, einfach machen, was er machen will. Der is voll auf mich abgefahren. «Ich hab das sofort gemerkt, wie ich dich zum erstenmal gesehen hab», hat er gesagt. «Da hab ich gespürt, daß ...», irgendwie. Ich hatte da 'nen engen Rock angehabt und hohe Stiefel, das konnt er nich vergessen. Aber dazu stehen, vor den andern, das konnt er nich.

Ich war noch nich lange in der Firma gewesen, da war da 'ne Fete, und mein Chef hatte sich noch nich an mich rangemacht. Auf der Fete hab ich mit 'm Rudi rumgeflirtet. Mein Chef hatte hinterher so 'ne Meinung, das hat er mir später gesagt, daß ich gar nich so spröde wär, wie ich zu ihm getan hätt. Das hat er gebraucht, so 'ne Rechtfertigung, daß ich nich grad die Unschuld vom Lande wär.

Mit mei'm Chef, das war so 'ne Abhängigkeit. Der hat mich gewollt, und ich hab den gebraucht, weil ich die Ausbildung schaffen wollt, unbedingt.

Der hat sich dauernd überlegt, wie er mit mir schlafen könnt. Hat mir erzählt, daß er oft von mir träumt. Erst hat er gesagt, er trennt sich von seiner Frau, wenn die Kinder aus 'm Haus sind. Dann hat er gesagt, er mietet mir 'ne zweite Wohnung, und niemand weiß was davon. Verreisen wollt er mit mir nich, da wär seine Frau dahintergekommen. Zuletzt hat er gesagt, er kommt heimlich in meine Wohnung. Das hat er auch gemacht.

Ich hatte bloß 'n Bademantel an, weil ich grad geduscht hatt. Haben wir uns aufs Sofa gesetzt, ich im Bademantel, er angezogen. Das hat den gequält, aber der hatte sowieso 'n Schlag weg, der war irgendwie, 'n halber Masochist. Auf'm Sofa war nix, außer geküßt. 'n Bademantel hat er mir nich ausgezogen, auch nich zwischen die Beine gefaßt. Der hatte riesige Klauen, richtige Pranken. Abstoßend, körperlich. Oft hat der nach irgend was gestunken, nach Rattengift oder Desinfektion, ich weiß es nich, nach, so intensiv nach irgend 'nem Mittel. Der ist mir vorgekommen wie 'ne halbe Moorleiche is der mir manchmal vorgekommen. Der hatte was Totes.

Is bald aus meiner Wohnung wieder abgehauen, weil er Schiß hatte, daß jemand kommt. Da is auch jemand gekommen. Mein Chef is bleich geworden und hat gesagt: «Um Gotteswillen, um Gotteswillen, wenn mich jetzt jemand sieht ...» Is er in die Küche gerannt, aber ich hab gar nich aufgemacht.

Mein Chef wollt sich auf keinen Fall mit mir sehen lassen, aber mit mir schlafen wollt er unbedingt, so ungefähr. Der hatte Angst, daß seine Frau das mitkriegt und daß er Probleme kriegt in der Firma. Der hat bloß in sei'm Büro «Du» zu mir gesagt, sonst in der Firma nich. Ich hab's genauso gemacht.

Langsam war ich mir selber ekelhaft, da hab ich was mit 'm Heinz angefangen. Ich wollt 'n Schlußstrich ziehen. Ich wollt mei'm Chef zeigen, daß er mich am Arsch lecken kann. Das hab ich ihm mit 'm Heinz vorgeführt. Ich bin mit 'm Heinz Händchen in Händchen durch die Firma gezogen, und mein Chef hat das, also ich hab dem demonstriert, daß ich kein Intresse an ihm hab.

Hat er irgendwo zu mir gesagt: «So, und jetzt siezen wir uns wieder.»

Der Heinz, das war der größte Spinner in der ganzen Firma, 'n richtiger Quatschbubi. Der hat immer eigenartige Scheiße geredet, über das Ich und die Welt des Einzelnen. Der war so dürr, daß ihm die Hose geschlackert hat. Bei dem konnt'st de jeden Knochen einzeln abzählen. Was der für Zeit gebraucht hat zum Anziehen! Da mußt alles stimmen. Doof war er nich. Hat alles selber entschieden und selber gemacht.

Der hat den Einfühlsamen gemimt. Hat sich alles angehört, konnte gut Intresse vortäuschen, hatte auch welches, und hat mich belabert. Der mochte mich, glaub ich. Hatte noch was mit andern Frauen.

Mein Chef war beleidigt, der hat sich gerächt, ganz primitiv. Hat mich in der Ausbildung nach Strich und Faden fertiggemacht. Da hab ich gemerkt, was mit seiner großen Freundschaft, was die wert is, wenn das andre fehlt. Hat er vor den andern gesagt: «Wenn ich gewußt hätte, wie schlecht Sie sind, hätte ich Sie gar nicht in die Ausbildung reingenommen.» Sind wir uns mal übern Weg gelaufen, und er ... wie ich ihn so brutal verschmähen könnt. Was er ertragen muß, daß ich ... Daß das grausam wär von mir.

Ich glaub schon, daß den das fertiggemacht hat. Aber ich hab das ertragen, daß er mich fallenläßt. Ich hab gewußt, daß ich nich so blöde bin wie er gesagt hat. Ich hab mich sehr angestrengt in der Ausbildung.

Die Sache mit ’m Heinz hat mich geschützt. Wir haben zusammen gekocht, und im Bett gelegen, und gefrühstückt. Der Heinz hatte ’ne hübsche Wohnung, bißchen runtergekommen, aber alles selber hergerichtet, und sauber. Der hatte ’ne Tour drauf, daß es immer schön war.

Wahnsinnig knochig war der. Ich glaub nich, daß er mit mir … der hat ’n ganz dünnen Schwanz gehabt. Das war, also sexuell war das ’n Witz.

Wir haben nach außenhin das Paar gegeben. Er, weil er stolz war, daß er mit mir, eitel, daß er ’ne attraktive Frau hat. Ich, weil ich ihn gebraucht hab gegen mein’ Chef. Ich hab gespielt, und er hat gespielt. Irgendwann war’s natürlich vorbei. Er is noch mal mit ’m Blumenstrauß in mein Zimmer gekommen in der Firma. Aber ’s war irgendwie nix. Sein Schwanz war halt dünn.

Er hat jedenfalls immer gut gekocht.

Wie’s aus war, da war ich meine Stütze los. Mein Chef hat das alles mitgekriegt, und ich stand vor der Abschlußprüfung. Ich hatte Schiß, daß er mich durchrauschen läßt. Hab ich ihm ’n Brief geschrieben, so ’ne Art Liebesbrief. Ich hab Rückhalt gebraucht und hab’s mit Liebe verwechselt. Für mich war der Brief, ich hab den gar nich, also ’ne Lüge war das nich. Wahrscheinlich hatt ich das Gefühl, ich lieb den vielleicht. Bin ich wieder hingekrochen. Ich wollt auch klären, was er für ’n mieser Kerl is. Hab ich mit ihm geredet. Daß ich gar nix von ihm wollte, und daß *er* angefangen hat. «Du warst doch der Chef für mich, und nich ’n Liebhaber!» Das wollt er nich hören. Hat gesagt, ich hätt auch was von ihm gewollt. Ich war so wacklig, daß er gemerkt hat, ich brauch ’ne Hilfe. Ich hab gesagt, wie fies das war, daß er mich erst über ’n grünen Klee gelobt hat und dann fallengelassen wie ’ne heiße Kartoffel. Ich bin aus sei'm Büro raus und in mein Zimmer. Is er mir hinterhergerannt und hat gesagt, daß ich gut dasteh in der Ausbildung. Und dann: Er hätt 'ne Mappe mit Tabellen, die sollt ich mir angucken. Bin ich nach 'ner Weile hin. Hat er wieder seine Tür abgesperrt. Hat mich wieder geknutscht und mir in die Hose gefaßt. Hab ich wieder mitgemacht.

Hat er gesagt, daß er dauernd von mir geträumt hat, wieder. Daß ich nackt vor ihm steh, und er mit 'm langen Steifen, und daß ich den in meine Möse zieh. Ich hab nix gesagt. Da hat er gesagt, daß er mir 'n Kind machen möcht.

Nach der Abschlußprüfung hat er mich in meiner Wohnung angerufen und hat gesagt, daß er mich liebt.

Ich hab in der Firma gekündigt und mir was andres gesucht.

Der Typ, auf den meine Freundin zuletzt scharf war, der hat sie in der Bar angemacht. Wir hocken am Tresen und trinken was. Knallt sich einer neben sie. Ob sie Lust hätt, am Donnerstag mit ihm essen zu gehen. Indisch. «Was machst 'n du», hat meine Freundin gefragt. «Börsenmakler», hat er gesagt. «Ich hol dich ganz groß ab.» Meine Freundin hat gefragt: «Is das nich teuer?» «Geld spielt keine Rolle», hat er gesagt. Mich hat er gefragt, ob ich mitkomm. «Warum eigentlich nich», hab ich gesagt. Und er: «Überlegt's euch. Hier ist meine Telefonnummer. Ich bin der Charlie. Ruft mich morgen an, ob's klappt.»

Wie ich mit meiner Freundin aus der Bar raus war, hat sie gesagt: «Wenn Geld keine Rolle spielt ... Aber ohne dich geh ich nich, sonst krieg ich den vielleicht nich los.»

Nächsten Tag hat sie ihn angerufen: «Also gut, Charlie, am Donnerstagabend.»

Am Donnerstag haben wir uns rausgeputzt. Punkt achte ist

der Charlie in 'ner Riesenkarre mit Schofför vorgefahren. Wir rein. Der hatte Schampus dabei. «Prost, meine Damen.»

Meine Freundin hat ein Glas nach 'm andern geschluckt.

Unterwegs läßt er anhalten. «Ich hab noch 'n Freund eingeladen.»

Steigt 'n zweiter Typ ein. Setzt sich mir gegenüber in die Ecke und sagt: «Ich zieh mir erst mal 'n Joint rein. Wir können ja hinterher reden.» Ich hab noch gesagt: «Was machst 'n du.»
Sagt dieser Schmierifuzzi: «Versicherung. Mit Charlie zusammen.» Ich sag halblaut: «Versicherungsfritzen sind das.» Charlie guckt mich giftig an, gießt meiner Freundin Schampus nach und lacht hysterisch.

Wir fahren keine fünf Minuten, da hält die Kutsche schon wieder. Steht da noch 'n Typ, fett, mit 'ner wasserstoffblonden Tussi, alle beide angesoffen – rein in die Kiste.

Ich sitz hinten neben meiner Freundin. Der Fette pflanzt sich meiner Freundin gegenüber in die Kissen. Neben meiner Freundin sitzt Charlie. Aber die blonde Tussi setzt sich nich neben ihren Fetti, die klemmt sich neben Charlie in die rechte Ecke.

Meine Freundin hatte schon genügend intus, Charlie rückt ihr auf die Pelle, daß er schon halb auf ihr drauf liegt.

Meine Freundin sagt: «Was geht 'n jetzt ab.» Charlie sagt: «Wir fahren erst mal was trinken.» Meine Freundin sagt: «Das stinkt mich an. Ich dachte, wir fahren essen.» Da geht Charlie von meiner Freundin runter, hängt sich über die Blonde und leckt die ab.

Ich guck mir den Fetten an, ob der überhaupt mitkriegt, daß sein Hasi mit Charlie rummacht. Der lallt was und droht mit der Faust, aber Charlie sieht gar nix. Da rappelt der Fette sich hoch und will Charlie eine verpassen. Er stolpert über seine Beine und landet auf meiner Freundin. Die schiebt ihn weg, Charlie dreht sich her, greift 'ne Schampusflasche und will mir was eingießen. Geht aber alles daneben. Ich sag: «Jetzt hat mir das Arschloch sein' Sprudel aufs Bein gekippt.»

In dem Moment hält die Karre vor 'ner Disco. Wir alle raus aus der Kiste und rein in den Schuppen. Ich sag zu meiner Freundin: «Ich hab genug, ich geh aufs Klo.» Meine Freundin

auch, und hinter uns die Blonde. Im Klo fängt die zu winseln an: «Ich bin ganz durcheinander. Eddi und ich wollen heiraten, und ich hab Charlie geküßt.»

Ich hab mit meiner Freundin die Biege gemacht. Sind wir alleine essen gegangen. Mexikanisch.

Hätt ich mich doch bloß mal auf einen festgelegt! Wenigstens für drei, vier Jahre. Gewollt hab ich's. Aber ich hatt auch Angst davor. Also ewig auf Suche. Und was hab ich gefunden? Immer wieder 'n andern. Und mit kei'm war's was.

Meine Mutter hatte zwei Männer. Dem einen war se nich gut genug, und der andre is mein Vater.

Manchmal wach ich nachts auf und heule. Weil ich vom Munk geträumt hab. Warum hab ich den gehen lassen! Den hab ich geliebt. Ich setz mich auf im Bett und ruf: «Munk! Munk! Wo bist du denn. Ich will 'n Kind von dir.» Aber der Munk kommt nich.

Ich denk immer öfter an wie ich, in meiner ersten Firma, 17 war. Im Sommer, im Urlaub. Ich mit meiner Mutter. Lag ich am Swimmingpool. Is einer rübergeschwommen zu mir, is rausgeklettert und hat sich neben mich in die Sonne gelegt, der Axel hieß der. War auch mit seiner Mutter in 'n Ferien. Sind wir mit 'ner großen Luftmatratze ins Wasser, stundenlang auf'm Wasser gelegen. Der Axel stand unterm Pantoffel von seiner Mutter, und ich stand unterm Pantoffel von meiner Mutter. Haben wir uns gut verstanden. Der Axel war Student. Das war so, daß wir mit seiner Mutter essen gegangen sind am Abend, meine Mutter, ich, der Axel.

Wir haben uns normal unterhalten. Nach 'm Essen sind wir vorgegangen, der Axel und ich. Am Hafen abgebogen auf 'nen dunklen Kai. Schön war das. Wir haben 'ne Menge unternommen. Baden, wandern, fotografieren. Aber geschlafen hab ich nich mit ihm.

Nach 'm Urlaub bin ich hingefahren zu ihm, wo er studiert hat.

Vorher hat's 'n Palaver mit meiner Mutter gegeben. «Das kannst de jetzt schon langsam machen», hat se gesagt. Jetzt hatt ich Lust drauf. Meine Mutter hat gesagt: «Geh zum Frauenarzt und nimm die Pille.»

Auf seiner Studentenbude hab ich mit 'm Axel, zum ersten Mal mit 'm Mann geschlafen. Ich hatt gedacht, das tut weh, aber das war nich so. Hat nich mal richtig geblutet. Gar nix Ungewöhnliches. Also ich hab das nich als *das* große Erlebnis. Wenn immer gesagt wird, der erste Mann, mit dem man schläft, is für 'ne Frau wichtig, das is Quatsch. 'n Orgasmus hatt ich kein'. Ich hab mir gedacht: ‹Das kommt später.›

Wir haben uns immer besucht. Ich ihn, wo er studiert hat, er mich, zu Hause. Ein Jahr lang haben mit miteinander geschlafen, aber 'n Orgasmus hatt ich nie.

's war trotzdem gut. Der Axel hat gemerkt, daß ich kein' Orgasmus krieg. Ich hab gesagt: «Das macht nix. Das klappt eben bei mir nich.» Ich wußte nich, ob ich überhaupt 'n Orgasmus krieg.

Den Sommer drauf waren wir wieder zusammen im

Urlaub, seine Mutter dabei und auch meine. Da haben wir miteinander geschlafen wie die Karnickel. Aber das war auch das Wetter.

Der Axel war 'n lieber Kerl, aber 'ne ziemliche Flasche. Weil er unterm Pantoffel von seiner Mutter gestanden hat. Weil die eifersüchtig auf mich war. Und herrschsüchtig. Die hätt uns am liebsten miteinander verheiratet. Das wollt ich

nich.

Meine Mutter hat gemeint, das wär 'ne gute Partie für mich, weil die Mutter vom Axel 'ne Firma geerbt hatte. Vollkommen bescheuert. Mit uns hatte das überhaupt nix zu tun. Ob der Axel das gewollt hat? Der hat nich, also so hat der nich gedacht.

Mit 'm Axel, das war meine erste längere, das hatte so was Ehevorbereitungsmäßiges. Da gab's auch Geschenke. Die hat meine Mutter für mich besorgt.

Im zweiten Urlaub, ich konnt da nich als zukünftige Schwiegertochter am Tisch sitzen und mit der Alten vom Axel rumschmieren. Da ging's schon drum, zieh ich zum Axel oder zieht der zu mir.

Nach 'm Urlaub hab ich 'n angerufen und hab gesagt: «Du mußt dich entschließen, entweder ich oder deine Mutter», ich hatte die Schnauze so voll von der Alten, die sich in alles reingemischt hat, ich hab zum Axel gesagt: «Du mußt endlich mal dein' Arsch hochkriegen und für dich selber gradestehen.» Der Axel hat gesagt: «Jaja, du hast ja recht.»

Eigentlich war seine Mutter gar nich das Problem, ich hab einfach geahnt, daß wir nich zusammenziehen können.

Danach hat er nich mehr angerufen. Auch nich geschrieben. Warum muß ich jetzt an den Axel denken.

Wie ich mit 'm Axel zusammen war, bin ich mit 5 Frauen aus der Firma, sind wir übers Wochenende in die Berge gefahren. Bei der Pension war 'n schöner See, da waren 5 Kerle, die gesurft haben. Der Gregor hieß der, wie der mich, also wie ich den das erste Mal gesehen hab, waren wir, also sofort, das war 'ne unheimlich starke, wir waren total hin und weg. Die Kerle haben am See 'n Lagerfeuer gemacht, und der Gregor hat mich gefragt, ob ich nich Lust hätt, zum Lagerfeuer zu kommen. Die andern Frauen waren schon alle brav im Bett. Hab ich mit 'm Gregor das Küssen angefangen. Hat er gesagt, er hätt noch nie richtig mit 'ner Frau, also er hätt da Probleme mit. Weil er, er könnt, er kann in 'ner Frau nich zum Orgasmus kommen, so ungefähr. Hab ich gesagt: «Na, wir können's ja mal probieren.» Hat er schon 'n Steifen gehabt, is zu mir reingekommen, hat sich 'n paarmal hin und her bewegt, das hat aber, war aber, das hat nich funktioniert, er is nich gekommen. Hab ich gesagt: «Du mußt dich mehr bewegen.» Hat er gesagt: «Nee.» Das hat, ich hab gesagt: «Na, macht nix. Das raffst du schon irgendwann.» Is er wieder raus. Ich hab kein Bock gehabt, ihm ein' runterzuholen. Ich hab gesagt: «'s funktioniert nich, aber trotzdem.» Bin ich in mein Zimmer zurück.

Nächsten Tag haben wir überlegt, ob wir uns wieder treffen irgendwo. Zum Skifahren oder. Haben Adressen ausgetauscht. Von zu Hause hab ich mit ihm telefoniert. War aber traurig. Ich war ja mit 'm Axel zusammen.

An dem See war ich noch mal. Ich bin mit 'm Munk hingefahren. Der Munk hatte keine Ahnung vom Gregor. Ich wollt unbedingt den See sehen.

Den Peter hab ich im Theater kennengelernt, in der Pause. Ich bin vor die Tür gegangen, ich wollt eine rauchen. Neben mir steht ’n junger Kerl. Ich hab ihn gefragt, ob er mir Feuer gibt.

«Sicher», hat er gesagt. Ich hab seine Hände vor mir gehabt. Ich geh vielleicht zweimal im Jahr ins Theater. Den Abend hat’s mich angeödet. Ich hab gesagt: «Ich hätt Lust, abzuhauen.»

Der Peter hat gesagt: «Ich geh einmal im Jahr ins Theater, und ich bereu’s schon. Ich verschwinde jetzt.»

Ich hab gesagt: «O. k. Ziehen wir los. Sollen die ihr Theater alleine machen.»

Ich bin mit ’m Peter in die nächste Kneipe. Da haben wir zwei Stunden gesessen. Der Junge hat mir immer besser gefallen. Ich weiß nich, was er an mir hatte, aber wir sind in seine Wohnung gegangen. Er hat Kaffee gekocht, wir haben Platten gehört, wir waren nich müdezukriegen. Gegen zweie bin ich los. Ich hab gesagt: «Sehen wir uns?»

«Auf jeden Fall», hat er gesagt.

Die Woche drauf haben wir uns jeden Abend getroffen, mal bei mir, mal bei ihm. Essen, reden, Musik hören. Er hat mich nich angerührt, ich hab ihn nich angerührt. Am Freitag is er dageblieben. Wir haben uns ausgezogen und ins Bett gelegt, aber gemacht haben wir nix. Bloß angefaßt und festgehalten. Ich war wie gerädert, aber ich war glücklich. Er, glaub ich, auch.

Am Vormittag hab ich zum Peter gesagt: «Komm, wir fahren raus.»

«Hast du ’n Auto?» hat er gesagt.

«Na sicher.»

«Ich fahr», hat er gesagt.

Unterwegs hab ich gesagt: «Fahr nich so schnell!»

«Fahr ich schnell?» hat er gesagt.

Wir sind aufs Dorf gefahren und 'n ganzen Nachmittag durch 'n Wald gelaufen.

«Ich lauf gern durch 'n Wald», hab ich gesagt.

«Ich auch», hat er gesagt.

Abends sind wir in so 'ne Landkneipe essen gegangen und haben uns 'n Zimmer genommen.

Meine Freundin hat gesagt: «Mensch, hoffentlich geht das gut. Der is noch so jung. Der könnt glatt dein Sohn sein. Hast
de dir überlegt, was der an dir findet?»

«Das will ich mir nich überlegen. Is doch egal, wie alt ich bin.»

«Das sagst du so.»

«Ich denk, es is wie früher, wo ich noch jung war. Ich fühl mich auch so. Auf der andern Seite – ich bin älter und hab 'ne Menge Ahnung. Ich kann dem Peter allerhand beibringen.»

«Hoffentlich spielst du nich die Lehrerin.»

«Ach i wo. Außerdem, das is einfach schön, so 'n junger Kerl im Bett, der is noch frisch. Und nich so versaut, der kommt nich gleich mit Arschficken.»

«Also, du gibst den Ton an.»

«Was heißt ‹Ton›. Is doch klar, daß er mich viel fragt.»

«Spiel bloß nich die Mami.»

«Quatsch.»

«Vielleicht spielt der den Sohnemann. Du kümmerst dich um alles, du weißt immer Bescheid. Und der denkt, es is wie bei Muttern.»

«Glaub ich nich. Der kann seine Mutter sowieso nich leiden.»

«Wieso denn nich.»

«Der Peter hat gesagt: ‹Meine Mutter hat mir nie freie Hand gelassen. Immer hat se mir gesagt, was ich machen soll. ‹Zieh lange Unterhosen an, heute is es kalt.› ‹Nimm dir was zu essen mit, auf Arbeit gibt's nix Anständiges.› Wenn ich 'ne Freundin hatte, hat se gesagt: ‹Die is nix für dich. Wie die schon aussieht.› Wie ich ausziehen wollt, hat se gesagt: ‹Warum denn. Du hast doch zu Hause alles, was du brauchst. Du sparst die Miete und bist versorgt.› Wie ich 'ne eigene Bude hatte, kam se an und hat gesagt, wo ich die Teller hintun soll und die Tassen. ‹Du mußt jeden Sonnabend dein Zimmer saugen und die Küche wischen und das Bad.› ‹Laß den Müll nich so lange stehen, das stinkt.› ‹'ne Waschmaschine brauchst du nich, deine Wäsche wasch ich.› ‹Sonntags kommst du zu mir essen.› ‹Wenn du Geld brauchst, sag mir Bescheid.› Ich konnt's schon nich mehr hören.›»

«Und nu?»

«Seine Mutter is sauer auf mich. Der Peter hat gesagt: ‹Die hat gesagt: ‹Was willst du denn mit so einer. Das könnt deine Mutter sein. Du findest doch jederzeit 'ne Junge. Die Alte hat's faustdick hinter 'n Ohren. Für die bist du bloß 'n Bonbon. Wenn die dich ausgelutscht hat, is es vorbei. Mach ihr bloß kein Kind, dann hat se dich an der Leine. Darfst du den Papa spielen. Du bist selber noch grün. Schade, daß dein Vater nich mehr lebt, der hätt dir gesagt, wo's langgeht.›››

«Und der Peter?»

«Der hat gesagt: ‹Meine Mutter kapiert das nie. Hat gar kein' Zweck, daß ich ihr was sag. Die will dich nie sehen, hat se gesagt.› Ich hab gesagt: ‹Schön dumm. Aber wenn's so is, nimm's mir nich krumm, dann will ich die auch nich sehen.› ‹Das wär 'ne Katastrophe›, hat der Peter gesagt. ‹Die weiß gar nich, was se sagen soll. Die redet saugemein über dich.› ‹Was sagt se denn›, sag ich. ‹Daß du 'ne Kinderschänderin wärst.› ‹Das is doch die letzte Sauerei›, sag ich. Oder sie hat gefragt: ‹Na, wie is es denn mit 'ner Mumie.›» Da ist mir echt die Spucke weggeblieben. Seh ich wie 'ne Mumie aus? Möcht wissen, wie die aussieht. Wahrscheinlich fett und wabblig.»

«Reg dich ab!»

«Die ruft ja manchmal an: ‹Grüß Gott, ich hätt gern den Peter gesprochen, bin ich da richtig?› Sonst kein Wort. Ich kann mich beherrschen, ich sag bloß: ‹Ja.›»

Meine Freundin hat gesagt: «Ich hatte noch nie 'n Jüngern. Ich hatt immer Angst, daß so einer 'ne Junge sieht und mich sitzenläßt. Irgendwie mußt de das einkalkulieren, glaub ich.»

«Is mir klar, daß das nich ewig geht. Aber ich leb jetzt, und jetzt is es o. k.»

«Solange wie's dauert.»

«Wenn's vorbei is, is es vorbei.»

«Dann siehst de wirklich alt aus.»

«Soll ich's deshalb lassen?»

«Nö.»

«Ich hab mir gedacht, kann ich vielleicht mal was lernen.»

«Was kannst du denn noch lernen.»

«Ich hab blöd angefangen, und ich bin blöd geblieben. Immer bloß Gefühl, Gefühl, und auf jeden reingeflogen, der mich heißgemacht hat. Ich komm mir vor wie 'n Vieh: Wenn ich zapplig war, bin ich losgezogen, bis ich 'n Schwanz drinne hatt. Und wenn ich ein' hatt, immer gedacht, das müßt ewig dauern. War aber nich. Vielleicht kapier ich jetzt endlich, 's gibt bloß Sachen auf Zeit.»

«Das lernst du nie. Ich auch nich.»

Den Sommer sind wir gleich zusammen in Urlaub gefahren. In die Berge. Ich dacht, ich könnt mal frische Luft vertragen. Schön wandern gehen. Der Peter hat gesagt: «Das is mir zu teuer.» Ich hab gesagt: «Mach dir kein' Kopf, ich hab gespart.»

Von der frischen Luft haben wir nich viel gemerkt. Wir sind meistens ins Bett gewandert. Der Peter hat gesagt: «Mir hat's noch nie so viel Spaß gemacht wie mit dir.»

«Wie kommt d'n das», hab ich gesagt.

«Weiß ich nich. Weil du so locker bist. Weil du immer mitmachst. Weil du jedesmal kommst. Das hab ich noch nie erlebt.»

Wie der Urlaub rum war, hat der Peter gesagt: «Jetzt könnt ich paar Tage Ferien gebrauchen.»

Mir ging's genauso, aber gut ging's mir trotzdem. Bloß eins war mies. Beim Frühstück saß mal 'ne Alte mit 'ner Jüngern am Nachbartisch. Ich hatt grad meine Hand auf 'm Peter seine Hand gelegt. Sagt die Alte: «Das ist doch schön, noch mal mit den Kindern in Urlaub zu fahren. Ich mach das auch gern.» Dann legt se ihre Hand auf die Hand von der Jüngern und sagt: «Meine Tochter fährt jeden Sommer eine Woche mit mir in die Berge.»

Der Peter kriegt 'n roten Kopf und guckt mich an. Ich nehm meine Hand vom Peter seiner Hand weg und sag: «Das is nich mein Sohn.»

«Ach so!» sagt die Alte und guckt nich mehr rüber.

Irgendwie is mir das Ding auf'n Magen gegangen.

In der Firma sagt 'ne Kollegin zu mir: «Na, du alte Genießerin.»

Ich sag: «Was soll das denn.»

«Mit dem hübschen jungen Mann!»

Ich sag: «Das kannst du auch haben.»

«Lust hätt ich schon. Aber ich bin seit fünfzehn Jahren verheiratet, das weißt du doch. Wir haben uns alles so schön aufgebaut. Da will man halt nix riskieren.»

Ich sag: «Na also, warum redest du dann.»

«Also ich sag's dir ganz offen: Ich beneide dich.»

«Danke», sag ich.

Der Peter hat gesagt: «Ich hab gedacht, ich hab 'n Freund, aber gestern is er mir verdammt auf'n Docht gegangen. Sagt der: ‹Ich kapier's nich, wie du das mit so 'ner Alten aushältst.› Ich sag: ‹Jetzt halt mal die Luft an.› ‹Die kriegt doch schon graue Haare.› ‹Spinnst du?› sag ich. ‹Mal ehrlich. Is die echt blond? Oder is das gefärbt.› Ich sag: ‹Du hast doch keine Ahnung.› ‹Bißchen fett is die auch.› ‹Fett?› sag ich, wo is die denn fett.› ‹Jedenfalls›, sagt der, ‹ich steh auf Frischfleisch, mit steilen Titten und 'ner engen Möse.› ‹Du bist doch 'n seltner Idiot!› sag ich. ‹Vergiß es›, sagt der, ‹aber wahrscheinlich is die gut im Bett. Die hat doch 'ne Menge Sachen drauf, da kannst de was lernen.› ‹Du Arschloch›, sag ich. ‹Warte›, sagt der, ‹wir sprechen uns noch. Irgendwann hast du se satt.›»

Weihnachten haben wir bei mir gefeiert. Ich hatte schon ewig kein' Weihnachtsbaum mehr, und ich wollt auch kein'. Aber der Peter hat gesagt: «Ohne Baum is das kein richtiges Weihnachten.» Hat er 'n schön' großen Baum besorgt, Kerzen dazu, rote Kugeln, und hat den Baum aufgeputzt.

«Was willst de denn zu Weihnachten essen», hab ich gesagt.

«Wie zu Hause», hat er gesagt, «gedünsteten Lachs mit Lauch und Salzkartoffeln.»

Ich hab gekocht wie lange nich. Erst gab's 'ne Spargelsuppe, dann den Lachs, hinterher Obstsalat mit Bacardi.

Nach'm Essen haben wir zusammen die Kerzen angesteckt und Geschenke ausgepackt. Ich hab dem Peter schicke Unterhosen geschenkt, und Socken, und 'n Jeanshemd. Der Peter hatte mir auf der Arbeit was gebastelt, 'n Leuchter aus Kupfer. Dazu Kerzen besorgt, blaue, ich hab den Leuchter gleich angemacht. Dann haben wir 'ne Flasche Wein getrunken,

Platten gehört, Weihnachtsplatten, und der Peter hat gesagt: «Das is mein erstes Weihnachten ohne meine Mutter, und es is genauso schön, eigentlich noch schöner.»

Früher war ich froh, wenn Weihnachten bald vorbei war. «'n Tag wie jeder andre», hab ich gesagt. Diesmal hab ich gemerkt, was ich verpaßt hab. Wenn ich ehrlich bin, hab ich sogar mal gedacht, der Peter könnt mein Sohn sein, so schön

war das. An dem Abend haben wir nix gemacht im Bett.

Ach so, am ersten Feiertag hat der Peter seine Mutter angerufen. «Schöne Weihnachten wünsch ich dir ... Mir geht's gut ... Also dann ...»

«Mit der is kein Reden», hat er zu mir gesagt. «‹Von wegen schöne Weihnachten›, hat se gesagt, ‹ich hab in der Nacht von dir geträumt. Du bist am Markt auf mich zugekommen, und ich hab gesagt: ‹Grüß Gott, Peter›, aber du hast mich nich erkannt und bist an mir vorbeigegangen. Gelacht hast du, und gesagt: ‹Was will denn die Alte von mir!› Ich hab gedacht, mich zerreißt's.› ‹Mir geht's schlecht›, hat se gesagt, ‹da schuftet man sich das ganze Leben ab für den Jungen, und das ist dann der Dank: Zu Weihnachten alleine. Du hättst ruhig am Heiligabend anrufen können, hätt ich wenigstens deine Stimme gehabt.› Zuletzt hat se gesagt: ‹Also dann! Also dann! Wann denn! Leg lieber auf, ich kann das nich aushalten, daß du nich hier bist.›»

Silvester wollte der Peter unbedingt auf 'ne Party. Ich hab gesagt: «Das is mir zu laut.» Ich wollt nich sagen: «Dazu bin ich zu alt.»

«Ach wieso denn», hat der Peter gesagt. «Mit fein essen und Programm. Hinterher Tanz.»

«O. k.», hab ich gesagt. Ich hab 'n Tisch bestellt, 's gab aber bloß noch Vierertische. Das war 'n elegantes Lokal, mit Tischkarten, und mit frischen Blumen. An unserm Tisch saß 'n Ehepaar, die waren mindestens schon 30 Jahre verheiratet. Er mit Weste unterm Sakko und goldner Uhrkette. Sie mit Spitzenkragen und Medaillon. Ich dacht, hoffentlich quatschen die uns nich voll von ihren Kindern. Aber gar nich. «Wir sind kinderlos», sagt die, «wir genießen es, mit jungen Leuten wie Ihnen zusammen zu sein.» Jetzt war ich 'ne Junge, und so bin ich mir mit 'm Peter auch vorgekommen.

Das Essen hat sich ewig hingezogen, aber mit den Alten hat's Spaß gemacht, dem Peter auch. Der Alte hat gesagt: «Zum Wohle auf das junge Glück!» und hat mit uns angestoßen, und auch die Alte: «Zum Wohle! Zum Wohle!»

Nach'm Essen gab's 'ne Show, in der Saalmitte. Gesinge, spanische Musik, und Getanze. Ich dacht, das is doch nix für'n Peter. Der will doch irgend 'ne Rockmusik oder so was. Der hat sich aber prima amüsiert, und die Alten haben mitgeklatscht, wenn die Musik auf Touren kam. Hinterher hat die Alte gesagt, daß es wie früher is und wie gut das tut, daß wir dabei sind und Spaß dran haben.

Dann gab's Champagner und aus'm Lautsprecher die Zeitansage, «23 Uhr 58, 23 Uhr 59, 0 Uhr», und 'n Riesentusch von der Kapelle, und wir sind alle aufgestanden, «Prost Neujahr», «Prost Neujahr», und ich hab mit 'm Peter angestoßen, und die Alten haben mit uns angestoßen, und ich war 'n bißchen blau, und der Peter auch, und ich hab gedacht, so müßt's immer sein.

Jetzt hat die Kapelle Tanzmusik gemacht. Die Alten gleich hoch und auf die Tanzfläche und 'n Walzer hingelegt, daß ich dacht, ich möcht mit 'm Peter zusammen alt werden. Aber das war Quatsch. Wenn der Peter so alt is wie der Alte da, bin ich längst übern Jordan.

Nach dem Walzer kam was Schnelleres, und der Peter wollt tanzen, und ich auch. Der Peter kann besser tanzen wie ich. Das hat Spaß gemacht, wir haben überhaupt nich mehr aufgehört. Ich hab gesagt: «Peter, ich kann nich mehr, ich muß erst mal was trinken.» Die Alten saßen schon, und ich hab mit 'm Peter Champagner getrunken. Die Alte hat gesagt: «So jung wie Sie müßte man sein», und der Alte: «Wir haben unser Leben genossen.»

Den Peter hat's nich lange gehalten, der hat mit mir weitergetanzt bis um zweie. «Du bist Klasse!» hat er gesagt. «Das war mein schönstes Silvester!» Ich konnt's nich glauben, aber gesagt hab ich nix. Ich hab bloß sein' Kopf an mein' gedrückt.

Wie ich den Peter kennengelernt hab, da hab ich die Pille genommen. Gerne nich, weil die mich immer aufgedunsen hat. Aber ohne Pille, mit 'm Peter, das wär mir nix gewesen. Ich wollt kein Kind, schon gar nich von so 'nem jungen Kerl. Der is selber noch 'n halbes Kind. Der wär bestimmt abgesprungen, wenn ich schwanger geworden wär. Außerdem, so 'ne frische Liebe, wo du nich nachdenken willst, und dann dauernd: «Hast du 'n Gummi dabei?», nee. Ich hab sowieso nich so viel davon mit Gummi. Und wenn du hinterher nich aufpaßt und der Gummi rutscht ab, bist de doch noch angemeiert. Das ekelt mich auch an, wenn die Kerle zuletzt den Gummi zuknoten und auf'n Boden schmeißen. Du stehst 'n nächsten Tag auf, und vorm Bett liegt so 'n ausgeleiertes zusammengeflapptes Ding, und der Saft dadrinne. Der Saft muß aus mir rauslaufen und übern halben Hintern aufs Bettuch, ich brauch das. Wenn keine Flecken im Bettuch sind, das is mir, wie wenn gar nix gewesen wär.

Nach 'm Vierteljahr mit 'm Peter wart ich und wart ich auf meine Tage, aber die komm' nich. Das war schon der 35ste

Tag, der 36ste, der 37ste. Ich hab gedacht: ‹Das kann doch nich wahr sein. Hat die Pille nix getaugt? Is jetzt alles durcheinander bei mir wegen dem Peter?› Allmählich hab ich die Panik gekriegt. Ich hab zum Peter gesagt: «Ich kapier's nich. Ich hab doch immer die Pille genommen. Aber es kommt nix. Heut is schon der 37ste Tag. Ich hab Angst, ich krieg 'n Kind.» «Schön!» hat der Peter gesagt. ‹Ach, du Kleiner›, hab ich gedacht, ‹was heißt 'n hier ‹schön›. Das Kind käm mir vor wie 'n Bruder oder 'ne Schwester von dir. Oder wie mein Enkel.›

Am nächsten Tag bin ich in die Apotheke und hab mir 'n Schwangerschaftstest besorgt. 's war aber nix. Negativ.

Bin ich zur Ärztin. Die hat gesagt: «Tja, irgendwann hört es bei uns allen auf. Seien Sie froh, daß Sie's hinter sich haben. Das Leben geht weiter.»

Den ein' Montag wollte der Peter ins Kino. Ich hatt keine Lust. «Dann geh ich alleine», hat der Peter gesagt.

«Ja», hab ich gesagt. «Geh alleine.»

Spätestens um zehne hätte der Peter zurück sein müssen. Ich hab bis einse gewartet, dann bin ich ins Bett. Um zweie wach ich auf, weil der Peter antanzt. Ich hab getan wie wenn ich schlaf. Der kommt ins Schlafzimmer, holt was und geht wieder raus. Drei Minuten später kommt er, legt sich hin und tut wie wenn er schläft.

Ich konnt nich mehr einschlafen, aber gesagt hab ich nix. Bin ich endlich aufgestanden, hab mein Bettzeug genommen und mich im Wohnzimmer auf die Couch gelegt. Die Kleider vom Peter lagen auf 'm Sessel.

Nach 'ner Weile steht der Peter im Wohnzimmer und sagt: «Warum bist du denn aus 'm Schlafzimmer raus.»

Ich sag: «Ich kann da nich mehr einschlafen, schlaf ich eben hier.»

«Das is doch Quatsch!» sagt der Peter.

«‹Quatsch!› sagst du. Wo bist du denn die ganze Nacht gewesen.»

«‹Die ganze Nacht›! Jetzt is es um zweie, und ich bin hier.»

«Du hättst doch schon um zehne hier sein müssen», sag ich.

«‹Müssen›! Ich hab nach 'm Kino paar Leute kennengelernt.

Die haben gesagt: ‹Was machen wir 'n jetzt.› Sind wir noch in die Kneipe gegangen. Die hatten 'ne Menge Ahnung von Filmen. Ich konnt gut mit denen reden. Die eine wußte besser Bescheid wie ich.»

«Und?» sag ich.

«Nix ‹und›. Jetzt bin ich zu Hause.»

«Wie heißt 'n die eine», sag ich.

«Mein Gott! Was weiß ich. Miriam heißt se.»

«Und du hast se natürlich nach Hause gebracht», sag ich.

«Schwachsinn!»

«Und wo wohnt die Miriam?»

«Weit draußen. Mit ihrer Freundin zusammen. Die Freundin war auch mit. Ich hab gemerkt, ich brauch das, mal mit Leuten wie ich reden.»

«Wie alt is 'n die Miriam.»

«So alt wie ich.»

'n Tag später hat der Peter gesagt: «Ich tät gern noch mal mit der Miriam reden.»

«Ruf sie doch an», hab ich gesagt.

Hat er sie angerufen. Die war aber nich da. Bloß der Anrufbeantworter. Der Peter: «Ich könnt übermorgen nach der Arbeit zu dir rumkommen. Ruf zurück, ob's paßt. Tschüs!»

Die hat aber nich zurückgerufen. Der Peter hat getan wie wenn nix wär. «Die ruft eben nich an.»

'n Tag drauf nach der Arbeit, der Peter war noch nich da, klingelt's. Ich mach auf, da steht eine vor der Tür und sagt: «Tach. Ich bin die Miriam. Der Peter hat was auf mein' Anrufbeantworter gesagt. Ich weiß nich, was er mit ‹übermorgen› meint, weil ich nich weiß, wann er angerufen hat.»

Ich sag: «Komm' Se doch erst mal rein.»

Die kommt rein und bleibt im Wohnzimmer stehen.

Ich sag: «Na setzen Se sich doch.»

Die setzt sich, und ich sag: «Angerufen hat der Peter gestern.»

«Ach so», sagt die, «dann is morgen ‹übermorgen›.»

«Genau», sag ich. «Dann schreiben Se dem Peter mal Ihre Adresse auf.» Ich geb ihr 'n Zettel, die malt ihre Adresse drauf und «Nach der Arbeit».

«Ich geh jetzt», sagt se.

«O. k.», sag ich.

'ne Stunde später kommt der Peter. Ich sag: «Wir hatten Besuch.»

«So? Wer denn.»

«Diese Miriam.»

«Was?! Was hat se 'n gesagt.»

«Hier steht's drauf», hab ich gesagt.

Der wollt's gar nich glauben.

'm nächsten Tag früh hat er gesagt: «Also, nach der Arbeit fahr ich zur Miriam. Ich bleib nich lang.»

Abends um neune ruft er mich an. «Ich bin noch bei der Miriam. 's alles o. k. Brauchst dir keine Gedanken zu machen. Ich fahr dann bald los.»

Nachts um zweie war er immer noch nich da. Viertel dreie kommt er an, rein zu mir ins Schlafzimmer, Küßchen, Küßchen, und wie's mir geht.

«Schlecht», sag ich. «Ich dachte, du wolltest um neune bald los.»

«Najaa», sagt er. «Wir haben zu dritt noch gekocht. Du weißt doch, wie das is. Da wollt ich nich mittendrinne abhauen.»

«Da stimmt doch was nich», sag ich.

«Quatsch!» sagt er.

«Du hast dich in die Miriam verliebt», sag ich.

«Was redest du denn.»

Ich sag: «Das seh ich dir an.»

«Stimmt», sagt der. «Ich weiß auch nich, warum. Ich will das nich.»

«Du hast die geküßt», sag ich.

«Blödsinn!»

«Du bist 'n schlechter Lügner», sag ich.

«Bloß auf die Backe. Die stand da wie 'n Stock.»

«Das kannst du mir doch nich erzählen», sag ich. «Ich weiß, wie das läuft.»

«Auf 'n Mund bloß ganz kurz.»

Ich sag: «Du kannst machen, was du willst. Aber ich will wissen, was los is. Dein Geschwindel kann ich nich vertragen.»

«Du weißt schon immer alles. Aber ich bin noch jung. Ich schäm mich.»

«Das brauchst du nich», sag ich. «Aber du mußt mir die Wahrheit sagen.»

Das war 'ne ganz miese Nacht. Der Peter konnt nich schlafen, hab ich gemerkt, und ich konnt auch nich. Weil ich nich schlafen konnt, bin ich ganz früh aufgestanden. Der Peter is überhaupt nich aufgestanden. Is nich auf Arbeit gegangen. «Ich bin krank», hat er gesagt. «Ich hab Fieber.»

«Fieber hast du nich», sag ich. «Aber krank bist du, das schlägt auf 'n Magen.»

«Du bist so gemein», hat der Peter gesagt.

«Ich sag bloß die Wahrheit», hab ich gesagt. «Treff dich doch noch mal mit deiner Miriam. Vielleicht hilft das.»

«Das ist nich ‹meine Miriam›», hat er gesagt. «Und treffen tu ich se auch nich. Ich kann gar nich. Mir is sauschlecht. Ich bleib liegen.»

Den Tag bin ich auch nich auf Arbeit gegangen. Ich hab Wäsche gewaschen, ich hab die Bude geputzt, ich hab was gekocht. Dem Peter hab ich 's Essen ans Bett gestellt.

Nach 'm Essen ist der Peter aufgestanden. «'s geht wieder», hat er gesagt.

Ich hab gesagt: «So krank bist du gar nich.»

«Ich muß noch mal mit der Miriam reden.»

«Warum denn.»

«Ich muß der Miriam sagen, daß es nix is mit uns.»

«Das kannst du ihr am Telefon sagen.»

«Das geht nich am Telefon. Das muß ich ihr direkt sagen.»

«Du willst sie treffen, das is alles.»

«Du hast selber gesagt, daß das vielleicht hilft.»

«Dann ruf an. Und sag mir Bescheid, was los is. Das kann ich verlangen. Ich sag dir auch alles.»

«Ja, schön!»

Der Peter hat sie nich angerufen. Ich hab gedacht: ‹Ich kann sowieso nix dagegen machen, wenn er sie treffen will. Irgend was fällt dem schon ein. Zigaretten holen.› Ich bin gegen sechse zu meiner Freundin gegangen. Ich hab zu ihr gesagt: «Was is 'n das eigentlich: Vertrauen.»

«Vertrauen?» hat sie gesagt. «Das is, wenn du Vertrauen hast. Dann bescheißt er dich auch nich.»

«Ich hatte welches», hab ich gesagt. «Bescheißen tut er mich trotzdem.»

«Entweder das hält oder das hält nich», hat meine Freundin gesagt. «Da kannst du gar nix machen. Is eben Glückssache. Sei doch froh, daß es 'ne Weile geklappt hat. Wenn's aus is, is es aus.»

«Das weiß ich», sag ich. «Es is immer dasselbe. Ich will's bloß nich einsehen.»

«Du hast's doch früher genauso gemacht. Da mußten's eben die andern einsehen.»

«Aber hart is es», sag ich.

«Hart is es. Vielleicht gleicht sich's aus, aufs Ganze gesehen. Jedenfalls bei mir. Ich bin ungefähr genauso oft beschissen worden wie ich selber beschissen hab.»

«Da muß ich noch mal nachrechnen», hab ich gesagt. Wie ich heimkomm, war der Peter natürlich weg. Diesmal is er aber nich so spät wiedergekommen.

Ich sag: «Na? Konntst 's nich aushalten, was?»

«Quatsch!»

«Und? Wie war's?»

«Ich bin froh, daß ich die Miriam noch mal getroffen hab. Ich war in 'nem Café mit ihr.»

Ich hab gedacht: ‹Hat er sie also erst angerufen, wie ich bei meiner Freundin war, und die Miriam is gleich losmarschiert.›

«Na und?» sag ich.

«Ich hab se mir angeguckt und hab gemerkt, da is nix mehr. Vorbei. Das hab ich ihr gesagt. Die Miriam hat gesagt: ‹Is ja o. k.› War eben 'n Strohfeuer.»

«Wann triffst du sie wieder?» hab ich gesagt.

«Gar nich. Warum soll ich sie noch mal treffen, wo 's aus is.»

Ich hab kein Wort geglaubt. Ich hab gesagt: «Wenn du 'ne andre liebst, mußt du sie eben lieben. Aber ich will's wissen.

’n Dreier kannst du mit mir nich machen. Das will ich nich, das kann ich nich, und das hab ich nich nötig.»

«Ich hab dir doch gesagt, daß es aus is mit der Miriam.»

Wir haben den ganzen Tag getan wie wenn überhaupt nix passiert wär. Aber ich hab’s ihm angesehen, daß er an die Miriam gedacht hat. Ei’mal hab ich gesagt: «Kriegst se nich raus aus dei’m Kopf, wie?»

Hat er gesagt: «Willst mich wohl loshaben, was? Dauernd mit deinem ‹Na?›!»

Ich sag: «Hör mal zu, mein Kleiner ...»

«Sag nich ‹Kleiner› zu mir. Ich bin nich dein Kleiner ...»

«Is ja gut! Aber eins sag ich dir. Wenn du mit ’ner Jüngeren abhauen willst, das is o.k. Aber dreh das nich rum. Loshaben willst du mich. Aber sag’s auch, und spiel mir kein Theater vor.»

’n Scheißtag war das. Der Peter hat cool getan, ich hab mir auf die Zunge gebissen.

Nachmittags klingelt ’s Telefon. Ich geh ran und sag: «Hallo?» Ich hör bloß atmen, sonst nix. Leg ich wieder auf. Der Peter spitz: «Wer war das?» Ich sag: «Weiß ich nich. Hat nix gesagt.»

’m nächsten Tag war Sonnabend. Mußten wir nich auf Arbeit gehen. Vormittag klingelt wieder das Telefon. Der Peter gleich ran: «Hallo? Hei!» Pause. «Ganz gut.» Pause. «Nee.» Pause. «Ja! Tschüs!» Ende.

Ich sag: «Is doch nich ganz aus, was?»

Der Peter sagt: «Was kann ich dafür, wenn die anruft. Hast ja gehört, was ich gesagt hab.»

«Ich kann mir auch denken, was die gesagt hat», sag ich. «‹Wie geht’s dir?› ‹Wollen wir uns heute treffen?› ‹Oder morgen?›»

«Du spinnst», sagt der Peter.

'ne Stunde später sagt der: «Ich muß Zigaretten holen.»

Ich sag: «Was raucht se denn?»

Der Peter sagt gar nix und geht. Zigaretten holen dauert zehn Minuten. Nach 'ner Stunde is er wieder da und sagt: «Is schön draußen.»

«Ja», sag ich. Für'n Treff war's zu kurz, aber telefoniert

haben se ziemlich lang.

Das Beschissenste kam aber noch. In der Nacht kommt der Peter in mein Bett und will mit mir pennen. Ich hab mitgemacht. Der war wie verrückt. Der konnte gar nich genug kriegen. Hinterher hatt ich 'n ganz mieses Gefühl.

Beim Frühstück hab ich gesagt: «Mit wem hast 'n du in der Nacht geschlafen.»

Der sagt: «Du bist gemein.»

Das war unser Sonntag. Nee, halt. Am Nachmittag hat sich der Peter Briefpapier eingesteckt, das hab ich gemerkt, und is raus.

Für 'n Brief braucht der 'n halben Tag, der is erst zum Abendbrot wiedergekommen. Also jetzt is Schreiben dran, hab ich gedacht. Was kann er schon geschrieben haben: Mit der Alten is es aus, aber ich laß mir nix anmerken. Ruf mich nich an. Ich ruf dich an. Warte auf mich. Ich brauch dich. Dein Peter. – So was wird's gewesen sein.

Montag früh dacht ich: ‹Das kann 'ne schöne Scheißwoche werden.› Nach der Arbeit sind wir rumgeschlichen wie schlechte Bekannte. Zufällig in derselben Bude. Eigentlich wollt ich auf 'n Abend zu meiner Freundin. Noch mal ausquatschen. Wär aber sowieso nix bei rausgekommen. Außerdem war ich mißtrauisch. Was macht 'n der Peter, wenn ich fortgeh. Ich hab mich im Wohnzimmer auf die Couch gelegt.

Ich dacht: ‹Wenn ich nich schlafen kann, hab ich immer noch ’n Fernseher.›

’m nächsten Abend, Dienstag war das, sagt der Peter: «Ich muß mit dir reden.»

«O. k.», sag ich. «Red.»

«Ich hab gemerkt, daß ich zu jung bin für dich, und du bist für mich zu alt. Du hast deine Leute, und ich hab meine Leute. Deine Freundin, die is für mich wie ’ne Mutter. Und meine Leute sind für dich kleine Kinder.»

«Das hab ich nich gesagt.»

«Ja, aber du bist so. Ich brauch aber meine Leute. Mit denen kann ich. Klar, ich find’s auch schade. Mit dir kann ich über Sachen reden, dadrüber kann ich mit meinen Leuten nich reden. Ich möcht, daß wir zusammenpassen, aber wir passen nich zusammen. Manchmal denk ich, mich zerreißt’s. Scheiße is das. Was soll ich ’n machen.»

«Das mußt du selber wissen.»

«Ich wollt heut auf der Arbeit an die Miriam schreiben, aber ich hab’s nich gemacht.»

«So», sag ich.

«Ja», sagt er.

«Mach, was du willst», sag ich, «aber mach’s. Entweder ich oder die Miriam.»

«Ich hab ihr geschrieben, aber ich hab’s nich abgeschickt.»

«Was hast du geschrieben?»

«Das is meine Sache.»

«Schon», sag ich, «aber meine auch. Sag’s mir, und ich weiß Bescheid.»

«Das kann ich nich.»

«Zeig mir den Brief. Ich les ’n, und du brauchst nix zu sagen.»

«Das geht nich. Dann is es aus, entweder mit dir oder mit der Miriam.»

«Oder mit beiden», sag ich.

«Ja», sagt er.

«Das werden wir sehen», sag ich.

«Also gut, ich hol den Brief.»

Der Peter geht an seine Jacke, holt den Brief raus und gibt mir den. Ich dacht, er geht solange raus. Aber der dreht sich bloß um, und ich les. Ich weiß noch drei Sätze: Liebe Miriam. Du fehlst mir. Ich zieh vielleicht bald zu dir. Vergesse mich nich. Dein Peter.

Ich dacht: ‹Jetzt ist es aus mit dem Peter und mir.› Ich hab gesagt: «Jetzt is es aus mit der Miriam und dir. Jetzt hast du sie an mich verraten.»

«Stimmt», hat der Peter gesagt. «Ob du's mir glaubst oder nich, jetzt bin ich erleichtert. Mal sehen, was mit dir und mir wird.»

«Mal sehen», hab ich gesagt. «Aber was fragen will ich dich.»

«Was 'n.»

«Am Sonnabend hast du mit mir geschlafen, und drei Tage drauf schreibst du an die Miriam so 'n Brief. Du warst auf die Miriam scharf, und gepennt hast du mit mir.»

«Ja», sagt der. «Aber 's hat doch Spaß gemacht.»

Ich sag: «Das kannst du, geil sein auf die eine, und ficken mit 'ner andern.»

«Ja, schon.»

«Dann kannst du doch gleich in 'n Puff gehen.»

«Ja», sagt der.

«Und was hat die Miriam am Sonnabend ins Telefon geflötet?»

«Genau das, was du gedacht hast.»

«Nee, ich mein, wo du Zigaretten geholt hast und hast sie angerufen.»

«Sie hat gefragt, warum ich so komisch am Telefon war. Wie 's mir geht, hat se gefragt. Ob ich zu ihr komm.»

Ich hab zum Peter gesagt: «Warum hast du mir nich von Anfang an die Wahrheit gesagt?»

«Die Wahrheit, die Wahrheit. Die wußt ich selber nich. Ich brauch Zeit. Ich wollt nich gleich alles kaputtmachen. Aber ich hab auch gemerkt, ich bin 'n schlechter Schauspieler.»

«Du meinst, 'n schlechter Lügner.»

«Ja.»

Seitdem war's aus mit uns. Ich kann nix dafür, daß ich so stur bin. Ob's mit der Miriam aus war, weiß ich nich. Der Peter hat noch 'n paar Tage bei mir gehaust, dann is er abgehauen. Keine Ahnung, wohin. Ich wollt's nich wissen.

Trivialroman

Einer von uns hat geplappert. Auch der Barkeeper hat den Kopf geschüttelt. Er hat uns nacheinander angesehen, aber unser plappernder Freund ließ sich nicht abhalten. Anscheinend hatte er den Überblick verloren. Wir waren zu viert. Zwei von uns schwiegen, zumindest vorerst, darunter ich. Der dritte, Qualle, versuchte den Plapperer abzuhalten mit der Bemerkung: Ohne Licht ist es dunkel. – Ich bin sicher, daß er unseren Redner ablenken wollte. Der Redner redete weiter. Qualle sagte zweitens: Falls ein Feuer ausbricht, so bewahre Ruhe und rufe nicht «Feuer!» – Dieser Satz kam mir peinlich vor. Aber der Redende redete. Qualle sagte drittens: Wir wollen hier keine neue Weltanschauung entwerfen. – Das ließ die letzte freundschaftliche Rücksicht vermissen. Aber der Schwatzende hielt nicht inne. Ich hatte das Gefühl, die drei Einwürfe hätten seinen Redeschwung nur befeuert. Der Barkeeper versuchte die Situation mit der Frage zu retten, ob wir noch einen Drink wünschten. Wir drei nickten. Unser Bekenner hielt bloß sein leeres Glas hin. Wahrscheinlich, um seinem Gerede Gewicht zu verleihen, zündete er sich die fünfte Zigarette an. Wir anderen hatten das Rauchen längst aufgegeben. Qualle benötigte zur Entwöhnung drei Wochen, Biber zwei, ich vier. Der Barkeeper rauchte, sobald nur einer von uns rauchte.

Keiner von uns hätte es gewagt, Dogge auf den hypertonischen Ausdruck seiner Augen aufmerksam zu machen. Ich blickte zu Boden. War mir der Teppichbelag zunächst sauber vorgekommen, so sah ich jetzt Erdnußkrümel, abgebrannte Streichhölzer, Zigarettenasche und Zahnstocher herumliegen. Ein Ekel stieg in mir hoch. Ich weiß aber bis heute nicht, ob er von dem Schmutz herrührte oder von Dogges Sätzen.

Außer Dogge trug keiner von uns eine Krawatte. Dogges

Krawatte war verrutscht. Außer Dogge hatte jeder von uns gemäßigt Sport getrieben. Ich zum Beispiel bin jeden Tag 2–3 Kilometer spazierengegangen. Dogges Fettleibigkeit rührte wahrscheinlich von seinem unsportlichen Leben her oder seine Fettheit hinderte ihn an sportlicher Betätigung. Er hing aufgedunsen an der Bar, sein Sakko wölbte sich über seinen Bauch. Auf seiner Stirn saßen Schweißtropfen, aber er wischte sie nicht ab. Nach einem Satz, der keine syntaktische Ordnung mehr aufwies, schnipste er die Zigarettenasche in sein Whiskyglas, trank aber anschließend daraus. In diesem Moment entschloß ich mich, Dogge mit einem Zitat zurückzurufen. Jubel und Jammer müssen Erkenntnis werden: sagte ich. Dogge schien in Zorn ausbrechen zu wollen; er warf die Zigarettenkippe in sein Glas. In der nächsten Sekunde fing er zu weinen an. Dogge trug eine Brille. Seine Tränen näßten die Gläser. Biber sagte: Nimm doch die Brille ab! – Das tat Dogge. Mit den verschwitzten Fingern der Rechten versuchte er die Brillengläser zu säubern. Frische Tränen tropften auf die verschmierten Gläser. Die Brille entglitt seinen Fingern und fiel auf den Boden. Dogge ließ sich vom Barhocker gleiten und bückte sich. Da er sehr kurzsichtig ist, fand er die Brille nicht. Ich sah sie neben seinem rechten Fuß liegen und wollte gerade zu Hilfe kommen, als er sich zur Seite bewegte und auf die Brille trat. Qualle, Biber und ich sahen erschrocken auf

Dogge. Er sackte auf den Fußboden und tastete mit beiden Händen nach den Splittern. Vorsicht!: sagte Biber. Dogges Hände verharrten. Der schwere Mann ließ den Kopf hängen und wischte sich die Tränen aus den Augen. Ich hoffte, er würde jetzt schweigen. Aber nein.

Dogge war es gewesen, der mich damals hatte rufen lassen. Damals! Das ist 10 Jahre her. 10 Jahre und zwei Monate, genauer. Ich hatte in der Redaktion gesessen, in meinem Büro, und war beim Frühstücken gewesen. 9 Uhr 10 hatte das Telefon geklingelt. Die Uhrzeit habe ich mir gemerkt. Ich hatte den Mund voll gehabt, und ich hatte meinen Namen gesagt, so gut das mit vollem Mund gegangen war. Ich spreche nicht gern mit vollem Mund. Vielleicht kommt das von meiner Mutter. Sie hat oft zu mir gesagt: Mit vollem Mund spricht man nicht! – Ich habe aber auch eigene Gründe. Es ist vorgekommen, daß ich einem Gesprächspartner, zum Beispiel einer gutgekleideten Frau, im Gespräch beim Essen Speisekrümel auf den Kragen gesprochen habe. Ich mußte mit vollem Mund: Entschuldigung!: sagen, was wiederum heikel war. Ein Mal habe ich versucht, einer Gesprächspartnerin meine Speisekrümel vom Kragen zu wischen. Es mißlang. Die Krümel wurden breitgedrückt. Die Frau sagte nur: Ach, lassen Sie doch! – Das klang beruhigend und wegwerfend. Ein anderer Grund, nicht mit vollem Mund zu sprechen, war für mich die Unverständlichkeit von Sätzen, die ich aus essenden Mündern gehört habe. Ich sehe von den unschönen Nebengeräuschen ab, dem Schmatzen und dem Klappern der Gebisse. Man muß zu oft fragen: Wie meinen Sie das? – Jedenfalls, ein Jemand hatte gesagt: Dogge will dich sehen. – Dogge! Ich hatte schon einiges über Dogge gewußt. Aber ich hatte Dogge noch nie gesehen. Ich kenne keinen Dogge: hatte ich geantwortet. Du wirst ihn kennenlernen: hatte der Anrufer gesagt: Dogge erwartet dich heute mittag um eins in unserem Haus. Hast du das jetzt kapiert? – Ich hatte: Ja: gesagt. Ich hatte Angst gehabt. Warum duzen die mich? Ich war auch neugierig gewesen. Nach der Adresse dieses Hauses hatte ich nicht gefragt, weil der Anrufer, hatte ich gedacht, gedacht hätte, ich

wäre jemand, der auf diese Leute spuckt. Die Adresse dieses Hauses hatte jeder gekannt. Ich hatte den Mund immer noch voll und hatte schwer schlucken müssen. Ich hatte schnell den letzten Schluck Kaffee getrunken. In meinem Büro war es mir zu eng geworden. Ich war aufgestanden und auf den Korridor gegangen. Ein Redaktionskollege hatte gesagt: Ist dir nicht gut? – Wieso?: hatte ich geantwortet. Noch knapp vier Stunden: hatte ich gedacht. Was muß ich bis ein Uhr tun? Muß ich jemandem Bescheid sagen, daß ich zu Dogge gehe? – Der Anrufer hatte nicht gesagt: Und rede mit niemandem darüber. – Ich war zu Viktor gegangen und hatte gesagt: Ich gehe zu Dogge. – Bist du schon unheilbar verrückt geworden?: hatte Viktor gesagt.

Biber sagte zu Dogge: Was redest du! Ich habe nicht gesagt, daß du die Brille fallen lassen sollst. – Er trat neben Dogge und schob die Splitter und das verbogene Brillengestell mit dem Fuß beiseite. Das Brillengestell war fast ein Nichts. Dogge hatte, seit ich ihn kenne, eine randlose Brille getragen. Wahrscheinlich hatte er mit einer randlosen Brille intelligent aussehen wollen. Aber diese Brille hatte nie in sein fettes Gesicht gepaßt. Statt auszusehen wie er aussehen wollte, hatte er immer einer Kröte ähnlich gesehen, die ihr Gegenüber aus kleinen wachsamen Augen unbewegt anglotzt.

Jetzt, ohne Brille, sah er noch immer einer Kröte ähnlich. Die Augen waren aber geschlossen. Und nachdem er sich die Tränen abgewischt hatte, liefen unter den geschlossenen Lidern neue Tränen auf seine Hängebacken. Sie tropften schließlich auf seine Hemdbrust.

Außer uns vier und außer dem Barkeeper war niemand in der Bar. Aber plötzlich schneite Clarissa herein. Sie sah kurz auf Dogge hinunter, ging an ihm vorbei und hockte sich neben Biber. Biber stand am weitesten von Dogge entfernt. Ich stand Dogge am nächsten. Qualle wußte nicht, ob er mich, Biber oder Clarissa ansehen sollte. Clarissa ist mindestens 20 Jahre jünger als Dogge und 10 Jahre jünger als Biber. Sie machte dem Barkeeper ein Zeichen. Der Barkeeper brachte ihr einen Gin Tonic. Ich habe Clarissa in der Bar nie etwas anderes trinken sehen. Sie ist klein, schlank, sie hat dunkles Haar und dunkle Augen. Keine schwarzen, sondern dunkelbraune, genauso dunkelbraun wie ihr Haar. Clarissa fällt auf. Das Auffällige an ihr ist, daß sie eine sehr schmale Taille und große Brüste hat. Keine unförmigen Hängebrüste, sondern, ja. Ich kenne keinen von uns, dem sie nicht gefällt.

Biber, Qualle und ich rückten etwas von Dogge ab. Ich glaube, Qualle und Biber dachten wie ich: Nehmen wir Rücksicht auf Dogge. Lassen wir ihm seine Ruhe. Tun wir einfach normal. – Ich sagte: Welchen Tag haben wir heute. – Biber sagte: Den zweiten. – Qualle sagte: Es wird allmählich spät. – Der Barkeeper sagte: Wollen die Herren eine Kleinigkeit essen? – Biber wollte nicht, Qualle wollte auch nicht. Ich sagte: Erdnüsse, gesalzene Erdnüsse. –

Das hörte Dogge. Er hob den Kopf und sagte: Erdnüsse! Whisky! Mineralwasser! Meine Zigaretten! – Der Barkeeper stellte zwei Schalen Erdnüsse, ein Glas Whisky und ein Glas

Mineralwasser vor uns auf die Theke. Biber gab Dogge eine Schale Erdnüsse hinunter, Qualle setzte das Whisky- und das Mineralwasserglas rechts neben Dogge. Ich legte Dogge seine Zigaretten und sein Feuerzeug auf den Schoß. Der Barkeeper sagte: Und einen Aschenbecher. – Aber Dogge sagte: Nein! – Der Barkeeper sah uns an. Biber sagte: Dann eben nicht. – Dogge machte die Augen auf und zündete sich umständlich eine Zigarette an. Dann trank er von seinem Whisky und machte die Augen wieder zu. Die Zigarettenasche schnipste er auf den Fußboden.

Ich nahm Erdnüsse aus meiner Schale, ich kaute, ich trank einen Schluck Whisky, und ich sagte: Den zweiten Tag in der Kasematte. – Biber zeigte verstohlen auf Dogge und legte den rechten Zeigefinger auf die Lippen. Qualle sagte: Wir müssen uns was einfallen lassen. –

Ich hätte auch etwas Richtiges essen können. In unserer Bar gab es warmes Essen, alles. Die Bar hatte eine Küche, in der Küche wartete ein Koch.

Ich hatte mein Büro gerngehabt. Es gibt Büros, die ich auf den ersten Blick hasse. Sie liegen entweder parterre oder höher als 10 Stockwerke. Parterre sieht man aus dem Fenster auf alles zu genau. Aus einer Höhe von 11 Stockwerken oder mehr hat man einen Überblick, aber die Einzelheiten sind zu weit weg. Mein Büro hatte im 8. Stockwerk gelegen. Das Büro von Viktor ebenso. Ich hasse auch zu große Büros. In zu großen Büros komme ich mir vor wie im Hotel. In zu kleinen Büros komme ich mir wie im Zuchthaus vor. Moderne Büros hasse ich auch. Da kann ich ebenso gut in einer Klinik liegen.

Ich hatte bis ein Uhr überlegen müssen, ob ich zu Fuß zu diesem Haus gehe. Ich hatte gewußt, daß diese Leute kein fremdes Auto vor ihrem Haus parken lassen. Ich hätte irgendwo in der Nähe zu parken und den Rest zu Fuß zu gehen gehabt. Außerdem war mir nicht klar gewesen, ob ich mein eigenes Auto nehmen sollte oder ein Auto von der Redaktion. Schließlich war ich um 12 Uhr zu dem Schluß gekommen, zu Fuß zu gehen. Sowieso hatte die Sonne geschienen, und sowieso hatte mein Arzt paar Tage vorher zu mir gesagt: Sie müssen sich bewegen! – Damals hatte ich noch sehr gerne Zigaretten geraucht. Mein Arzt hatte mich gefragt: Rauchen Sie? – Ja: hatte ich gesagt. Wieviel?: hatte mein Arzt gefragt. Pro Tag 1 Schachtel: hatte ich gesagt. Mein Arzt hatte gesagt: Na, das können Sie auch noch lassen. – Was heißt hier «auch noch»?: hatte ich gefragt. Mein Arzt hatte gesagt: Ich habe täglich 4 Schachteln geraucht, und ich habe es gelassen! –

Überhaupt – ich hatte die Arbeit in der Redaktion gemocht. Am Anfang war es mir nicht leichtgefallen, jeden Morgen im Büro zu erscheinen. Das allerdings muß sein: hatte Viktor gesagt. Es lohnt sich nicht, über die Redaktionsarbeit zu reden. Schwer war sie nicht gewesen. Ich hatte endlich mein Auskommen gehabt. Und vor allen Dingen – mir war Zeit geblieben. Die Hauptsache für mich waren die täglichen Gespräche mit Viktor gewesen, entweder in seinem Büro oder in meinem Büro oder beim Mittagessen. Wir waren zu Mittag oft in ein Restaurant nahe der Redaktion gegangen, nur wir beide. Viktor war 12 Jahre älter als ich. Er hatte eine Menge Ahnung gehabt, weil er als Korrespondent in mehreren Ländern gearbeitet hatte. Viktor war in der Redaktion der erfahrenste Mann gewesen. Er hatte vor nichts Respekt gehabt, nicht vor dem Chefredakteur und nicht vor anderen Redakteuren. Er hatte die Vorliebe, über alles und jeden herzuziehen. Mit mir war er gut ausgekommen, weil er meine Sachen gemocht hat, die nichts mit der Arbeit in der Redaktion zu tun gehabt hatten. Durch Viktor war ich überhaupt erst in die Redaktion gekommen. Es hatte nichts gegeben, worüber ich nicht mit ihm geredet hätte. Wir hatten privat viel unternommen, abends oder am Wochenende. Als ich in die Redaktion eingestiegen war, hatte er gerade Probleme mit seiner Frau gehabt, und ich hatte mich kurz vorher von meiner Frau getrennt. Also waren wir oft unterwegs gewesen, Viktor und ich, zum Beispiel zum Angeln. Oder schwimmen. Oder in teure Restaurants, ausgiebig essen. Einer seiner Lieblingssprüche war gewesen: Es gibt nichts Schöneres als sich in überheizten Räumen zu überfressen. – Da mußte es aber schon spät gewesen sein und wir mußten schon allerhand getrunken gehabt haben. Unseren Chefredakteur hatte er für ein großes Rindvieh gehalten. Aber einen Vorteil hat er: hatte Viktor gesagt: Er ist empfänglich für gute Stories, weil er selber keine zustande bringt. – Der Chefredakteur hatte Viktor freie Hand gelassen. Mir letzten Endes auch. Macht, was ihr wollt, aber macht es gut: hatte der Chefredakteur gesagt. Viktor hatte die Idee gehabt, eine Story über Dogge zu schreiben. Ich hatte ihm bei den Recherchen geholfen. Die Story hatte eingeschlagen wie eine Bombe. Ein Redaktionskollege hatte zu mir gesagt: Daß Viktor sich das traut! – Ich hatte zu Viktor gesagt: Das zahlt uns Dogge heim. – Als ich mich von meiner Frau getrennt hatte, hatte ich keine Lust mehr, in meiner neuen Wohnung zu frühstücken. Ich war auf dem Weg in die Redaktion in eine Imbißbude gegangen und hatte mir zwei, drei belegte Brötchen gekauft. Eine Kaffeemaschine hatte ich im Büro gehabt. Auch Tassen. Paar Tage nach der Story über Dogge hatte ich gerade in meinem Büro gefrühstückt, als Viktor reingekommen war und gesagt hatte: Du hast recht. Dogge läßt sich das nicht gefallen. Wir müssen bißchen aufpassen. – Mehr nicht. Ich hatte gesagt: Willst du 'n Kaffee? – Nee: hatte Viktor gesagt: Der kommt mir hoch. – Was ist los: hatte ich gesagt. Aber Viktor hatte nur seine Handbewegung gemacht.

Normalerweise, ich bin normalerweise 2–3 Kilometer täglich spazierengegangen. In der Bar konnte ich das schon den zweiten Tag nicht. Die Bar war eigentlich keine Bar. Der Raum mit der Theke war schätzungsweise 150 Quadratmeter groß. Außer den Barhockern gab es 6 Tische mit je 4 Sesseln. Der übrige Raum war einfach leer. Dort konnte man ungestört hin und her gehen oder im Kreis. Aber ich wollte nicht 2–3 Kilometer hin und her oder im Kreis gehen. Das hätte die anderen nervös gemacht und mich auch, herumschleichen wie ein Tiger im Käfig. Ich bin öfter zur Toilette gegangen. Ich mußte gar nicht. Ich konnte mich aber bewegen. Auf dem Rückweg zur Theke nicht quer durch den Raum. Sondern die Wände entlang, die Ecken austanzen. Nachdenklich, so. Qualle sagte: Hast du 'ne schwache Blase? – Ich sagte: Ja. Wenn ich nervös bin. – Qualle sagte: Nervös bin ich auch. –

Die Bar besaß außer dem normalen Ein- und Ausgang einen geheimen Ausgang, der hieß unter uns Ausgang Zwo.

Ich war nervös von der Klimaanlage und vom Licht Tag und Nacht. Dienstag, die Nacht zum Mittwoch, und Mittwoch. Als Dogge, Biber, Qualle und ich am Dienstag vormittag ankamen, war Clarissa schon da. Sonst niemand. Keinen gesehen seit Dienstag vormittag außer denen. Ja, den Koch noch und den Barkeeper. Die waren immer da. Der Barkeeper war eigentlich kein Barkeeper. Der Barkeeper war einer von Dogges Truppe.

In der Telefonzentrale kein Mensch da. Und kein Techniker in der Technik. Das lief zwar alles automatisch, aber der Gedanke, daß zum Beispiel die Klimaanlage ausfällt. Oder die Pumpstation. Wir hätten glatt ersticken oder ersaufen können. Zum Glück war Biber da. Biber ist Ingenieur. Ich dachte die ganze Zeit: Hoffentlich klappt Biber nicht zusammen. – Das Schlimmste: Keine Sau von der Leibwache war da. Bloß Dogges Barkeeper. Und genauso schlimm: Kein Arzt. Wir hät-

ten zu Dogge sagen können: Komm, der Arzt kümmert sich um dich. – Vorausgesetzt, Dogge hätte mitgespielt. Wir wären Dogge erst einmal los gewesen. Aber so – Dogge konnte alles mithören.

Zwei Jahre zuvor war der Chef krank geworden. Der Chef und die Chefin. Dogge war angekommen und hatte gesagt: Der Chef hat Durchfall und die Äbtissin auch. – Unter normalen Umständen hätte Dogge die Frau des Chefs nie «Äbtissin» genannt. Aber Dogge war so wütend und aufgeregt gewesen, daß er ihren Spitznamen gebraucht hatte. Sogar Qualle hatte gemeint: Warum sollen sie nicht mal krank werden. – Krank!: hatte Dogge geschnaubt: Das ist Sabotage! Ich nehme mir den Koch vor und den Doktor! – Er hatte sich den Chef-Koch und den Chef-Doktor kommen lassen. Qualle und ich hatten dabeisein müssen. Der Koch hatte herbeten gemußt, was der Chef und die Äbtissin die letzten 3 Tage gegessen und getrunken hatten. Dogge hatte zum Koch gesagt: Hast du alles vorgekostet? – Ja: hatte der Koch gesagt. Qualle hatte gesagt: Auch die Getränke? – Auch die Getränke: hatte der Koch gesagt. Hast *du* Durchfall?: hatte Qualle gesagt. Ich nicht: hatte der Koch gesagt. Du natürlich nicht!: hatte Dogge gesagt.

Zum Arzt hatte Dogge gesagt: War der Koch in den letzten 3 Tagen krank? Hast du ihm was gegen Durchfall gegeben? –

Nein: hatte der Arzt gesagt. Ich traue euch nicht 3 Zentimeter übern Weg!: hatte Dogge gesagt. Der Arzt hatte etwas sagen gewollt, aber Dogge hatte sofort gesagt: Jetzt rede ich! Wieso sind der Chef und die Chefin krank? Wieso?! Das will ich wissen. Was hast du dem Chef und der Chefin gegeben? – Wie meinen Sie das!: hatte der Arzt gesagt. Wie ich das meine?: hatte Dogge gesagt: Du weißt schon, wie ich das meine. Was hast du ihnen gegeben, daß sie jetzt krank sind? – Ich muß
doch sehr bitten!: hatte der Arzt gesagt. Du muß sehr bitten?: hatte Dogge gesagt: Das glaube ich auch! Du mußt sehr bitten, daß ich dir glaube, Doktorchen. – Der Arzt hatte geschwiegen. Dogge hatte gesagt: Was hast du dem Chef und der Chefin gegen den Durchfall gegeben? – Das übliche: hatte der Arzt gesagt. Das übliche?!: hatte Dogge plötzlich gebrüllt: Der Chef und die Chefin kriegen niemals «das übliche»! Sie kriegen das beste, was es gibt! Hast du ihnen das gegeben? – Ja: hatte der Arzt gesagt. Und jetzt verschwindet!: hatte Dogge gesagt.

Und was war jetzt? Wir hatten keinen Arzt. Der Arzt war am Dienstag nicht in der Bar erschienen.

Clarissa war Tänzerin gewesen. Manchmal hatte uns der Chef zur Sommerparty eingeladen in das Haus am See. Das Haus war ein Schlößchen mit großem Park. Rundum ein hoher Gitterzaun, bewacht von Dogges Leuten. Auf das Gelände war niemand gekommen außer uns. Und außer dem Personal natürlich. Die Seeterrasse mit bunten Lämpchen illuminiert. Nach dem Abendessen Musik. Und allerhand Vorführungen. Der Chef hatte eine Vorliebe für Zaubertricks, Akrobatik und Tänze. Die Äbtissin auch. Meistens spät in der Nacht sehr junge Tänzerinnen und Tänzer. Wir waren nicht viele Zuschauer gewesen: Der Chef und die Äbtissin, Dogge, Biber, Qualle, der Buchhalter, die beiden Oberkiller Ratte und Natter, außerdem ich. Vielleicht noch einer von den sogenannten Nachrichtenleuten, Wanze oder Aal. Ich weiß nicht, wer auf die Idee gekommen war, diesen Leuten solche Spitznamen zu geben. Offiziell hatte sich der Buchhalter Finanzchef

genannt, aber unter uns hatte er nur Kralle geheißen. Die Chefs der Leibwache, Ratte und Natter, hatten für mich nie andere Namen gehabt. Der erste Mann war Ratte gewesen, aber Natter hatte sich immer hervorgetan aus Neid auf Ratte. Die hochtrabenden Nachrichtenleute hatten nichts anderes zu tun gehabt als ihre Spitzel loszuschicken. Wanze nur in unserer Stadt, Aal in anderen Städten. Vor Wanze und seinen Schnüfflern waren wir selber nicht sicher gewesen. Die Infos waren bei Dogge zusammengelaufen, und Dogge hatte den Chef auf dem laufenden gehalten.

Dogge war beim Auftritt von Clarissa mächtig scharf auf sie gewesen. Er hatte eine Zigarette nach der anderen geraucht und war auf seinem Sessel hin und her gerutscht. Clarissa hatte das mitgekriegt. Sie war beim Striptease vor Dogge hängengeblieben und hatte ihm zum Schluß ihren kleinen Arsch hingereckt. Dogge hatte wie verrückt geklatscht, war zum Chef hingegangen und hatte kurz mit ihm geflüstert. Der Chef hatte genickt. Dann hatte Dogge etwas zu Ratte gesagt, Ratte war ins Haus gegangen und hatte Clarissa an Dogges Tisch geholt. Sie hatte sich kurz auf Dogges Schoß gesetzt, hatte die Arme um seinen Hals geschlungen und hatte ihn aufs Ohr geküßt. Dann hatte sie sich neben Dogge gesetzt. An dem Abend war sie nicht mehr aufgetreten und später nie mehr. Sie war am Ende mit Dogge und Ratte weggegangen. Von Qualle weiß ich, daß der Chef von Dogge verlangt hat, Clarissa zu heiraten. Das hat Dogge getan. Qualle wußte noch mehr. Clarissa hatte auf Dogges Befehl jede Verbindung zu den anderen Tanzmäusen abbrechen müssen.

Am Dienstag vormittag, als wir in die Bar mußten, sagte Dogge vorm Einstieg noch zu dem Fahrer: Hau ab! Sieh zu, daß du untertauchst! – Der Fahrer sah Dogge groß an und sagte: Alsdann. – Dogge drehte sich um und sagte zu Biber: Wenn er schlau ist, macht er einen Taxibetrieb auf. – Keiner sonst sagte etwas. Ich hatte zum ersten Mal das Gefühl, daß mir der Boden unter den Füßen weggezogen wird. Albern, so etwas. Das Gefühl hätte ich schon haben müssen, als es hieß: Wir müssen in die Bar. – Der Fahrer fuhr los, und ich dachte: Ich schreib das alles auf. Das ist meine Chance. –

Clarissa sagte: Habt ihr was vom Chef gehört? Und von der Äbtissin? – Qualle und Biber sagten fast gleichzeitig: Nein. – Clarissa sagte: Und von Kralle? – Auch nichts: sagte Qualle. Ich versteh's nicht: sagte Clarissa. Was: sagte Biber. Daß Dogge noch hier ist: sagte Clarissa. Du bist doch auch noch hier: sagte ich. Ich!: sagte Clarissa: Dogge hat mir am Dienstag morgen gesagt, ich soll in der Bar verschwinden! Ich dachte, er will abhauen ohne mich. – Da kennst du Dogge aber schlecht: sagte Biber: Der haut nie ab. – Dann hätte er wenigstens mich gehen lassen sollen: sagte Clarissa. Warum bist du in die Bar gekommen: sagte ich: Du hättest doch unterwegs abtauchen können. – Wie denn!: sagte Clarissa: Mich hat doch Ratte hergebracht. Sonst wäre ich auch gar nicht reingekommen. – Ach so: sagte ich. Und wohin hätte ich überhaupt gehen sollen?: sagte Clarissa: Mich kennt doch jeder. – Da hast du recht: sagte Biber.

In diesem Moment jaulte Dogge: Clarissa! Wo bleibst du denn! Komm her zu mir! – Aber Clarissa sagte ziemlich laut: Soll ich mich im Dreck wälzen? Guck dich doch mal an. Wo du hockst! Wie du aussiehst! – Dogge sagte halb befehlshaberisch, halb weinerlich: Du gehörst zu mir! Ich brauch dich! Gerade jetzt, wo es mir schlecht geht. – Clarissa sagte: Wenn ich dich sehe, wird *mir* schlecht! Wo ist denn der große starke Dogge! Warum hast du mich in dieses Scheißloch bugsiert. Nein, so tief wie du will ich nicht sinken. Gerade jetzt müßtest du *mir* helfen. Ja!, als der große Dogge noch der starke Dogge war! Da konntest du leicht den dicken Max mimen. Aber jetzt? Kaum hast du Probleme, da jammerst du rum. Und ich soll die Mama spielen. Hast du dir überlegt, was aus mir werden soll? Willst du mich in deine Scheiße ziehen? Ich mach das nicht mit! – Dogge versuchte sich hochzurappeln. Er ruderte mit den Armen. Dogge kam nicht hoch. Keiner von uns machte Anstalten, ihm auf die Beine zu helfen. Das hätte sowieso keinen Zweck gehabt. Er wäre ja doch gleich wieder zusammengesackt. Dogge blieb auf dem Fußboden sitzen, Dogge sagte: Das hat man davon! Ich hab dich von der Straße aufgelesen. Was du bist, das bist du durch mich. Ich hab dir gezeigt, was leben ist. Du hattest von mir alles, was eine Frau sich wünschen kann. Ohne mich wärst du 'ne Striptease-Mieze geblieben. – Clarissa lachte hysterisch auf. Clarissa sagte: Lieber 'ne ehrliche Stripperin als deine verwitwete Hure. – Dogge sagte: Ob 'ne Hure 'ne Hure ist, das bestimmt jede Hure selber. – Clarissa sagte: Alles, was 'ne Frau sich wünschen kann! Daß ich nicht lache! Was hab ich denn davon, wenn ich im Pelz in deinem Luxus-Schuppen hocke! Wenn ich mir deine Klunkern um den Hals hänge! Wenn mich deine Ratte in der Stadt rumkutschiert in deiner Scheiß-Luxuskarre! Wenn ich Kaviar fresse und mit Champagner nachspüle! 'n richtigen Mann hab ich davon nicht. Du mit deinem Wanst! Du hast doch deinen Schwanz schon seit 5 Jahren nicht mehr gesehen, so fett bist du. Hol dir doch selber einen runter. Ich hab keinen Bock mehr, auf dir rumzuturnen und deinen Schwanz zu suchen. – Biber sagte leise zu Clarissa: Treib's nicht zu weit. – Aber Clarissa sagte laut: Der hat mich versaut! Zuletzt mußte ich ihm bloß noch einen blasen, weil er keinen mehr hochgekriegt hat. Glaubst du, das ist was für 'ne junge Frau, so 'n Schlabberding ablutschen? Und sein Geschwitze und Gestöhne immer, wenn er endlich mal zum Abspritzen gekommen ist. Einfach zum Kotzen war das! Jawohl, gekotzt hab ich. Ich bin mit seinem Saft im Mund ins Bad gerannt und hab gekotzt! Und er? Säuselt hinter mir her: Clarissaa! Wo bleibst du denn! – Ich muß pissen: hab ich gerufen. Aber ich mußte duschen. Dogge! Der hat beim Abspritzen gefurzt. Ich hab seinen Stummel im Mund, und der furzt mir in die Nase. Genauso stinkt der auch aus seinem Maul. Küssen! Immer sein: Gib mir 'n Küßchen! – Wenn ich «Küßchen» hör, halt ich mir die Nase zu. –

Biber rührte sich nicht. Qualle und ich sahen zu Dogge hinunter. Dogge wurde jetzt böse. Er schrie: Wo ist Ratte! – Biber sagte: Ja, wo. – Dogge schrie: Ratte soll kommen! Ratte soll dieser Hure das Maul stopfen! – Qualle sagte: Ratte kommt nicht. Ratte ist weg! – Dogge schrie: Ich knall diese Hure ab! – Er fummelte unter seiner linken Achsel herum. Er kam nicht an seine Waffe. Er schrie: Gib mir deine Pistole, Biber! – Biber sagte: Dogge, beruhig dich. Mach keine Witze. – Witze?!: schrie Dogge: Diese Sauhure muß weg! – Biber sagte: Hier wird nicht rumgeballert. Du kannst nicht mal deine Zigarette halten. Geschweige denn meine Pistole. Willst du dich selber abknallen? Oder mich? Meine Waffe kriegst du nicht, in deinem Zustand. – Dogge schrie: Dann knall *du* dieses Miststück ab! Sie hat es verdient! – Biber sagte: Jetzt schalt mal runter. Deine Privatangelegenheiten interessieren mich nicht. Wir haben andere Sorgen. – Dogge sagte: Qualle, schaff mir diese Drecksnutte aus den Augen. – Qualle sagte: Gleich. Du mußt dich zusammennehmen, Dogge. – Zu mir sagte Dogge: Du stehst bloß dämlich rum. Sag was! Tu endlich was! – Ich sagte: Gleich, Dogge. – Qualle gab Clarissa ein Zeichen. Er faßte sie am Arm und zog sie vom Barhocker. Clarissa sagte: Nimm deine Pfoten weg. – Sie strich sich das Kleid glatt und sah mich an. Ich ging den Schritt zu ihr hin, ich sagte: Komm, wir bringen dich in dein Zimmer. – Sie ging zwischen Qualle und mir an Dogge vorbei. Vor Dogge spuckte sie auf den Fußboden, sie sagte: Hier, ein Küßchen für dich! – Qualle und ich begleiteten sie bis zu ihrem Zimmer. Vor der Tür sagte sie: Seht zu, daß Dogge bleibt, wo er ist. – Qualle und ich gingen zur Theke zurück. Dogge lag der Länge lang auf dem Rükken. Er keuchte wie eine angeschossene Wildsau. Ich kenne mich da aus, ich war oft genug mit den anderen auf der Jagd. Der Barkeeper war kreidebleich. Ich glaube, er war froh, daß Dogge nichts von ihm gewollt hatte. Immerhin war er Dogges Mann. Und eine Waffe hatte er auch. Aber er mußte gespürt haben, daß gegen Biber, Qualle und mich nichts zu machen gewesen wäre. Er tauchte eine Serviette in einen Sektkübel, wrang die Serviette aus, ging zu Dogge und wischte ihm das Gesicht ab. Dogge sagte: Wenigstens du hältst zu mir. – Biber sagte: Jetzt mach aber halblang. – Ich setzte mich wieder an die Bar, neben Qualle. Dabei dachte ich: Der einzige von uns, der keinen Spitznamen hat, ist der Chef. –

Ich war gegen halb eins aus der Redaktion fortgegangen und hatte mich zu Fuß auf den Weg zu diesem Haus gemacht. Ich hatte mich auf der gegenüberliegenden Seite gehalten und war quer über die Straße auf den Hauseingang zumarschiert. Links und rechts vom Eingang hatten Gorillas gestanden. Ich denke oft an die schwere Bronzetür. Sie war ganz leicht zu öffnen gewesen, aber im Vestibül hatte mich ein baumlanger Gorilla gestoppt. Ich war in eine Art Wachstube geführt worden, wo andere Gorillas herumgelungert hatten. Diese Kerle hatten gewußt, wer ich bin. Sie hatten meinen Ausweis verlangt und das Paßbild mit einem Foto verglichen. Ich hatte mich breitbeinig hinstellen und die Arme heben müssen. Ein kleiner Gorilla hatte mein Sakko geöffnet und mich von den Achseln bis zu den Knöcheln abgetastet. Schließlich hatte ein anderer gesagt: Folgen Sie mir! – Ich war ihm ins Vestibül nachgegangen bis zum Fahrstuhl. Dort erst hatte ich mitgekriegt, daß ein zweiter Gorilla hinter mir hergegangen war. Wir waren in den Fahrstuhl gestiegen und bis in die oberste Etage gefahren. Oben war der erste Gorilla zuerst, der zweite zuletzt ausgestiegen. Im Gänsemarsch waren wir zu einer Tür gestiefelt, vor der wieder zwei Gorillas gestanden hatten. Mein erster Gorilla hatte einem der Türsteher etwas ins Ohr gesagt, der hatte mich angeraunzt: Folgen Sie mir! – Ich war hinter ihm durch die Tür gegangen, aber wir hatten bloß einen kleinen Vorraum betreten. Der Gorilla hatte an die nächste Tür geklopft, hatte gewartet, hatte die Tür langsam geöffnet und hatte in der Tür strammgestanden. Hinter einem großen Schreibtisch hatte Dogge gesessen. Dogge hatte gesagt: Rein damit! – Der Gorilla war zur Seite getreten, ich war in das Zimmer gegangen, und der Gorilla hatte die Tür leise hinter mir geschlossen.

Dogge hatte gesagt: Na, wer sagt's denn! Es geht doch! – Er hatte auf einen Stuhl vor seinem Schreibtisch gezeigt und hatte gesagt: Setz dich! – Ich hatte nicht den Mut zu der Frage aufgebracht, warum Dogge mich duzt. Und ich hatte nicht den Mut gehabt, Dogge zu duzen. Ich hatte gesagt: Danke! Was kann ich für Sie tun? – Eine Menge! Eine Menge: hatte Dogge gesagt: Aber immer schön der Reihe nach. Eure Story über mich – das war nicht sehr fein, oder? – Ich habe mir bis heute nicht verziehen, daß ich geantwortet hatte: Ich habe sie nicht geschrieben! – Ich weiß, ich weiß: hatte Dogge gesagt: Aber du steckst mit drin. Ich war, gelinde gesagt, verstimmt. Ich habe mir überlegt, was ich gegen euch tun könnte. Es gibt da allerhand Möglichkeiten. Aber zuletzt bin ich darauf gekommen, daß ich mit dir reden will. Und jetzt bist du ja da. Was verdienst du in eurer Redaktion? – Ich hatte ihm gesagt, was ich verdiene. Wenig, wenig: hatte Dogge gesagt: Sogar sehr wenig. Deshalb die kleine Wohnung. Und das mickrige Auto. Deine Frau – gibst du ihr Geld? – Etwas: hatte ich gesagt. Etwas!: hatte Dogge gesagt: Frauen brauchen *viel*! – Ich weiß: hatte ich gesagt. Na also!: hatte Dogge gesagt: Willst du was trinken? Whisky? – Ja: hatte ich gesagt: Whisky. – Dogge hatte sich aus seinem Schreibtischsessel gestemmt, zwei Gläser und eine Flasche aus einem Wandschrank geholt, hatte sich einen Whisky und mir einen Whisky eingegossen und hatte sich wieder hinter seinen Schreibtisch geklemmt. Na denn, Prost!: hatte er gesagt. Prost!: hatte ich geantwortet. Ich trinke um diese Tageszeit normalerweise keinen Whisky, aber es war nicht normal gewesen, vor Dogge zu sitzen. Das Büro von Dogge lag in der 4. Etage, eine ideale Höhe. Die Möbel waren für meinen Geschmack geschmacklos gewesen: dunkelbraun, verziert, wuchtig. Dogge hatte gesagt: Du schreibst auch Gedichte, hab ich gesehen. Verkauft sich das gut? – Nein: hatte ich gesagt. Liegt das an den Gedichten?: hatte Dogge gesagt: Oder woran liegt das. – Ich hatte gesagt: Ich glaube nicht, daß das an den Gedichten liegt. Gedichte werden eben im allgemeinen nicht so oft gekauft. Es gibt nicht so viele Interessenten. – Dogge hatte gesagt: Glaubst du vielleicht, für unsere Sachen gibt es im allgemeinen so viele Interessenten? «Im allgemeinen» läuft gar nichts. Man muß etwas dafür tun, daß etwas oft gekauft wird. Es gibt da allerhand Möglichkeiten. Darauf verstehen wir uns. – Ich weiß: hatte ich gesagt. Na also: hatte Dogge gesagt: Jetzt zur Sache. Du läßt eure Redaktion sausen und arbeitest für uns. – Wie denn: hatte ich bloß herausgebracht. Wie denn!: hatte Dogge gesagt: In deinem Beruf! Wir haben selber eine Zeitung. Aber die ist mies. – Ich weiß: hatte ich gesagt. Siehst du: hatte Dogge gesagt: Du bringst unsere Zeitung auf Vordermann. Wir wollen auch Bücher herausbringen. Die Reden vom Chef zum Beispiel. Du nimmst das in die Hand. – Das ist viel: hatte ich gesagt. Das ist groß!: hatte Dogge gesagt: Um Geld brauchst du dir keine Gedanken zu machen. Geld ist kein Problem. Wir wollen unsere Sache unter die Leute bringen. Und unsere Sachen an den Mann. Ich sorge schon dafür, daß die Zeitung gekauft wird. Davon verstehe ich etwas. – Und wie soll das alles aussehen?: hatte ich gesagt: Ich bin schließlich nicht irgendwer. Die Leute kennen mich. Die sagen sich doch: Der hat ein anderes Hemd angezogen. – Moment mal!: hatte Dogge gesagt: Du sollst die ganze Chose in der Hand haben. Du mußt nicht selber schreiben. Vorläufig. Du suchst dir gute Leute, die das erledigen. Ich habe noch etwas vergessen. Etwas schreiben sollst du auch! Für den Chef! Du weißt doch, daß der Chef manchmal eine Rede halten muß. Der Chef sagt dir, was er sagen will, und du schreibst ihm das ordentlich auf. Noch etwas! Deine Gedichte. Die bringst du bei uns heraus. Sollst mal sehen. Die Auflagen bestimmst du! Egal, was das kostet. – Ich gebe zu, daß ich jetzt Lust bekam, Dogges Angebot anzunehmen. Dogge hatte noch gesagt: Die Einzelheiten besprichst du mit Qualle. Der ist dafür zuständig. Von deinem Gehalt brauchen wir erst gar nicht zu reden. Du

bekommst auf alle Fälle mehr als du brauchst. Schaff dir eine anständige Wohnung an. Leg dir ein richtiges Auto zu. Zahl deine Frau aus. – Ich hatte gesagt: Ich bin einverstanden. – Na also!: hatte Dogge gesagt: Das einzige, was wir von dir verlangen, ist Loyalität. Ich kann das auch anders sagen. Wir legen dir eine Kette an, und wenn du spurst, kriegst du Zucker. Du gewöhnst dich daran. Schneller als du glaubst. Du wirst uns noch um die Kette bitten, damit du immer Zucker bekommst. So ist es, und so war es. Wir sind uns einig. –

Nach ungefähr 10 Minuten sagte Biber leise: Clarissa dreht durch. Ich werd mich ein bißchen um sie kümmern. – Er trank seinen Whisky aus und verschwand. Dogge sagte: Wohin geht Biber? – Qualle sagte: Ins Bett. – Ich sagte zu Qualle, auch leise: *Noch* eine Nacht in diesem Schuppen! – Qualle sagte: An Schlaf ist nicht zu denken. Wir sollten etwas essen. – Zum Barkeeper sagte er: Sag dem Koch, er soll uns eine große Kalte Platte machen. Für drei. – Zu mir sagte er: Biber hat bestimmt auch Hunger, wenn er zurückkommt. – Der Barkeeper sagte: Was möchten Sie zum Essen trinken? – Ich sagte: Bier. – Qualle nickte. Der Barkeeper sagte: Wollen Sie hier an der Bar essen? – Nein: sagte Qualle: Deck uns da hinten einen Tisch. – Der Barkeeper ging in die Küche, Qualle und ich gingen zu dem hintersten Tisch. Dogge sah uns gehen und sagte:

Wohin geht ihr. – Wir setzen uns an einen Tisch: sagte ich: Willst du auch was essen? – Um Gotteswillen: sagte Dogge. An unserem Tisch saßen wir mindenstens 10–12 Meter von Dogge entfernt. Ich sagte: Was machen wir mit Dogge. – Den lassen wir erst einmal liegen: sagte Qualle. Der Barkeeper kam aus der Küche zurück und zapfte zwei Biere. Er brachte von irgendwo her ein kleines Kissen zum Vorschein, das schob er Dogge unter den Kopf. Er nahm aus einem Schrank eine Wolldecke und breitete sie über Dogge. Dogge hob die rechte Hand. Der Barkeeper faßte Dogges Hand, sagte etwas, und Dogge sagte auch etwas. Der Barkeeper ließ Dogges Hand los, ging zur Theke und machte unsere Biere fertig. Er brachte die Biere an unseren Tisch und sagte: Wohl bekomm's. – Ich sagte: Wie steht's? – Der Barkeeper sagte: Ich mache meinen Dienst. – Er ging in die Küche. Nach 5 Minuten brachte er uns eine große Kalte Platte und brachte 3 Teller und Besteck. Bitte sehr: sagte er. Danke: sagte Qualle.

Wir fingen an zu essen, aber ich aß nur wenig. Qualle sagte: Greif zu! – Ich sagte: Wie lange wollen wir noch hier hausen. – Qualle sagte: Höchstens noch diese Nacht. – Ich sagte: Ich werde allmählich nervös. – Das bist du doch schon: sagte Qualle. Keine Nachrichten, keine Befehle, kein nix: sagte ich. Qualle sagte: Biber nimmt das nachher in die Hand. – Hoffentlich: sagte ich.

Nach ca. 1 Stunde kam Biber von Clarissa zurück. Er setzte sich an unseren Tisch und winkte den Barkeeper heran. Ein Bier: sagte Biber: Ich kann jetzt 'ne Kleinigkeit vertragen. – Er nahm sich reichlich von der Kalten Platte, der Barkeeper brachte das Bier. Biber sagte: Clarissa will so schnell wie möglich raus hier. Ich hab ihr gesagt: Das geht nicht so leicht. Im Moment hast du es hier am besten. Und solange Dogge hier ist, kannst du nicht weg. – Sie hat gesagt: Wieso nicht. – Ich hab ihr gesagt: Er ist unberechenbar. – Sie läßt nicht locker. Jetzt will sie mit dir reden, Qualle. – Qualle sagte: Das ist zwecklos. Du hast ihr alles gesagt. – Biber sagte zu mir: Dann geh du zu ihr. – Ich sagte: Also gut, ich versuch's. –

Dogge war inzwischen eingeschlafen. Er schnarchte unerträglich. Biber rief dem Barkeeper zu: Dreh Dogge auf die Seite, der erstickt sonst noch! – Der Barkeeper ging zu Dogge, ich ging zu Clarissa.

Clarissa lag nackt auf dem Bett und heulte. Sie sagte: Warum laßt ihr mich nicht raus! Ich krepier hier, und ihr guckt zu. – Ich setzte mich zu ihr auf die Bettkante. Ich sagte: Clarissa, hör auf zu heulen. – Sie sagte: Ich will weg! – Ich sagte: Das geht nicht so leicht. – Du quatschst wie Biber: sagte sie: Ich friere. – Ich streichelte ihren linken Arm, sie rollte sich zusammen. Ich streichelte ihre linke Brust, sie legte ihren rechten Arm um meinen Hals. Halt mich fest!: sagte sie und legte ihren linken Arm um meinen Hals. Sie sagte: Bring mich weg! – und küßte mich. Ich faßte ihr zwischen die Beine, und sie sagte: Wir hauen zusammen ab. – Ich nahm ihre Arme von meinem Hals, küßte sie und zog mich aus. Ich legte mich zu ihr und sagte: Komm! – Sie machte die Beine breit, schlang ihre Arme um meinen Hals und zog mich auf sich drauf. Hinterher sagte sie: Du und Biber, ihr müßt mich rausholen. – Ich sagte: Wir holen dich raus. Aber vorher müssen wir mit Dogge fertigwerden. Bleib du in deinem Zimmer. Wir geben dir Bescheid. –

Nach ca. 1 Stunde ging ich zu Biber und Qualle zurück. Dogge schnarchte immer noch, aber leiser. Biber sagte: Hast du bei ihr was erreicht? – Ich sagte: Ja. Sie will in ihrem Zimmer bleiben. – Das ist gut für uns: sagte Biber.

Nach meinem Treff mit Dogge hatte ich Viktor sprechen wollen. Ich war in die Redaktion zurückgewandert, aber Viktor hatte ich nicht vorgefunden. Ich hatte seine Sekretärin gefragt: Wo ist Viktor? – Sie hatte gesagt: Viktor? Der ist halb eins nach Hause gegangen. Hat er Ihnen nichts gesagt? Er fühlte sich nicht wohl. – Daraufhin hatte ich in seiner Wohnung angerufen, aber Viktor hatte sich nicht gemeldet. Ich war verdammt nervös geworden, weil ich Viktor unbedingt
hatte erzählen wollen, was sich abgespielt hatte. Dogge hatte mir zum Schluß einen Passierschein in die Hand gedrückt und hatte gesagt: Für morgen. Du triffst morgen vormittag Qualle, Punkt elf. Zeig der Wache den Schein. –

Am nächsten Morgen war ich schon um 9 Uhr in meinem Büro gewesen. Auf meinem Schreibtisch hatte ein Brief für mich gelegen: Per Boten! Absender: Viktor. Ich hatte zittrige Hände. Viktor hatte geschrieben: Ich nehme an, daß du zu Dogge übergelaufen bist. Du mußt wissen, was du tust. Für mich ist die Arbeit in dieser Stadt zu Ende. Ich habe keine Lust auf einen Krieg gegen dich, mit Dogge und diesen Leuten in deinem Rücken. Ich habe dazu keinen Mut. Ich verschwinde, solange noch Zeit dazu ist. Gruß: Viktor. P.S.: Unserem Herrn Chefredakteur schreibe ich, daß ich eine bessere Stelle gefunden habe. Wenn du meinen Brief liest, bin ich schon weg, sicherheitshalber. Tu dir selber einen Gefallen: vernichte sofort meinen Brief. –

Ich war wie vor den Kopf geschlagen gewesen. Viktor hatte mich besser gekannt als ich selber. Am meisten getroffen hatte mich das «sicherheitshalber». Hatte Viktor geglaubt, daß ich seinen Brief an Dogge weitergeben würde? Damit Dogge ihn noch zu fassen kriegt? Wegen Viktors «vernichte sofort meinen Brief» schäme ich mich noch heute. Ich war mir wie ein

Schwein vorgekommen. (Aus der Sicht von heute bin ich ihm einerseits für seine Diskretion immer noch dankbar, sogar für sein Verschwinden. Andererseits trage ich es ihm noch immer nach, daß er mir ein schlechtes Gewissen gemacht und mich gedemütigt hat.)

Kurz und gut, ich hatte mir Viktors Brief Wort für Wort eingeprägt. Einen solchen Brief vergißt man nicht. Dann hatte ich den Brief in immer kleinere Schnipsel zerrissen und war damit zur Toilette gegangen, um die Fetzen fortzuspülen.

Anschließend hatte ich meine Siebensachen aus meinem Schreibtisch genommen und war zu unserem Chefredakteur gegangen. Ich hatte gesagt: Ich kündige. – Nanu!: hatte der Chefredakteur gesagt: So plötzlich? – Tut mir leid: hatte ich gesagt: Ich habe eine bessere Stelle gefunden. – Der Chefredakteur hatte gesagt: Was sagt Viktor dazu? – Ich hatte gesagt: Viktor bedauert das. – Ich bedaure das auch: hatte der Chefredakteur gesagt: Vielleicht ergibt sich später wieder eine Gelegenheit zur Zusammenarbeit. – Vielleicht: hatte ich gesagt.

Jetzt war ich soweit gewesen, daß ich losmußte zu dem Treff mit Qualle. Meine Tasche mit meinen Sachen aus meinem Schreibtisch hatte ich noch bei mir gehabt. Der baumlange Gorilla im Vestibül, dem ich meinen Passierschein gezeigt hatte, war plötzlich freundlich gewesen. Er hatte nur gesagt: 4. Etage links! – und die Zimmernummer. Die Gorillas vor Qualles Tür waren genauso freundlich gewesen wie der baumlange Gorilla im Vestibül. Als ich Qualles Zimmer betreten hatte, war mir so gewesen, als ob ich schon dazugehöre.

Qualle hatte gesagt: Da ist ja unser neuer Mitstreiter! Der Mann der Feder! Setz dich, Feder. –

Damit hatte ich meinen Spitznamen weggehabt. Von da an

bin ich nur noch «Feder» genannt worden. Ich war's zufrieden gewesen. Qualle hatte gesagt: Du kannst mich Qualle nennen. – Zu Qualle hatte ich von Anfang an den besten Draht. Qualle hatte gesagt: In der Sache ist alles klar. Die Leute von der Redaktion wissen Bescheid. Ich zeige dir jetzt dein Büro. Du siehst dir in den nächsten Tagen den Laden und die Leute an und legst los. – In Ordnung: hatte ich gesagt. Noch eins!: hatte Qualle gesagt: Du weißt das schon von Dogge. Such dir für deine Arbeit *gute* Leute. Wer von den alten nicht spurt – sag's mir. Du hast freie Hand. –

Dann hatte Qualle mich in mein neues Büro gebracht. Auch 4. Etage! Ein heller Raum, nicht zu groß, nicht zu klein, nicht allzu modern. Ich hatte sofort meine Tasche ausgeleert und hatte meine Sachen in meinem neuen Schreibtisch verstaut. Qualle hatte gesagt: Ich laß jetzt deine Truppe kommen. – Er hatte telefoniert, und 3 Minuten später war die Redaktion (inklusive Sekretärinnen) angetanzt gekommen. Qualle hatte locker auf mich gezeigt und gesagt: Das ist Feder. Ab sofort hört alles auf sein Kommando. Ihr wißt Bescheid. – Ich hatte jedem und jeder die Hand gegeben, jeder und jede hatte einen Namen gemurmelt, und ich hatte gesagt: Das wär's fürs erste. Danke. – Die Leute waren gleich wieder abgezogen. Ich hatte für meine Zukunft nicht die geringste Sorge. Qualle hatte zum Abschied gesagt: Gut so! Immer kurzhalten! Morgen um 10 bei mir. Wir gehen um 11 zum Chef! –

Noch am selben Abend hatte ich wieder in Viktors Wohnung angerufen. Ich hatte gedacht: Vielleicht ist Viktors Frau noch da. – Aber es hatte sich niemand gemeldet. Das war mir recht gewesen. Ich hatte auch den Verdacht gehabt, daß Dogge vom ersten Tag an mein Telefon abhören läßt. Ich hätte zwar gar nicht mit Viktors Frau geredet, sondern gleich wieder aufgelegt. Aber Dogge hätte jedenfalls gewußt, daß der Anruf von mir gekommen war.

Ich hatte Viktor dafür bewundert, daß er mit seiner Frau weggegangen war. Die zwei hatten doch Riesenprobleme miteinander gehabt. Mir war dabei eingefallen, was Dogge gesagt hatte: Zahl deine Frau aus! – Also hatte ich sie noch in derselben Nacht angerufen. Ich hatte zu ihr gesagt: Ab nächsten Monat kriegst du regelmäßig Geld von mir. – Hast du in der Lotterie gewonnen?: hatte sie gesagt. So ungefähr: hatte ich gesagt: Ich arbeite jetzt bei Dogge. – Sie hatte gesagt: Bei Dogge? Bist du so auf den Hund gekommen? Solches Geld will ich nicht. Das kannst du dir an den Hut stecken. – Und hatte einfach aufgelegt. Ich hatte gedacht: Na umso besser. –

Biber, Qualle und ich blieben vorsichtshalber bei Bier. Qualle sagte: Mit Bier behalt ich ’n klaren Kopf. – Biber sagte: Den brauchst du auch. – Für mich war das der richtige Moment. Ich sagte zu Biber: Wann nimmst du die Sache hier in die Hand? – Qualle sagte: Ich schätze doch, noch diese Nacht. – Biber sagte: Feder, du bist immer ’ne Idee zu nervös. Aber im Ernst – Punkt Mitternacht stell ich ’ne Verbindung her. – Zu wem?: sagte ich. Zu wem!: sagte Biber: Zu Ratte! – Ich sagte: Wo sind eigentlich Wanze und Aal? – Biber sagte: Wanze ist bei Ratte. Aal ist gar nicht mehr in der Stadt. – Ich sagte: Und wo *ist* Ratte? – Woher soll ich das jetzt wissen: sagte Biber: Wir sind Punkt 12 verabredet. – Hoffentlich antwortet Ratte: sagte ich. Qualle sagte: Darauf kannst du dich verlassen. – Ich ging einen Schritt weiter, ich sagte: Wie sollen wir Dogge hier rauskriegen? – Biber sah Qualle an, Biber sagte: Das hängt von der Situation ab. – Qualle sagte: Von der Dynamik der Situation. – Aha: sagte ich. Biber sagte: Dazu gehört auch der Barkeeper. – Qualle sagte: Die Situation ist offen. – Biber sagte: Sie entwickelt sich. – Und der Koch?: sagte ich. Der Koch ist uninteressant: sagte Biber. Ich sagte: Bist du sicher? – Biber sagte: Hundertprozentig. –

Die Hochzeit von Dogge und Clarissa hatte ganz groß gefeiert werden sollen. Das jedenfalls war Dogges Plan gewesen. Da ist meine ganze Truppe dabei: hatte Dogge gesagt: Von Ratte bis zum kleinsten Wachmann. Von Wanze bis zum kleinsten Mitarbeiter. Ich habe mit Kralle gesprochen. Der läßt was springen. – Aber der Chef war nicht begeistert gewesen. Vielleicht, weil die Äbtissin nicht begeistert gewesen war. Der Chef hatte sich auch darüber geärgert, daß Dogge mit Kralle über die Spesen gesprochen hatte, ohne den Chef vorher zu fragen. Nachdem wir das gehört hatten, waren wir zurückhaltend gewesen. Biber hatte zu Dogge gesagt: Ich glaube nicht, daß ich zu deiner Hochzeitsfete kommen kann. – Wieso nicht?: hatte Dogge gesagt. Biber hatte gesagt: Weil ich an dem Tag woanders sein muß. – Paar Tage später war Qualle bei Biber aufgetaucht und hatte gesagt: Der Chef hat Dogge zurückgepfiffen. – Das hatte Biber mir weitergesagt. Ich hatte gesagt: Wie hat Dogge darauf reagiert? – Qualle hat gesagt: hatte Biber gesagt: Dogge ist rot angelaufen und hat: Jawoll!: gesagt. –

Dogge hatte immer sklavisch auf den Chef gehört. Sogar wenn ihm etwas total gegen den Strich gegangen war, hatte er auf Befehl des Chefs den Schwanz eingezogen. Wahrscheinlich war Dogge mit uns in der Bar gelandet, weil der Chef das so gewollt hatte. Ich hatte mir nie denken können, daß Dogge aus freien Stücken gekommen war.

Dogges Hochzeit mit Clarissa war im Kleinsten Kreis gefeiert worden, so hatte das geheißen. Biber hatte mir einen Wink gegeben: Im Kleinsten Kreis, da kannst du hingehen. – Ich hatte gesagt: Wer zahlt die Spesen? – Dogge: hatte Biber gesagt. Immerhin hatte Dogge das teuerste Hotelrestaurant ausgesucht gehabt. Vor dem Bankettsaal hatten sich prompt 3 Gorillas von Dogge aufgepflanzt. Der Bankettsaal hatte es unbedingt sein müssen, obwohl er viel zu groß gewesen war

für den Kleinsten Kreis. Von Dogges Truppe waren bloß Ratte, Natter, Wanze und Aal zugelassen worden. Und für jeden ein Gorilla. Selbstverständlich alle 8 mit ihren Weibern. Das waren gerade einmal 16 Figuren gewesen. Dann ich, solo – 17. Biber und Qualle, alle beide solo – 19. Biber war nie verheiratet, Qualle schon geschieden gewesen. Für Dogge waren 2 Gorillas im Saal gewesen, ohne Weiber – macht 21. Der Chefkellner war unser feiner Barkeeper gewesen, die anderen Kellner hatten natürlich auch Dogges Leute sein müssen.

Außer Dogge und den Kellnern waren alle Männer in Schlips und Kragen aufmarschiert. Dogge hatte eine Fliege unterm Kinn gehabt. Dadurch war er den Kellnern ähnlicher gewesen als uns. Clarissa hatte sich als Jungfrau aufgeputzt. Die weiße Braut. Um den Hals hatte sie eine schwere Perlenkette getragen, die war bestimmt nicht auf ihrem Mist gewachsen.

Während des ersten Ganges war der Koch bei Dogge angetreten. Ob alles recht wäre. Das war Dogges eigener Koch gewesen, sein Vorkoster. Der hatte den Oberbefehl in der Hotelküche übernommen gehabt.

Die Musik war eine Spezialität von Dogge gewesen. Er hatte sich schon lange vorher in den Kopf gesetzt gehabt, daß er eine Kapelle haben müßte aus Leuten, die zur Wachmannschaft gehören. Eigentlich hätte demnach Ratte der Kapellmeister sein müssen. Aber Ratte war kein Musiker. Dogge hatte speziell 10 Gorillas angestellt, die Musik machen konnten. Die hatten bei uns privat eigene Spitznamen: Geigengorilla, Baßbulle, Pistolenposaunist. Die Kapelle hatte Volkslieder spielen müssen zum Schunkeln. Dogge hatte die Lieder auswendig gekonnt und hatte laut mitgesungen. Nach dem ersten Gang hatte Dogge eine Überraschung parat gehabt. Er war aufgestanden, hatte sich vor der Kapelle aufgebaut und hatte gesagt: Zur Feier des Festes singt Clarissa! – Ich war zusammengezuckt. Die meisten hatten gejohlt und geklatscht und hatten gerufen: Clarissa! Clarissa! – Biber hatte neben mir gesessen, er hatte leise zu mir gesagt: Das Vögelchen will aus seiner Kehle donnern. – Der Gesang von Clarissa ist auch danach gewesen. Dogge hatte seine Schützenkapelle bei Clarissas Nummer eigenhändig dirigiert. Ich glaube, für Dogge und Clarissa war das der Höhepunkt gewesen.

Kurz vor Mitternacht waren der Chef und die Äbtissin hereingeweht. Der Chef hatte die Arme hochgereckt: Ruhe, Ruhe! Danke – und hatte gesagt: Ich und meine Frau – also Glückwunsch, Dogge, ja?, Glückwunsch, Clarissa. – Die Muskelmusiker hatten einen Tusch geschmettert und gleich danach etwas zum Tanzen zu spielen angefangen, den Ehrentanz. Wir waren aufgestanden, hatten uns im Kreis aufgestellt, und in der Mitte der Chef mit Clarissa. Walzer. Dann Dogge mit Clarissa und der Chef mit der Äbtissin.

Kralle und seine Frau waren zusammen mit dem Chef aufgekreuzt. Aber die waren nicht weiter aufgefallen.

Der Tanz war weitergegangen, meistens Walzer. Biber hatte den Anfang gemacht mit Clarissa. Dogge hatte stolz eine Riesenzigarre gepafft, hatte mit dem Chef geredet und mit der Äbtissin. Vielleicht war ihm deshalb der Tanz von Biber mit

Clarissa nicht aufgefallen. Ich hatte zu Qualle gesagt: Biber geht ganz schön ran. – Qualle hatte gesagt: Weiter ran geht's nicht, nur noch rein. – Der Chef und die Äbtissin waren nach 30 Minuten wieder weg, Kralle und seine Frau auch. Inzwischen waren fast alle am Schwofen gewesen. Qualle hatte keine Lust gehabt. Schließlich war ich zu Dogge und Clarissa gegangen und hatte gesagt: Gestatten? – Clarissa war sofort aufgesprungen. Auf dem Weg zur Tanzfläche hatte sie zu mir gesagt: Schade, daß Dogge nicht tanzen kann. – Ich hatte gesagt: Dafür sind wir da. – Beim Tanzen hatte Clarissa gesagt: Schade, daß meine alten Kollegen nicht kommen durften. – Und die Kolleginnen: hatte ich gesagt. Du bist mir einer: hatte sie gesagt und hatte sich rangeklemmt. Ich hatte keine Hemmungen gehabt.

Ich sagte zu Biber: Wir sitzen wie die Ratten in der Falle. – Nananana!: sagte Biber: Du bist und bleibst 'n Intelligenzler. Immer 'n großes Wort auf Lager, aber wenn's hart auf hart kommt, zittern die Knie. – Ich sagte: Nanana! – Biber sagte: So bist du doch auch zu uns gekommen, damals. – Es ist angenehmer, wenn alles glattgeht: sagte ich. Biber sagte: Es geht nie alles glatt. Aber deswegen scheiß ich mir nicht gleich in die Hose. – Qualle sagte: Möglich ist alles. – Das sagst *du*?!: sagte Biber. *Du* hast doch immer die harten Sprüche gedrückt! Von wegen Standpunkt und Sache und wer für uns ist und wer gegen uns ist etcetera. – Qualle sagte: Dabei bleibe ich auch! Aber jetzt müssen wir zusammenhalten, jetzt geht's ums Ganze! – Ums Ganze ging's immer!: sagte Biber. Wir mußten immer die Arschbacken zusammenkneifen. – Ich sagte: Und was ist, wenn der Arsch mit Grundeis geht? – Biber sagte: Dann geht er eben. Aber vorher wird so lange gestrampelt, wie's geht. Oder was!? Soll ich etwa sagen: Das war's, und jetzt steh ich vor den *anderen* stramm? – Ist ja gut: sagte Qualle. Garnix is gut: sagte Biber: Hör dir doch Feder an! Ich soll die Sache hier in die Hand nehmen, und ihr guckt zu? Nach dem Motto: Geht's gut, machen wir mit. Wenn nicht ... – Jetzt reicht's aber: sagte Qualle: Wie redest du mit mir! – Ich rede nicht mir dir, ich rede mit Feder!: sagte Biber. Ich sagte: Red ruhig weiter. – Biber sagte: Du bist doch schon auf'm Sprung! Wenn's gutgeht, auf der Überholspur, wenn's schiefgeht, auf der Kriechspur – von einem Arsch in den andern. Und wer sorgt dafür, daß die Karre läuft? Solche wie ich. – Ich sagte: Blas dich nich auf! Wo läuft denn die Karre. Im Straßengraben! Im Keller! Guck dir doch Dogge an! Und was macht der Chef? – Qualle sagte: Laß den Chef aus'm Spiel! – Scheißspiel: sagte ich: Aber Qualle hat recht: Wir müssen zusammenhalten. – Biber sagte: Dann reiß dich am Riemen. Quatsch nich von Ratten in der Falle. Wir müssen hier raus, und wir *kommen* hier raus. –

Ich sah auf die Uhr. Ich sagte: Gleich Mitternacht. – Qualle richtete sich auf. Qualle sagte: Jetzt 'n Schnaps. – Gute Idee: sagte ich. Biber rief den Barkeeper heran und sagte: Für mich noch 'n Bier und 'n Klaren. – Für mich auch: sagte Qualle. Ich dasselbe: sagte ich.

Den Chef hatte ich schon in seiner miesen Zeitung und auf Originalfotos gesehen, bei den Recherchen für Viktors Story über Dogge. In der Zeitung hatte er groß und breit gewirkt. Meistens hatte er ein verkniffenes Lächeln im Gesicht gehabt. Auf den Fotos war er mir breit und klein vorgekommen. Ich weiß nicht mehr, wer diese Fotos gemacht hatte. Offizielle waren das nicht gewesen. Sein Zeitungslächeln hatte er da nicht aufgesetzt gehabt. Aber verkniffen war sein Gesicht auch gewesen. Auf den Fotos war er immer gerade beim Sprechen erwischt worden. Ein kleiner schmallippiger geöffneter Mund. Auf allen Bildern hatte er helle Anzüge getragen, auch im Winter. Immer mit Krawatte. Oft hatte er einen Hut aufgehabt. Er hatte auf allen Bildern ausgesehen wie einer, der sich reckt. Wie einer, der sagt: Wenn ihr's noch nicht wißt, ich sag's euch: Ich bin der Größte! Denkt dran, sonst könnt ihr

was erleben. –

Punkt 11 hatte ich mit Qualle vor dem Chef gestanden. Der Chef hatte mir die Hand gegeben und hatte mich mit seiner Linken am Oberarm angefaßt. Das ist also der ... also du bist Feder! Setz dich! – Hohe, gepreßte Stimme. Du hast dich also entschieden, für uns ... also du willst mit uns ... Schön! Sehr schön! Das Entscheidende ist, du bist freiwillig ... du hast dich uns angeschlossen, das ist das Entscheidende. Bei uns ... also, was wir brauchen ... hier herrscht eiserne Disziplin. Die muß ... ohne Disziplin sind wir nichts. Das ist klar. Wer mit uns ... also sich uns anschließt, das entscheiden *wir*. Und ... also ... auch, was jeder zu tun hat. Wir haben alle ... wir ziehen am gleichen Strang. Was gemacht wird und ... was also nicht gemacht wird, das ... Dogge, Qualle, Biber und ich ... die Pläne machen *wir*. Einer muß alles in der Hand haben. Jeder von uns muß ... also der kleinste Mitarbeiter ... das Gefühl muß jeder haben, daß ... daß für jeden das Beste getan wird. Deine Arbeit ... also du besprichst das jeden Tag mit Qualle ... daß unsere Zeitung ... wir sind eine ... eine ... wir gehören zusammen ... alle, egal, auf welchem Posten einer steht. Ob ich oder ... das ist *eine* Truppe ... die Gemeinschaft ... alles. Kameradschaft ... also ... Kameraden ... wir sind Brüder ... wie Brüder. Die Zeitung, die muß ... Das muß stimmen. Das muß jeder wissen. Damit nicht wieder ... also zum Beispiel, wenn einer aus der Reihe tanzt ...

es gibt auch Verräter, ja? Daß ... also wenn ein Verräter einen Unfall ... dann *ist* das ein Unfall! Nicht wie letztes Mal ... da hat unsere Zeitung versagt, wenn Leute, also Leute auch von uns ... die haben gefragt ... Das geht natürlich nicht ... da muß ich mich drauf verlassen können, daß die wissen, ein Unfall ist ein Unfall. Das ist keine Disziplin ... Ich verlange von meiner Zeitung ... also was in unserer Zeitung steht, das ... das ist eine Frage der Glaubwürdigkeit! Dafür bist *du* da, Feder! Du stehst mir dafür gerade! Du hast ... ich gebe dir ... also nach einem halben Jahr ... Wir werden das sehen. –

Ich hatte mein Bier noch nicht runter, da stand Biber auf. Biber sagte: Also! – und ging in die Telefonzentrale. Qualle rief ihm nach: Soll ich mitkommen? – Nicht nötig!: rief Biber. Jetzt bin ich neugierig: sagte ich. Qualle sagte: Neugierig? Ich überlege, was wir machen. – Das erfahren wir von Biber, wenn er mit Ratte gesprochen hat: sagte ich. Wenn!: sagte Qualle: Ich glaube nur, was ich mit eigenen Augen sehe. – Ich trank mein Bier aus, ich sagte: Ich geh pinkeln. – Qualle rief den Barkeeper und sagte: Noch ’n Klaren! – Ich ging nicht direkt zur Toilette. Ich wollte mir Dogge ansehen. Dogge lag auf der Seite und schnarchte. Beneidenswert: dachte ich: In unserer Lage, auf dem harten Fußboden. –

Als ich von der Toilette kam, war Biber schon zurück. Er schwieg. Qualle schwieg auch. Ich sagte: Na? – Biber sagte: Ich habe mit Ratte gesprochen. Es klappt nicht so, wie wir uns das gedacht hatten. – Ich sagte: Was. – Biber sagte: Ratte sollte uns um eins hier rausholen. – Ich sagte: Allein?! – Nein: sagte Biber. Und?: sagte ich. Biber sagte: Ratte kommt nicht weg. Mit seinen Leuten. Er hat gesagt: Wir sind eingeschlossen. Wenn wir den Kopf rausstecken, nehmen sie uns hops. – Ich sagte: Ach, die wissen, wo Ratte steckt? – Nein: sagte Biber: Aber wenn er rauskommt, wissen sie es. – Ich sagte: Woher weiß er das. – Von Wanze: sagte Biber: Der steckt woanders. Der kann den Schuppen von Ratte sehen. Ratte hat gesagt: Wir dürfen nicht lange sprechen. Die peilen uns vielleicht an. Ruf mich um eins zurück. Dann wissen wir mehr. – Ich sagte: Und jetzt? – Qualle sagte: Wir warten. –

Gerade jetzt rührte sich Dogge. Er rief: Clarissa! – Der Barkeeper sagte zu ihm: Frau Clarissa ist schlafen gegangen. – Dogge rief: Biber. – Was ist?: rief Biber. Komm her, Biber!: rief Dogge. Biber ging zu Dogge. Biber und Dogge redeten miteinander. Biber kam zu uns zurück und sagte: Dogge hat gefragt, was Ratte gesagt hat. – Qualle sagte: Hast du ihm die Wahrheit gesagt? – Na sicher: sagte Biber. Was hat Dogge gesagt: sagte ich. Biber sagte: Dogge hat gesagt: Brechen wir aus oder warten wir ab? – Ich habe gesagt: Wir warten ab. – Weck mich, wenn's soweit ist: hat Dogge gesagt. – Ich sagte: Das ist nicht mehr der alte Dogge. – Qualle sagte: Stimmt. – Biber sagte: Dogge hat sich auf die andere Seite gedreht und schläft weiter. –

Viktors Story über Dogge war eine Story über den *alten* Dogge gewesen. Aber Dogge hatte damals nichts nachgewiesen werden können. Der frühere Buchhalter, Kralles Vorgänger, war tot aufgefunden worden. Sie hatten ihn Erbse genannt. Erbse in einem Auto. Das Auto an einem Baum. Wieso hatte Erbse am Steuer des Wagens gesessen? Obwohl er doch gar nicht Auto fahren gekonnt hatte. Die Polizei sofort: Tödlicher Unfall! Der Unfallwagen sofort gesperrt. Im Polizeipräsidium hatten sie zu mir gesagt: Was wollen Sie! Den Namen des Arztes, der den Tod festgestellt hat? Den dürfen wir Ihnen nicht sagen! – Ein offenes Geheimnis war das gewesen, daß der

Chef beste Beziehungen zum Polizeipräsidenten unterhalten hatte. Hatte Erbse Gelder beiseite geschafft gehabt? Für sich selbst? Dogge war früher schon einmal in Schwierigkeiten gekommen wegen eines tödlichen Autounfalls. Da hatte einer von Dogges Leuten am Steuer gesessen. Damals hatte es geheißen, der hätte eine bessere Stelle angeboten bekommen und wäre auf der Reise zu den anderen gewesen. Aber Dogge hatte nichts bewiesen werden können, dem Crash-Spezialisten. Ich war auch nicht an Erbses Witwe herangekommen. Vor ihrer Tür hatten Dogges Gorillas gestanden: Hier können Sie nicht rein. Gehen Sie weiter! – Für Erbse war ein halbes Staatsbegräbnis aufgezogen worden. Der Chef hatte ausnahmsweise einen dunklen Anzug angehabt und hatte Erbses Witwe am Arm geführt. Rechts von der Witwe war Dogge einhergeschritten. Der Friedhof war nicht groß genug gewesen für Dogges Gorilla-Armee.

Wir saßen an unserem Tisch und starrten Löcher in die dicke Luft. Um eins verschwand Biber zum zweiten Mal in der Telefonzentrale. Auch diesmal kam er bald zurück, sehr bald. Biber sagte: Ratte hat gesagt: Die haben mich aufgespürt! Ich muß mich verdrücken. Weiß noch nicht, wohin. Ich kann euch nicht rausholen. Seht selber zu! – Ich habe gesagt: sagte Biber: Was sind das für Geräusche in meinem Kopfhörer. – Ratte hat gesagt: Mann! Biber! Wo lebst du! Das sind Schüsse! Ich muß weg! Ende. –

Qualle sagte: Und Wanze? – Biber sagte: Nach Wanze hab ich gar nicht gefragt. – Ich sagte: Kannst du Wanze erreichen? – Biber sagte: Ja. Aber wozu. Der hat keine brauchbaren Nachrichten mehr zu bieten. – Qualle sagte: Jetzt ist die Kacke am Dampfen. – Ich sagte: Was heißt: Seht selber zu. – Biber sagte:

Ich kenne den Laden hier in- und auswendig. – Das ist beruhigend: sagte ich: Soll ich Clarissa Bescheid sagen? – Nein: sagte Biber: Noch nicht. Ihr hysterisches Gequatsche können wir jetzt nicht gebrauchen. – Qualle sagte: Sie macht bloß Dogge wach. – Dogge!: sagte Biber: Den kriegen wir hier nicht raus. – Ich sagte: Wir könnten ihn tragen. – Biber sagte: Das hat noch Zeit. – Qualle sagte: Als Gott die Zeit schuf, hat er viel davon

gemacht. – Biber sagte zu mir: Hier kommt nur raus, wer gut zu Fuß ist. – Der Barkeeper kam an unseren Tisch und sagte: Möchten die Herren noch etwas? – Nee: sagte Qualle.

Dogge schlief. Ich mußte an das eine Sommerfest auf der Schloßterrasse am See denken. Wie Clarissa getanzt hatte. Wie Dogge auf Clarissa angesprungen war. Ich mußte an die Hochzeit von Dogge und Clarissa denken. Wie Clarissa gesungen und wie Dogge dirigiert hatte. Ich mußte an Ratte denken, dieses Schwein. Ich gönnte es ihm, daß er jetzt türmen mußte. Ich wäre gern zu Clarissa gegangen. Ich hätte gern zu ihr gesagt: Dogge sind wir los. Jetzt hauen wir ab aus diesem Stinkloch. –

Nach ihrer Singenummer auf der Hochzeit hatte Clarissa Gesang studiert. Qualle hatte mir erzählt, daß Dogge wohl oder übel zustimmen mußte. Clarissa hatte zu Dogge gesagt: Das schuldest du mir, weil ich nicht mehr tanzen darf. Ich bin schließlich Künstlerin. – Dogge soll geantwortet haben: Dein Hauptfach ist was anderes. Darin bis du Naturtalent. – Aber Clarissa soll gesagt haben: Und du bist ein Schwein! Wenn ich nicht studieren darf, kratz ich die Kurve. – Qualle hatte zu mir gesagt: Clarissa ist zum Chef gegangen. Der Chef hat zu Dogge gesagt: Laß sie studieren. Wir können keinen Weiberskandal gebrauchen. –

Also hatte Clarissa studieren gedurft. Der Gesangslehrer hatte ins Haus kommen müssen. Clarissa hatte Schlagergesang studieren wollen. Zwei Jahre war das gegangen. Dann hatte der Gesangslehrer das Zeugnis überreicht: Geprüfte Unterhaltungssängerin. – Von Qualle hatte ich gehört, daß der Gesangslehrer von Wanzes Spitzeln beschattet worden war. Irgendwann hatten sie ihn rangekriegt. Von da an war er nach jeder Gesangsstunde zu Wanze gegangen und hatte bei Wanze gesungen. Was Clarissa redet. Wie Clarissa über Dogge spricht etcetera. Wanze war zufrieden gewesen. Dogge auch. Dogge hatte sich nach der Ausbildung generös gezeigt. Er hatte dafür gesorgt, daß der Gesangslehrer Professor wurde. Der Herr Professor hatte Dogge die Treue gehalten. Er war später immer wieder freundschaftlich bei Clarissa aufgekreuzt. Neue Titel einstudieren. Stimmbildung usw. Hatte er Wanze weiterhin berichten können, was Clarissa quatscht. Ob Clarissa das geahnt hat?

Wanze war von Anfang an auch hinter *mir* hergewesen. Das hatte mir Biber gesteckt. Ich hatte gesagt: Biber, das finde ich fair, daß du mir das sagst. Allerdings, ich muß dir sagen, ich habe von Anfang an damit gerechnet. – Biber hatte gesagt: Dann kannst du dir ja denken, daß Wanze auch mich und Qualle auf seiner Liste hat. – Das denke ich: hatte ich gesagt: Aber was soll das. Ihr gehört schließlich zur Spitze. – Das weiß ich nicht, was das soll: hatte Biber gesagt: Ich denke, daß sich Dogge mit den Weisheiten von Wanze beim Chef reinschleimt. – Ich hatte gesagt: Der Chef müßte doch zu Dogge sagen: Laß mich mit diesem Scheiß in Ruhe. – Biber hatte gesagt: Da kennst du den Chef nicht. Er interessiert sich dafür. –

Ich dachte: Hoffentlich schnappen sie Wanze, die anderen. – Biber sagte plötzlich: Qualle, von Mann zu Mann! Was machen wir mit Dogge? Ich kann diese Sau nicht mehr schnarchen hören. Wir zerbrechen uns den Kopf, und der pennt. Soll ich mir auch noch *seinen* Kopf zerbrechen? Der hat uns doch hauptsächlich reingeritten. – Qualle sagte: Also mal langsam. Reingeritten haben wir uns gemeinsam. – Ich

mußte denken: Nicht zu vergessen der Chef. – Aber: sagte Qualle: In einem hast du recht. Dogge versagt in der schwersten Stunde unserer gemeinsamen Sache. – Biber sagte: Du meine Güte, Qualle! Kannst du nicht wenigstens jetzt normal reden? Du bist hier nicht in einer Versammlung! Du steckst bis zum Hals in der Scheiße!! – Ich sagte: Biber, reg dich nicht auf! Das ist doch vollkommen egal, *wie* Qualle redet. Die Hauptsache ist, *was* er sagt. – Stimmt: sagte Biber: Also was ist. – Qualle sagte: Ich glaube, wenn der Chef hier wäre, er würde nicht anders urteilen. Wir gehören zusammen. Die Gemeinschaft ist alles. Bei uns herrscht eiserne Disziplin. Die Glaubwürdigkeit jedes einzelnen steht auf dem Spiel. Wer Verrat begeht, stellt sich außerhalb der Gemeinschaft. Dogges Verhalten ist absolut disziplinlos. Dogge hat seine Glaubwürdigkeit verloren. Dogge begeht Verrat an uns ... an unserer Sache. Das wäre auch die Meinung des Chefs, glaube ich. – Ich dachte: Der Chef ist nicht hier. – Qualle sagte: Dogge stellt eine Gefahr für uns dar. Wer sagt uns denn, ob er bei den anderen nicht genauso reden würde, wie er heute abend an der Bar geredet hat? Er weiß alles ... über unsere ... unsere ... über uns. Er kann uns ins Verderben stürzen. Oder glaubt ihr, er legt sich dann auch einfach hin und ... und schweigt? – Ich sagte: Qualle, ich erinnere mich gut an das erste Gespräch mit dem Chef. Du warst dabei. Der Chef hat gesagt: Wenn ein Verräter einen Unfall erleidet, dann ist das ein Unfall! –

Qualle und Biber schwiegen. Sie sahen mich kurz an. Biber stand auf und blickte hinüber zu Dogge. Qualle blickte zu Boden. Biber sagte: Ein Unfall. – Qualle sagte: Das erste ist, wir müssen Dogge die Waffe abnehmen. – Ich sagte: Und der Barkeeper? –

Bald nach meinem ersten Gespräch mit dem Chef hatte ich Schießunterricht nehmen müssen. Ich war nicht begeistert gewesen, als Ratte zu mir gesagt hatte: Morgen um zehn, Schießstand im Keller. – Muß das sein?: hatte ich gesagt. Ratte hatte gesagt: Befehl von Dogge! Pistolenschießen. – Ich war sofort zu Dogge gegangen und hatte gesagt: Wozu! Meine Waffe ist die Feder. – Dogge hatte gesagt: Aber manchmal brauchst du noch eine andere. Das ist im Prinzip dasselbe. Je nach Situation. Wenn du mit der Ausbildung fertig bist, kriegst du deine persönliche Waffe. – Also gut: hatte ich gesagt. Ich war am nächsten Vormittag in den Schießstand gegangen, aber ich war am Anfang nicht besonders gut gewesen im Pistolenschießen. Mein Ausbilder hatte mir immer wieder sagen müssen: Von oben ins Ziel gehen, von oben! – Ich war von Tag zu Tag besser geworden. Aber so richtig zufrieden war der Ausbilder nie mit mir gewesen. Einmal hatte er sich die Unverschämtheit erlaubt, mir zu sagen: Du bist hier nicht am Schreibtisch, du bist hier auf dem Schießstand. Hier mußt du bißchen mit Köpfchen arbeiten! – Ich hatte nur gedacht: Dich treff ich auf 50 Schritt Entfernung. – Später, als ich mit der Pistole einigermaßen sicher geworden war, hatte es geheißen: So, jetzt kommt Jagdgewehr an die Reihe. Dazu fahren wir morgen auf den Schießstand im Schloßwald. – Nee:

hatte ich gesagt: Mir reicht's. – Der Ausbilder hatte gesagt: Willst du nicht mit auf die Jagd gehen? – Nein: hatte ich gesagt: Wozu. – Weil's Spaß macht: hatte der Ausbilder gesagt. Bei der nächsten Gelegenheit hatte ich Dogge erklärt: Für die Jagd bin ich ungeeignet. Ich habe keine Lust dazu. – Dogge hatte gesagt: Da entgeht dir was. Wie willst du sonst üben, auf lebende bewegliche Ziele zu schießen? – Das will ich nicht: hatte ich gesagt. Dogge hatte gesagt: Das übt ungemein, die Jagd. Irgendwann brauchst du das, vielleicht. Aber gut, wenn du nicht willst, dann eben nicht. Hoffentlich bereust du das nicht, eines Tages. – Hoffentlich: hatte ich gesagt. Dogge hatte noch gesagt: Allerdings eins ist klar. Du mußt mit auf die Jagd, für unsere Zeitung. Wir wollen Berichte darüber, und Fotos. – Das kann ich machen: hatte ich gesagt.

Ich habe nicht gezählt, wie oft ich mitgegangen bin. Richtige Jagden waren das nicht gewesen. Der Chef hatte immer die meisten Abschüsse verbuchen müssen. An zweiter Stelle hatte Dogge stehen dürfen. Mich hatte der Jägerkram nicht interessiert. Nur eines hatte ich bald spitzgekriegt. Die Treiber hatten dem Chef, Dogge und den anderen das beste Viehzeug direkt vor die Flinte treiben müssen. Das war eine bequeme Abschlächterei gewesen. Biber hatte gut geschossen, Qualle weniger. Qualle hatte einmal die eine Wildsau, die er hatte abknallen dürfen, bloß angeschossen. Die Töne habe ich noch im Ohr, die das Vieh von sich gegeben hatte. Irgendeinem aus Dogges Truppe war schließlich befohlen worden, der Sau den Fangschuß zu verpassen.

Qualle sagte: Der Barkeeper und der Koch! – Ich sagte: Wer hat eigentlich den Schlüssel zur Waffenkammer? – Qualle sagte: Hast du etwa dein Schießeisen vergessen? – Nichtdoch: sagte ich: Ich dachte nur, daß ... daß sich die beiden Gastronomen nicht etwa selber bedienen. – Biber sagte: Ausgeschlossen! Den Schlüssel habe ich. Dogge hat auch einen. – Ich sagte: Entschuldige, Biber, hast du einen Schlüssel zum Ausgang Zwo? – Na sicher: sagte Biber: Genau wie Dogge. – Ich dachte plötzlich: Wenn ich noch bei Viktor in der Redaktion wäre. Und wüßte alles über diese Leute. *Das* wäre Material! Das wäre *die* Story über Dogge. Und über alle anderen. Eine Fortsetzungsgeschichte! Aber ich bin nicht bei Viktor. Ich sitze in der Kacke. Ich kann mich nur auf mein gutes Gedächtnis verlassen. – Und mit einemmal war ich optimistisch. Ich hatte Sehnsucht nach einer richtigen Zeitung. Ob mit oder ohne Viktor.

Meine Arbeit für die Zeitung dieser Leute hatte nicht gut angefangen. Ich war ja nicht der Chefredakteur gewesen. Ich hatte nur die Oberaufsicht über die Redaktion gehabt. Das klingt vielleicht gut. Aber das hatte von vornherein Riesenprobleme mit sich gebracht. Einerseits hatte über mir Qualle gesessen. Andererseits hatte sich der Chefredakteur nicht gerne etwas von mir sagen lassen. Wenn der Chefredakteur mit mir Ärger gehabt hatte, war er hinter meinem Rücken zu Qualle gerannt. Qualle hatte aber nicht unbedingt auf meiner Seite gestanden. Ich hatte so manches Mal an Qualles Sprüche denken müssen: Such dir für deine Arbeit *gute* Leute. Wer von den alten nicht spurt – sag's mir. Du hast freie Hand. – Pustekuchen. Wenn es nach mir gegangen wäre, ich hätte den Chefredakteur gefeuert. Daran war gar nicht zu denken gewesen. Der hatte nicht nur bei Qualle Rückhalt gehabt, sondern auch beim Chef. Das war eine dicke Kameradschaft aus früheren Tagen. Da hatte der Chefredakteur noch für die Truppe Parolen an Häuserwände gepinselt und das Markenzeichen. Eine besondere Spezialität waren seine Kurztexte für Plakate und die hektographierten Flugblätter gewesen. Ich hatte einfach mit der alten Redaktion auskommen müssen. Diese abgelutschten Nullen waren sogar offen schadenfroh gewesen, wenn sie mich bei Qualle oder gar beim Chef wieder einmal ausgestochen gehabt hatten. Kein Wunder, daß dieses Blatt so geblieben war wie immer. Ein Nachrichtenblatt für die eigene Truppe. Ein Revolverblatt. Eine Provinzpostille. Unlesbar. Ich hatte mich zuerst noch öfter gefragt, warum sie mich überhaupt angestellt hatten. Allmählich war mir das klargeworden. Die hatten mich von meiner früheren Redaktion weglotsen und hatten mich ruhigstellen wollen.

In jeder Ausgabe waren mindestens zwei Seiten für Familienanzeigen draufgegangen. Todesanzeigen, Geburtsanzeigen, Hochzeitsanzeigen. Alles von Leuten, die zur Truppe gehörten oder die mit der Truppe zu tun hatten. In jeder Ausgabe mußte mindestens ein Foto vom Chef auftauchen. Der Chef am Schreibtisch. Der Chef bei der Besichtigung einer Fabrik (die hatte dem Chef gehört). Der Chef mit kleinen Kindern (das waren Kinder von den eigenen Leuten gewesen). Der Chef bei der Enthüllung eines Denkmals (das war ein Denkmal für einen alten Kumpan vom Chef gewesen, der vor -zig Jahren von einer anderen Truppe abgeknallt worden war). Der Chef auf Skiern. Der Chef beim Horrido! nach der Hasenjagd. Ich hatte gleich am Anfang gesagt: Das wirkt anders als ihr euch das denkt. Das bringt dem Chef keine Sympathien ein, das stößt ab! – Der Chefredakteur hatte gesagt: Wer sagt denn, daß das Sympathien für den Chef wecken soll? – Ich hatte gesagt: Wie bitte?! – Der Chefredakteur hatte gesagt:

Das soll zeigen, daß der Chef jederzeit und überall auf Posten ist. Auch wenn das nicht allen Leuten gefällt. Im übrigen ist es mit dem Chef abgesprochen. –

Für die Chef-Fotos waren drei Fotografen angestellt gewesen. Diese Knipser waren auch von Wanze beschäftigt worden. Sie hatten Fotos machen müssen von Leuten, die Dogge auf dem Kieker gehabt hatte. Nach meiner Anstellung hatte ich mich auf Fotos wiedergesehen, die bei sogenannten offiziellen Anlässen gemacht worden waren. Ich hatte neben dem Chef gestanden oder neben Dogge, zum Beispiel bei der Enthüllung dieses Denkmals oder bei der Eröffnung eines Gartenfestes für Kleingärtner (das waren alles eigene Leute gewesen).

Die einzige Sache, die ich hatte durchdrücken können, das war die Kulturseite gewesen. Ich hatte zu Qualle gesagt: Ein Blatt ohne Kulturseite – das geht nicht. Die Käufer müssen das Gefühl haben: Wo man singt, da laß dich ruhig nieder. – Qualle hatte gesagt: Das ist eine glänzende Idee! Ich habe gewußt, daß du Schwung in die Sache bringen würdest. Mach das! Das überlasse ich ganz dir. –

Ich war sofort an die Arbeit gegangen. Der Chefredakteur hatte mitgezogen, weil ihm klargewesen war, daß Qualle dahinter stand. Die Idee mit der Kulturseite hatte ich gehabt, weil ich an meine Gedichte hatte denken müssen. Ab und zu ein Gedicht im Blatt, darunter ab und zu eines von mir!

Ich hatte mir eine Erzählung von einem Schriftsteller besorgt, der etwas für den Chef übrig hatte. Ehrlich gesagt, früher war dieser Mann für mich eine Null gewesen. Er hatte sich hocherfreut gezeigt über meine Anfrage und über das Honorarangebot. Das zahlt keine andere Zeitung! Früher hätte ich seine Erzählung für üblen Schund gehalten.

Prompt war Qualle zu mir gekommen und hatte gesagt: Hör mal, Feder. Die Idee mit der Kulturseite ist gut, aber die Erzählung, mit der du die Sache gestartet hast, also, es genügt nicht, daß der Autor mit uns sympathisiert. Das kann unserer Sache schaden. – Das sehe ich ein: hatte ich gesagt.

Die nächste Kulturseite war eine Mischung gewesen. Gutgemeinter Schund und verfängliche Qualität. Ich *wollte* Qualität! Aber mit reiner Qualität hätte ich nicht starten können. Prompt wäre Qualle zu mir gekommen und hätte gesagt: Die Erzählung, mit der du die Sache gestartet hast, also, die ist ziemlich verfänglich. Das schadet unserer Sache. –

Die qualitätvollen Erzählungen hatten alle von ziemlich jungen Schriftstellern gestammt. Ich hatte mir gedacht: Schlägst du zwei Fliegen mit einer Klappe. Einerseits kannst du dir später einmal sagen: Ich habe diese Leute gefördert! Andererseits hast du sie kompromittiert. –

Der Ärger hatte nicht lange auf sich warten lassen. Dem Chef hatten die miesen Erzählungen besser gefallen als die guten. Er hatte zu Qualle gesagt: Feder legt uns Kuckuckseier ins Nest. Das geht so nicht. –

In der dritten Ausgabe der Kulturseite hatte ich vorsichtshalber nur Gedichte abgedruckt. Schlechte und gute, darunter zwei gute von mir. Ich hatte gewußt: Mit Gedichten kann der Chef nichts anfangen. Gedichte versteht er nicht. – Er aber hatte zu mir gesagt: Sehr schöne Gedichte, Feder! – Qualle dagegen war unzufrieden gewesen. Denk an unsere Käufer: hatte er gesagt: Gedichte müssen verständlich sein! –

Glücklich war ich mit der Kulturseite nie geworden. Nach der dritten Ausgabe waren Briefe auf mich niedergeprasselt. Meistens hatten irgendwelche Dichter ihre Manuskripte eingesandt. *Ein* Brief hätte von Viktor stammen können, hatte aber keine Absenderangabe gehabt. Daß ich ein korruptes Schwein sei und einer Verbrecherclique ein pseudo-geistiges Alibi verschaffe etc. Ich hatte den Brief an Wanze weitergegeben, ob er den Absender feststellen könnte.

Bald hatte Dogge mich zu sich gerufen. Ich müßte ihm zwei Herzenswünsche erfüllen. Nächstens hätte Clarissa ihr erstes Konzert. Da gehst du mit einem Fotografen hin! Schreib einen Konzertbericht und gib Fotos dazu! – In Ordnung!: hatte ich gesagt. Und noch etwas!: hatte Dogge gesagt: Einer von meinen Leuten schreibt Gedichte. Druck ein paar davon ab! – Dann hatte er mir ein Bündel Blätter in die Hand gedrückt. Ich hatte wieder: In Ordnung!: gesagt. Diese Gedichte waren keine Gedichte gewesen, sondern Lobsprüche. Lobeshymnen! Auf den Chef, auf Dogge, auf Wanze und seine Spitzelbande, auf die «Sache», auf die «Klugheit» der Truppe, auf die «Weisheit» unserer Kunden (als wären unsere Kunden freiwillige Käufer gewesen!). Na gut, etwas anderes hatte ich von einem schreibenden Gorilla auch nicht erwartet. Aber daß ich diesen Mist hatte abdrucken lassen müssen, das ärgert mich noch heute. Ich hatte wieder denken müssen: Was wird Viktor von mir denken! –

In das Konzert von Clarissa war ich gegangen. Konzert! Dogge hatte für Clarissa den größten Saal der Stadt belegt. Ich hatte gedacht: Wer geht denn da schon hin. Das wird eine Pleite. – Aber ich hatte die Rechnung ohne den Wirt gemacht. Ich war nicht darauf gekommen, daß Dogge seine halbe Armee hinschicken würde. Chansons und Lieder: hatte auf dem Plakat gestanden. Die Klavierbegleitung hatte Clarissas Gesangslehrer übernommen, der neue Professor. Ich war in die erste Reihe gesetzt worden, nicht weit von Dogge entfernt. Ich hatte sicherheitshalber *zwei* Fotografen mitgeschleppt.

Die waren schon vor der Vorstellung fleißig im Saal herumgeturnt. Dogge fotografieren und Wanze und Aal und Ratte und Natter. Ich hatte den Fotofritzen ausdrücklich gesagt: Keine Fotos von mir! – Sie hatten sich nicht daran gehalten. Es war letzten Endes auch nicht möglich gewesen bei meinem Platz in der ersten Reihe.

Nach jedem Liedchen hatte Dogge wie ein Verrückter geklatscht. Er hatte sich sogar halb umgedreht, hatte seine Klatschpfoten hochgerissen und hatte seine Mannschaft angefeuert. Ein Geklatsche und Getrampel, als hätte sonstwer auf der Bühne gestanden. Ich hatte natürlich auch klatschen müssen. Aber nach meinem Geschmack hatte Clarissa katastrophal schlecht gesungen. Das Beste an Clarissa war das enge schwarze Kleid gewesen. Am Schluß hatten zwei Gorillas in dunklen Anzügen riesige Blumensträuße angeschleppt für Clarissa und für den frischgebackenen Gesangsprofessor. Ich hatte gedacht: Schwamm drüber! –

Den Bericht für die Kulturseite hatte ich mir erspart. Den hatte ein Redakteur schreiben müssen. Ich hatte zu Dogge gesagt: Ich verstehe nicht genug von Musik. – Nur die Überschrift hatte ich diktiert: Sensationeller Erfolg eines jungen Stars! – Der Bildredaktion hatte ich beibringen können, daß kein Foto von mir zu erscheinen hätte. Wer bin ich schon!: hatte ich gesagt.

Als ich wieder bei der Sache war, traute ich meinen Ohren nicht. Aus den Lautsprechern an der Bar kam die Stimme von Clarissa! Einer ihrer beschissenen Songs. Biber reagierte schnell. Er zischte zu dem Barkeeper hinüber: Ruhe! Mach das Ding aus!! – Der Barkeeper schaltete sofort das Gerät aus. Biber sprang auf, lief zum Barkeeper und sagte etwas. Der

Barkeeper hob die Hände. Ich sah, daß Biber seine Pistole in der Hand hatte. Der Barkeeper drehte sich um und ging vor Biber in Richtung Küche. Nach 10 Minuten kam Biber zurück. Biber sagte: Dieses Schwein wollte Dogge munter machen. Hatte sich gedacht, Clarissas Stimme schafft das vielleicht. Nicht dumm. Wir haben eben gute Leute. Hatten! – Qualle sagte: Was ist los in der Küche. – Nichts: sagte Biber: Ich hab ihnen die Kanonen abgenommen. – Und?: sagte ich. Ich hab die beiden zusammengeschnürt: sagte Biber. Biber legte zwei Pistolen auf unseren Tisch. Ich sagte: Was haben sie gesagt? – Was sollen sie schon gesagt haben: sagte Biber: Tun Sie uns nichts, bitte!: hat der Barkeeper gesagt. Und der Koch: Ich habe immer für Sie gesorgt. – Ich hab zum Koch gesagt: Keine Sorge! Wenn ihr hübsch brav seid und das Maul haltet, passiert nix. Ihr könnt zusammen noch 'ne Kneipe aufmachen. Vielleicht komm ich mal essen. –

Qualle sagte: Also! Jetzt Dogge! – Wir gingen zu dritt zu Dogge. Er lag auf der linken Seite. Qualle kniete sich vor Dogges Füße und holte einen kurzen Strick aus seiner Jackentasche. Biber nahm Handschellen aus seiner Hosentasche und drehte Dogge mit einem einzigen Griff auf den Bauch. Dogge ächzte. Biber packte Dogges Hände auf dem Rücken zusammen und legte Dogge die Handschellen an. Qualle band Dogges Fußgelenke zusammen. Biber und Qualle drehten Dogge auf den Rücken. Biber knöpfte Dogges Jacke auf und nahm Dogges Waffe.

Dogge sah Biber an. Qualle durchsuchte Dogges Taschen und nahm Dogges Schlüsselbund. Dogge sah Qualle an.

Biber und Qualle standen auf und sahen Dogge an. Dogge hustete, Dogge räusperte sich, Dogge sagte: Meine Hände. – Qualle beugte sich nieder und drehte Dogge auf die Seite.

Dogge sagte mit klarer wacher Stimme: Das werdet ihr bereuen! – Biber sagte: Du hast dich nicht an die Spielregeln gehalten! – Dogge sagte: Ratte wird euch die Eier abschneiden. – Qualle sagte: Ratte hat sich verkrochen. – Dogge sagte: Ihr dreckigen Verräter! Ich hab's immer gewußt! Ich hätte euch rechtzeitig an die Wand stellen sollen! Dich auch, Feder! – Ich sagte nichts. Qualle sagte: Ich an deiner Stelle

würde schweigen. – Biber sagte: Sei froh, daß du noch lebst! Und jetzt halt dein Maul! –

Ein halbes Jahr nach meinem Start bei diesen Leuten war ich zum Chef gerufen worden. Im Chefzimmer hatten Dogge, Biber, Qualle, Ratte und Wanze gestanden. Der Chef hatte mich mit Handschlag begrüßt, er hatte gesagt: Also ... Feder ... der Tag ... vor einem halben Jahr genau ... heute ... du hast ... du bist ... deine hervorragende Arbeit ... ich ... also ... unsere Versammlung hat beschlossen ... ich bin mit dir ... also ... zufrieden. Ich ... wir ... also das Wichtigste ... daß du ... deine Haltung ... also das muß immer, ich betone ... immer mit unserer ... das muß übereinstimmen ... die Disziplin ... also ... Befehl ist Befehl, das ist klar. Bedingungsloser Ge ... Gehorsam. Wir sind ... Kämpfer sind wir ... für ... für die Sache. Du ... wir ... es gibt keinen ... *über* ... uns steht niemand ... also ... wir sind unsere eigenen ... wir unterwerfen uns niemand ... niemandem ... jeder von uns ... unsere Würde ... einhalten ... bewahren. Die Gemeinschaft unseres ... der Kampf ... das ganze Leben lang ... ein für allemal ... niemand ... darf uns also lebend verlassen! Eine Flucht ... nur wir entscheiden, ob jemand ... wer austreten will ... das ist ... wir haben unsere ... das Gesetz der Gemeinschaft, ja? Gesetz, jawohl! Verstoß wird ... ohne Strafe nicht. Das mußt du jetzt ... ob du sagen ... ob du bereit bist ...

du unterschreibst ... wer ausgestoßen wird, der ... der ... Aber wer unser Gesetz ... Gesetze ... also ... die Treue ... das sage ich ... für den stehen wir gerade ... lebenslang ... jawohl! –

Ich hatte gesagt: Jawohl! Ja! –

Der Chef hatte gesagt: Dogge! Du ... also ... jetzt ... das ist der Moment, Feder! Dogge, gib ... übergib Feder ... zum ... also das ist das Zeichen ... Symbol ... Kampf ... Kampfesbrüder ... die Waffe, Dogge ... jetzt. –

Dogge war ganz nahe an mich herangetreten, hatte mir die Hand gegeben und hatte mir mit der Linken eine Pistole überreicht. Ich hatte die Pistole aus der rechten Hand in die linke Hand genommen und hatte dem Chef, Biber, Qualle, Ratte und Wanze die Hand geschüttelt.

Der Chef hatte in die Hände geklatscht, hatte das rechte Knie bis zum Bauch angehoben und hatte mit dem Fuß aufgestampft. Dann hatte er zu Ratte gesagt: Und jetzt ... also ... Ratte ... die Gläser! – Ratte war zu einem kleinen Tisch gegangen und hatte ein Tablett mit sieben Champagnergläsern geholt. Der Champagner war nicht mehr kalt genug gewesen. Als erster hatte der Chef mir zugeprostet. Dogge hatte mir nach seinem Prost! – ins Ohr gesagt: Munition bekommst du von Ratte. –

Wir gingen zu unserem Tisch zurück, ich sagte: Clarissa? – Biber sagte: Noch nicht. Laß sie schlafen. Ich hab keine Lust, mir die Ohren vollsingen zu lassen. – Qualle sagte: Außerdem, dann fängt Dogge zu jaulen an. Es sei denn ... – Ich sagte: Es sei was? – Wir knebeln Dogge: sagte Qualle. Nee, laß mal: sagte Biber: Dazu ist immer noch Zeit. – Ich sagte: Ich glaube nicht, daß Clarissa schläft. Sie kann jeden Moment reinschneien. – Ich kannte Clarissa besser als ich dachte. Wir saßen kaum wieder, da ging die Tür auf und Clarissa kam in die Bar. Sie sah Dogge liegen und wollte an ihm vorbei. Dogge schrie: Clarissa! Diese Schweine haben mich ... – Das hast du verdient!: schrie Clarissa: Jetzt kannst du mich nicht mehr antatschen mit deinen fettigen Pfoten! – Dogge schrie: Ich muß pissen! – Dann piß doch!: schrie Clarissa. Ich stand auf und ging zu Clarissa. Komm weg hier!: sagte ich. Clarissa hörte nicht auf mich. Dogge schrie: Ich hab Durst! – Clarissa schrie: Was *willst* du! Champagner? – Clarissa stieg aus dem Schlüpfer und stellte sich breitbeinig über Dogges Kopf. Ich sagte: Clarissa! Bist du übergeschnappt? – Clarissa pißte Dogge ins Gesicht. Sie schrie: Das hattest du doch immer so gerne! Sauf! Das ist das letzte Mal! – Dogges Gesicht verzerrte sich, Dogge spuckte und gurgelte, er preßte die Augen zu. Ich sagte: Clarissa, jetzt ist es genug! – Clarissa kam zu sich. Dieses Arschloch gehört erschossen!: sagte sie: Aber soll ich das auch noch besorgen? – Sie sah zu Biber hinüber und schrie: Ist denn hier keiner, der noch zwei Eier im Sack hat? Knall diesen Hühnerficker endlich ab! – Ich dachte: Wenn Dogge jetzt einen Herzklaps kriegt, dann wundert mich das nicht. – Aber Dogge öffnete die Augen und sagte: Du Stinkfotze, verrecken sollst du! – Clarissa sagte: Das Maul werd ich dir stopfen. – Sie nahm ihren Schlüpfer vom Fußboden, knäulte ihn zusammen und versuchte, ihn Dogge in den Mund zu schieben. Dogge biß die Zähne aufeinander. Clarissa ließ von Dogge ab und ging mit mir zu unserem Tisch. Biber stand auf und schob einen vierten Sessel an den Tisch, zwischen seinen und meinen Sessel. Clarissa ließ sich in ihren Sessel fallen. Sie zog die Beine hoch, machte sich klein und sagte: Ich friere. – Mit einemmal fing sie zu weinen an. Keiner von uns sagte etwas. Obwohl Dogge entwaffnet und gefesselt war ..., ich glaube, daß jeder fühlte: Die Situation ist unklar. –

Ich war ungefähr das zweite Jahr bei diesen Leuten tätig gewesen, da hatte Qualle zu mir gesagt: Feder, du schwebst derart in deinen Kulturhöhen, daß man das Gefühl haben könnte ... von unserer Wirklichkeit hast du keine Ahnung. – Wie meinst du das: hatte ich gesagt. Naja: hatte Qualle gesagt: Es gibt eine Menge Leute, die uns unsere Position streitig machen. Streitig machen *wollen*!, besser gesagt. – Ich hatte gesagt: Das weiß ich. Ich lese jeden Tag Leserbriefe. – Leserbriefe!: hatte Qualle gesagt: Die Leute, die ich meine, schreiben keine Leserbriefe. Die *tun* etwas! – Ich hatte gesagt: Und was tun *wir*? – Komm mit. Ich zeig's dir. Damit du nicht sagen mußt, du hättest keine Ahnung. – Qualle war mit mir per Fahrstuhl in den Keller gefahren. In den Kellergängen überall Gorillas. Qualle hatte zweimal an eine Tür geklopft. Drinnen hatten Dogge und Ratte gesessen. Vor ihnen, auf einem Hocker, eine junge Frau, an den Händen gefesselt, das Gesicht blutig, das Kinn auf der Brust. Links und rechts von der Frau hatten Gorillas gestanden.

Dogge hatte gesagt: Hallo, Qualle. Hallo, Feder. – Der Gorilla links hatte die Frau jetzt am Haar gepackt und ihren Kopf angehoben. Die Augen der Frau waren geschlossen gewesen. Jetzt rede!: hatte Dogge gesagt. Die Frau hatte die Augen aufgemacht und geschwiegen. Der Gorilla rechts hatte ausgeholt und der Frau ins Gesicht geschlagen. Die Frau hatte zu weinen angefangen und hatte gesagt: Laßt mich hier raus! – Dogge hatte gesagt: Hier sage *ich*, was gemacht wird. Wenn ich sage: Spring! –, dann hast du zu fragen: Wie hoch? – Die Frau hatte geschwiegen und war zusammengesackt. Der Gorilla links hatte ihr Haar losgelassen, der Kopf der Frau war nach vorn gekippt. Bringt sie weg!: hatte Dogge zu den Gorillas gesagt. Die Gorillas hatten die Frau aus dem Raum geschleift.

Ratte hatte zu Dogge gesagt: Der nächste? – Dogge hatte genickt. Ratte hatte zum Telefonhörer gegriffen und eine Nummer durchgesagt. Drei Minuten später hatten zwei andere Gorillas einen alten Mann angeschleppt, der ca. 70 Jahre alt, weißhaarig, an den Händen gefesselt war. Der Alte hatte zwischen den Gorillas stehenbleiben müssen. Dogge hatte gesagt: So einen Scheißhaufen wie dich hab ich schon lange nicht gesehen. Wie du stinkst! In deinen Kreisen benutzt man wohl keine Seife? – Der Alte hatte gesagt: Ich bin seit drei Wochen Gast Ihres Hauses. – Dogge hatte gesagt: Das Maul kriegst du also auf. Seit drei Wochen bist du hier? Das wird teuer für dich, drei Wochen Kost und Logis. Und jetzt spuck's aus! Wer hat eure Scheiße ausgeheckt? – Der Alte hatte geschwiegen. Der Gorilla links hatte ausgeholt und dem Mann ins Gesicht geschlagen. Der hatte geschluckt. Dogge hatte gesagt: Spuck's aus! Nicht deine Zähne! – Der Mann hatte gesagt: Lieber krepier ich. – Auf einen Wink von Ratte war der Gorilla rechts einen halben Schritt hinter den Alten gerückt und hatte dem Alten in die Kniekehlen getreten. Der Alte war zusammengeknickt und hingestürzt. Er hatte sich langsam wieder aufgerappelt, aber war nicht hochgekommen. Der Gorilla hatte mit der Schulter gezuckt und gesagt: Ende der Vorstellung. – Dogge war rot angelaufen und hatte den Gorilla angebrüllt: Wenn der Kuchen spricht, dann halten die Krümel ihre Schnauze! Verstanden? Hebt den Kerl auf! Stellt ihn auf die Füße! – Die Gorillas hatten den Alten hochgezerrt und festgehalten. Dogge hatte gesagt: Hör zu! Du alter Sack hast weiße Haare, aber schlau bist du nicht geworden. Faselst was von krepieren. Wozu denn! Kotz aus, was du weißt, und du hast noch 'n paar lustige Jährchen. – Zu den Gorillas hatte er gesagt: Schafft den Stinkaffen raus! –

Wir hatten mit Dogge und Ratte noch einen Schnaps getrunken. Tut mir leid, Leute: hatte Dogge schließlich zu uns gesagt: Die Arbeit wartet. Ich hab noch so 'nen Spinner zu verarzten. –

Hinterher, in Qualles Zimmer, hatte ich gesagt: Qualle, das ist doch anachronistisch. Mit diesen Holzhackermethoden kriegt Dogge nie etwas aus den Leuten raus. – Qualle hatte gesagt: Das habe ich dem Chef auch gesagt, schon vor Jahren. Der Chef hat gesagt: Qualle, darauf kommt es doch gar nicht an. Dogge will aus den Leuten nichts herauskriegen. Wir wissen sowieso alles. –

Wie: hatte ich zu Qualle gesagt. Na durch Wanze: hatte Qualle gesagt: Der hat seine Riecher überall. Sogar in deinem Bett! – Was?!: hatte ich gesagt. Qualle hatte gesagt: Das ahnst du nicht. Wanze weiß alles, was passiert. Und Dogge weiß es. Und der Chef weiß es. Das mußt du allmählich kapieren, Feder. Darauf mußt du dich einrichten. Du bist durchsichtig! Denk dran. Auch in deinem schönen neuen Auto. – Aha: hatte ich gesagt.

Qualle hatte noch gesagt: Der Chef hat gesagt: Das Wichtigste ist die Angst. Wir können nicht mit *allen* Leuten zusammenarbeiten. Das wäre viel zu aufwendig. Es genügt, daß die Leute Angst vor uns haben. Das ist unsere Philosophie. Wer Angst hat, der macht sich klein und hält den Mund. Der unterstützt uns sogar. Das heißt geschmeidige Sicherheitsdoktrin. *Die* Zeiten sind vorbei, wo wir jeden umgelegt haben, der was gegen uns hatte. Das ist viel zu teuer. Du brauchst nur einen einzigen Mann an die Wand zu drücken, und 1000 andere ziehen den Schwanz ein. Und ... wie gesagt, wenn genügend Angst herrscht, dann finden sich auch genügend Leute, die ihre eigene Großmutter verpfeifen. Das spart wieder Personalkosten. Na schön, manche kann man auch bestechen. Denk doch an dich selber! Aber das Hauptprinzip lautet: Angst machen. – Soso: hatte ich gesagt. Qualle hatte gesagt: Das schärfste sind Hinrichtungen zum Schein. – Ich verstehe: hatte ich gesagt. Noch nicht: hatte Qualle gesagt: Was glaubst du, warum die Zellen im Keller direkt an unseren Schießstand grenzen? Psychologie, mein Lieber! Die Leute in den

Zellen sollen dauernd die Ballerei im Ohr haben. – Na und?: hatte ich gesagt. Qualle hatte gesagt: Und warum hörst du auf dem Schießstand manchmal Schüsse, obwohl gerade gar keiner schießt? – Das habe ich mich auch gefragt: hatte ich gesagt. Qualle hatte gesagt: Weil direkt neben dem Schießstand die Hinrichtungszelle liegt. Die Zelle für Scheinhinrichtungen meine ich. – Ich hatte jetzt gar nichts gesagt. Qualle hatte gesagt: Zum Beispiel der Alte vorhin. Der ist heute dran, schätze ich. Der wird in eine Zwangsjacke gewickelt und an die Wand gebunden. Dafür hat Dogge seine Spezis. Die bauen sich zwei, drei Meter vor dem Alten auf, richten die Waffe auf ihn und schießen ... knapp an ihm vorbei. Dem Alten fliegt der Putz um die Ohren. Wenn überhaupt noch Putz dran ist, an der Wand. Wer da dreimal an der Wand gestanden hat, der ist fertig. Fürs Leben. Der sagt nichts mehr gegen uns. Jedenfalls nicht laut. Der sagt höchstens seinen Kumpels, wie es war. Die halten dann von selber die Schnauze. Geschmeidige Sicherheit, sage ich dir. –

Das hat dir der Chef genau so gesagt?: hatte ich gesagt. Qualle hatte gesagt: Mit anderen Worten. Ja. – Und warum erzählst du mir dies alles?: hatte ich gesagt. Damit du Bescheid weißt!: hatte Qualle gesagt: Wissen verbindet. – Ich habe verstanden: hatte ich gesagt: Gehört das auch zur Sicherheitsdoktrin? – Aber gewiß doch: hatte Qualle gesagt: Mitgegangen mitgefangen, mitgefangen mitgehangen. – Das verbindet: hatte ich gesagt. Und ob!: hatte Qualle gesagt: Das A und O ist einfach. Das A heißt Angst machen. Dialektisch! Du machst Angst, und du *hast* Angst. Das O heißt Wissen und Schweigen. Auch dialektisch! Wer nicht schweigt, der geht über Bord. –

Mein schönes neues Auto! Ich hatte schon lange ein Auge auf dieses Modell geworfen. Das war ein teurer Importwagen gewesen, den ich mir nie hatte leisten können. Ungefähr drei Monate nach meinem Einstieg bei diesen Leuten war ich zu Biber gegangen, weil er für solche Dinge zuständig war. Ich hatte zwar noch immer kein Geld für so etwas gehabt, aber ich hatte an Dogges Worte denken müssen: Leg dir ein richtiges Auto zu! – Davon hatte ich Biber erzählt. Biber hatte gesagt: Das ist kein Problem, Feder. Erstens, diesen Wagen lasse ich dir kommen. Zweitens, du zahlst ihn bei uns ab. Außerdem, bei uns kostet er weniger. – Zwei Wochen später hatte Biber mich angerufen: Dein Wagen ist da. Geh in unsere Werkstatt. Hol dir den Wagen ab. – Ich war so glücklich gewesen, ich hatte zu Biber gesagt: Das vergesse ich dir nie! – Schon gut: hatte Biber gesagt. Wenn irgend etwas ist, geh ab jetzt immer in unsere Werkstatt. –

Ich hatte mir den Wagen geholt und jeden Monat eine erstaunlich niedrige Rate an Kralle zu überweisen gehabt, nur ein Jahr lang. Allerdings hatte ich nie daran gedacht, daß der Wagen von Wanzes Leuten hätte präpariert sein können. Als ich durch Qualle davon erfahren hatte, war mir das peinlich gewesen. Denn ich hatte zum Beispiel einmal eine junge Frau vom Straßenrand aufgelesen. Vielleicht war sie noch gar nicht volljährig gewesen. Damals war ich schon in meine neue Wohnung gezogen. Ich hatte aber gedacht: In die Wohnung kann ich das Mädchen nicht schleppen, das fällt zu sehr auf. – Also waren wir im Auto geblieben, auf einem abgelegenen Parkplatz. Der neue Wagen hatte auch ein Autotelefon gehabt. Ich war auf die Schnapsidee gekommen, noch einmal Viktors alte Telefonnummer zu wählen. Es hatte sich natürlich wieder niemand gemeldet. Aber eines weiß ich also jetzt. Wanze hatte diesen Versuch registriert.

Bei der Suche nach einer neuen Wohnung war Biber auch behilflich gewesen. Was sage ich: Neue *Wohnung*! Biber hatte gesagt: Was willst du denn mit einer Wohnung! Erstens hat das keinen Stil. Zweitens haben wir das nicht so gern, wenn du dauernd von irgendwelchen Hausnachbarn beobachtet wirst. Weißt du nicht, daß wir in der Gartenvorstadt noch schöne Häuser freihaben? Du weißt doch, wo *ich* wohne. Und wo Qualle wohnt. Und Dogge. Also! Du kriegst von uns ein Haus. – Ein Haus?: hatte ich gesagt: Wozu brauche ich ein Haus! – Biber hatte gesagt: Wozu brauche ich ein Haus! Man kann nie zu viel Platz haben. Du gewöhnst dich dran. Aber an zu wenig Platz gewöhnt man sich nicht. Außerdem, das ist auch eine Sicherheitsfrage. Unsere Häuser liegen alle in derselben Ecke. Wir haben da unsere Wachleute. Es gibt *noch* einen Vorteil für dich. Das Haus ist voll ausgestattet. Du brauchst nichts zu kaufen. Nimm deinen Schreibtisch mit, wenn's sein muß. Das genügt. – Ich hatte gesagt: Wie soll ich das Haus bezahlen! – Du zahlst Miete, und nach 5 Jahren gehört das Haus dir: hatte Biber gesagt.

Von meinen alten Möbeln hatte ich tatsächlich nur den Schreibtisch und zwei Sessel mitgenommen. Dann natürlich meine Bücher. Bibers Leute hatten alles für mich gepackt und in das Haus gebracht. Vom Kaffeelöffel bis zur Bettwäsche, vom Teppich bis zum Bücherregal war alles, aber wirklich alles vorhanden gewesen. Als ich zum ersten Mal das Telefon benutzt hatte, war mir allerdings klargewesen: Das wird von Wanze abgehört. – Ich hatte noch nie so phantastisch gewohnt. Mir war sofort eingefallen, daß Viktor im Vergleich dazu recht bescheiden gehaust hatte, obwohl seine Wohnung immerhin doppelt so groß gewesen war wie meine Bude damals.

Biber hatte nicht übertrieben. Vor dem Haus waren ständig Gorillas herumspaziert und hinter dem Haus auch. Als der gußeiserne Gitterzaun an einer Stelle defekt gewesen war, hatte ich mich nicht um die Reparatur zu kümmern brauchen. Die Gorillas hatten den Schaden an Biber gemeldet, und Biber hatte unsere Handwerker geschickt. Auch unsere Gärtner waren automatisch anmarschiert und hatten den Garten tipptopp in Schuß gehalten.

Nach meiner regulären Aufnahme hatte ich bald daran gedacht, einen Band mit meinen Gedichten herauszubringen. Ich war nicht erpicht darauf gewesen, mir eine nachträgliche Mißbilligung von Qualle einzuhandeln oder gar vom Chef. Ich hatte deshalb nur solche Gedichte ausgesucht, die meines Erachtens geeignet waren. Dieses Manuskript hatte ich Qualle gegeben. Ich hatte gesagt: Sieh dir doch meine Gedichte an. Mir liegt sehr viel an deinem Urteil. – Qualle hatte mir das Manuskript schon zwei Tage später zurückgegeben. Er hatte gesagt: Sehr schön, Feder. Ich glaube, so geht es. Mir hat zweierlei besonders gefallen. Erstens sind deine Gedichte viel verständlicher geworden, ohne großen Firlefanz. Zweitens finde ich nirgends eine verfängliche ... also ich meine ... einen negativen Unterton. – Ich hatte gesagt: Das ist doch selbstverständlich, Qualle. Ich gehöre schließlich zu euch! Eure Sache ist auch meine Sache. –

Es hatte mir allerdings leid getan, daß ich meine besten Gedichte in der Schublade hatte lassen müssen. Aber mir war die Hoffnung geblieben, daß irgendwann eine Zeit kommen würde, in der diese Leute lockerer und sicherer geworden wären. Für mich hatte diese Hoffnung bedeutet, daß wir weniger Feinde oder gar keine Feinde mehr zu bekämpfen haben würden ... eine siegreiche freie zwanglose Zeit.

Mein Gedichtband war in einer traumhaft hohen Auflage erschienen. Die hatte ich selber festgelegt. Der Druck war natürlich unglaublich teuer geworden. Aber Dogge hatte mir ja gleich zu Anfang gesagt: Egal, was das kostet. – Qualle hatte gesagt: Ich regle das mit Kralle. –

Die einzige wohlmeinende Rezension meines Gedichtbandes war in unserem eigenen Blatt erschienen. Ich hatte das selbstverständlich nicht von mir aus veranlassen können. Qualle hatte gesagt: Ich bringe das in Gang. Das versteht sich von selbst. – Die Rezension hatte schließlich ein junger Redakteur geschrieben, der mit meiner Kulturseite befaßt gewesen war. Dieser eifrige Mensch hatte alle die Dinge gelobt, die ich für empfindliche Schwächen gehalten hatte. In seiner Rezension waren Worte vorgekommen wie «einfache Sprache», «Kunst der formalen Transparenz», «Bewahrung ererbter Traditionen», «Volksnähe», «Wirklichkeitsverbundenheit», «Treue zu den Werten der Sache», «exemplarisch», «positiv». Versteckte Doppeldeutigkeiten, die auch Qualle nicht bemerkt hatte, waren meinem Redakteur natürlich nicht ins Auge gefallen. Vielleicht hatte er sich aber gesagt, daß er davon besser zu schweigen hätte.

In meiner früheren Zeitung war *auch* eine Rezension abgedruckt worden. Der Verfasser war ein verhinderter Dichter gewesen, dem ich ein unverlangt eingesandtes Manu-

skript zurückgeschickt hatte. Ich erspare es mir, näher auf diese Rezension einzugehen. Der Kern der Rezension waren zwei Sätze gewesen: «Ein Talent hat sich verschleudert» und «Schöne Worte machen aus einer häßlichen Frau noch keine Schönheit». Die «häßliche Frau» hatte als Gleichnis für unsere Sache verstanden werden sollen. Ich war eine Weile lang nahe daran gewesen, zu Dogge zu gehen und zu sagen: Dieser Mann muß weg! – Aber das war nicht nötig geworden.
Qualle hatte Dogge einen Wink gegeben, und Dogge hatte den Dichter aus dem Verkehr gezogen. Dogge hatte dem Mann zu verstehen geben lassen, daß er besser verschwinden sollte. Der Mann war bald darauf verschwunden. Noch unangenehmer als die feindselige Rezension war es für mich gewesen, daß mein Buch nur schleppend verkauft wurde. Qualle war dieserhalb zu Dogge gegangen. Dogge hatte zu Qualle gesagt: Kein Problem! Wir machen es wie bei unserer Zeitung. Wir nehmen Feders Buch in den flexiblen Vertrieb. –

Den flexiblen Vertrieb hatten Dogge und Qualle auf Befehl des Chefs eingeführt. Die Sache war einfach, aber effektiv. Jeder unserer Leute, von Biber bis zur lahmsten Putzfrau, von Qualle bis zum armseligsten Ausschreier, von Ratte bis zum dümmsten Gorilla, von Wanze bis zum schmierigsten Schnüffler, hatte unser Blatt kaufen müssen, und neuerdings zum Beispiel mein Buch. An einem unserer Kioske oder in einem unserer Buchläden. Wir hatten auch eigene Büchereien gehabt. Die waren von Dogge instruiert worden, mindestens 5 Exemplare zu nehmen. An die anderen Kioske und Buchläden waren unser Blatt und mein Buch auch geliefert worden. Wenn die unsere Sachen nicht gewollt hatten, war jemand von Dogge auf Tour geschickt worden. Der denen zu sagen gehabt hatte: Es ist besser, ihr sperrt euch nicht länger.

Sonst könnte ein Feuerchen ausbrechen. – Wenn die gesagt hatten: Ja, aber niemand kauft das! –, dann hatte unser Vertreter zu sagen gehabt: Das ist euer Problem. – Die meisten hatten gesagt: Ja. In Ordnung. – Die hatten dann natürlich einen kleinen Verlust gehabt. Bei unserem Blatt sogar täglich.

Mich hatte eines Tages der Teufel geritten. Ich war zur Post gegangen und hatte meiner Frau mein Buch geschickt, mit

Widmung: Meiner Frau für stille Stunden. – Das Buch war postwendend zurückgekommen. Unter meiner Widmung hatte gestanden: Dem Verfasser fürs stille Örtchen. –

Aber Clarissa hatte mich angerufen und hatte gesagt: Feder, du hast tolle Gedichte geschrieben! Ich hab mit meinem Professor gesprochen. Er soll mir zu drei Gedichten schöne Melodien schreiben. Das werden tolle Lieder! Die sing ich bei meinem Konzert. Ich krieg auch ’ne Schallplatte. Das hat Dogge mir versprochen. – Ich hatte gesagt: Was meint dein Professor dazu? – Clarissa hatte gesagt: Der hat gesagt: Aber gerne! –

Dank des flexiblen Vertriebs war mein Buch plötzlich gut verkauft worden. Meine Putzfrau hatte eines Tages ein Exemplar dabeigehabt und hatte gesagt: Ach bitte! Schreiben Sie mir eine Widmung hinein. – Ich war zeitweise zu der Überzeugung gekommen, meine Gedichte besäßen tatsächlich eine gewisse «Volksnähe».

Die Situation war in der Tat unklar. Clarissa hockte bibbernd auf ihrem Sessel und heulte. Biber starrte vor sich hin. Ich sah mir Clarissa an. Qualle stand auf und sagte: Ich werd uns was zu trinken holen. Clarissa? – Clarissa schüttelte den Kopf. Biber murmelte: Bier. – Ich sagte: Ich auch. – Qualle brachte 3 Bierdosen. Dosenbier?: sagte Biber. Qualle sagte: Das Bierzapfen ist mir zu langweilig. – Na gib her: sagte Biber. Qualle sagte: Dogge sieht aus als ob er schläft. Aber er hat die Augen offen. – Clarissa schluckte. Sie sagte: Vielleicht isser tot. – Biber sagte: Quatsch nicht. –

Dogge scharrte herum und rief: Ohne mich kommt ihr nicht raus! Bindet mich los! – Biber rief zurück: Wenn es eine Chance gibt, hier rauszukommen, dann ohne dich. – Clarissa rief: Mit dir laß ich mich nich erwischen. Laß dich alleine abknallen! – Qualle sagte laut: Dogge, du hast nicht verstanden, was los ist. Die Zeiten haben sich geändert. –

Ich sagte nichts. Ich mußte an mein Haus denken. Und an mein Auto. Die Gorillas hatten sich bestimmt aus dem Staub gemacht. Das Haus war ungeschützt. Jeder konnte hineingehen. Jeder konnte sagen: So also hat der gewohnt. – Jeder konnte meine Bücher aus dem Fenster werfen. Oder meine Schallplatten. Jeder konnte in mein Bett scheißen und sagen: Ruhe sanft! – Bei dem Gedanken an meinen Wagen wurde mir endgültig flau. Bestimmt war einer eingestiegen und hatte gesagt: Das gibt's doch nicht! Wer hat dem das bezahlt? Platz da! Ich dreh mal 'ne Runde. – Natürlich war der einen solchen Wagen nicht gewöhnt und rammte die Toreinfahrt. Wahrscheinlich stiegen noch zwei, drei andere ein, Besoffene, die grölten: Gib Gas! – Die Bande fuhr durch die Stadt, und ich klebte in der Bar fest. Ich dachte: Das Haus ist weg. Der Wagen ist weg. – Wo mochte meine Frau sein. War sie vielleicht unter den Rowdies?

Ich mußte an mein Büro denken. Was war *da* los? Ohne Gorillas vor dem Gebäude, ohne Gorillas im Vestibül, ohne Gorillas vor den Zimmern? Ich sagte: Qualle, Biber! Sitzen im Keller noch Leute in den Zellen? – Da mußt du Dogge fragen: sagte Biber. Da kannst du Gift drauf nehmen: sagte Qualle. Ich sagte: Die kennen uns! – Na und?: sagte Biber. Alle kennen uns!: sagte Qualle. Clarissa sagte: Ich habe bloß gesungen. Das ist nicht verboten. –

Biber sagte, zu mir und Clarissa gewandt: Ihr seid noch zu jung, ihr wißt das nicht. Dogge! Der Chef und Dogge! Und Qualle. Und ich. Ihr wißt nicht, *wie* wir angefangen haben. Der Chef war der erste. Der hatte erkannt, was er an einem wie Dogge hat. Der hat sich Dogge rangezogen für

die Dreckarbeit. – Qualle sagte: Biber, muß das sein? – Biber sagte: Wenn ich Dogge so daliegen sehe, und wenn ich höre, wie er redet, dann ja. Das muß jetzt sein. Das *darf* jetzt sein. Ob wir hier rauskommen oder nicht, die Sache ist zu Ende. Finito! – Für mich nicht: sagte Qualle. Für dich nicht?: sagte Biber: Für dich genauso wie für mich. – Qualle sagte: Nicht, solange der Chef noch ... – Der Chef!: sagte Biber: Wir wissen doch ... – Jetzt halt aber die Luft an: sagte Qualle: Kein Wort über den Chef! – Biber sagte: Du hör mir mal zu! Der Chef ist nicht da! Aber wir sitzen in der größten Scheiße, die es jemals gegeben hat. Jetzt ist Zahltag. Für uns alle. Bloß für den Chef nicht. Der ist ... – Ich warne dich: sagte Qualle. Biber sagte: Ich weiß, was ich zu tun und zu lassen habe. Ich weiß auch, was ich getan habe. Dazu steh ich! – Qualle sagte: Ich hab dich für klüger gehalten. Ich kann nur betonen, du bringst dich *und mich* in Gefahr. Und Feder und Clarissa auch. Was sie nicht wissen, das können sie auch nicht sagen. – Biber sagte: Die werden hübsch den Mund halten. Genau wie du und ich. Wir sitzen alle im selben Boot. Wenn ich Dogge, diese Sau, da liegen sehe, dann kann ich ruhig sagen, was Dogge für eine Sau ist. – Clarissa sagte: Mir sagst du nichts Neues. – Ich sagte: Ich reit mich doch nicht selber rein. Auf mich könnt ihr euch hundertprozentig verlassen. – Das hat schon mancher gesagt: sagte Qualle: Das A und O ist wissen und schweigen.

Wer quatscht, der ist erledigt. Oder er will sich am Ende noch rausreden. – Biber sagte: Das A ist Angst. Die hast du jetzt selber, Qualle. Dialektisch! – Qualle sagte: Vor dir hab ich keine Angst. – Biber sagte: Das ist ja der Witz. Mit deiner Dialektik. Jetzt hast du Angst vor den anderen. Die immer Angst vor dir hatten! – Ich sagte: Qualle, was soll dein Gerede vom Rausreden! Auf mich ist Verlaß. – Erzähl mir doch nichts über euch Intelligenzler!: sagte Qualle. Biber sagte: Der Chef wollte sich nie die Finger dreckig machen. Dazu hat er Dogge gebraucht. – Qualle sagte: Tu, was du nicht lassen kannst. Ich leg mich jetzt aufs Ohr. – Biber sagte: Soll ich dich wecken, wenn das Feuerwerk losgeht? – Qualle schwieg und ging.

Biber sagte: Das erste Ding vom Chef war ein perfekter Bankraub. Zusammen mit Dogge. Und mit Qualle. Aber so perfekt war's auch wieder nicht. Dogge mußte zwei Bankleute umlegen, und einen Polizisten. Das war der Anfang vom Geschäft. – Und du?: sagte Clarissa. Ich?: sagte Biber: Ich saß im Auto, mit laufendem Motor. – Und Qualle?: sagte ich. Qualle hat vor der Bank Schmiere gestanden: sagte Biber. Woher willst du wissen, was in der Bank passiert ist: sagte ich. Der Chef und Dogge kamen aus der Bank gestürzt, rein ins Auto, Qualle hinterher, und ich bin losgerast: sagte Biber: Ich hätte auch langsamer fahren können. Uns hat niemand verfolgt. Im Auto hat der Chef zu Dogge gesagt: Du Idiot! Das mußte nicht sein! – Dogge hat gesagt: Aber der Bulle hatte gezogen! – Das ist klar: hat der Chef gesagt: Aber die Bankfritzen! Die hatten die Hände oben! – Dogge hat gesagt: Die Fressen von denen! – Die hab ich gesehen: hat der Chef gesagt: Was interessieren mich denen ihre Fressen! – Jedenfalls, wir sind für 'ne ganze Weile abgetaucht. Aber wir waren reich. – Ich sagte: Die Leute in der Bank haben doch den Chef und

Dogge erkannt. – Feder!: sagte Biber: Der Chef und Dogge hatten Strumpfmasken auf! Und ihre Arbeitsklamotten haben sie im Auto ausgezogen. Die haben wir hinterher verbrannt. Übrigens, Feder, unser Fluchtwagen damals war genau so einer wie deiner jetzt, bloß 'n älteres Modell eben. – Ich sagte: Erinner mich nicht an meinen Wagen. – Biber sagte: Wenn jemand nicht so wollte wie wir wollten und unbelehrbar war, dann war das ein Fall für Dogge. Wir hatten damals 'ne Lagerhalle am Hafen. Dogges Spezialität war Handkantenschlag, Hände und Füße fesseln, Gewicht an die Füße und ab zu den Fischen. – Ich sagte: Gewicht? – Hohlsteine aus Beton: sagte Biber: Die waren in der Lagerhalle aufgestapelt. – Und der Chef?: sagte ich. Biber sagte: Der Chef war der Kopf. Immer! Das hat zwar niemand geglaubt ... – Wieso: sagte ich. Weil er keinen ganzen Satz rausbringt: sagte Biber: Aber das täuscht. –

Anläßlich des Großen Jubiläums hatte der Chef mich rufen lassen. Er hatte gesagt: Ich ... also ... meine Rede ... du ... äh ... ich rede ... jetzt, jetzt ... und ... also ... schreib das auf!

Liebe ... äh ... also ... hallo Leute! Große Reden ... äh ... also ... ihr ... wißt ... äh ... ich hab nie lange ... also ... rumgequatscht. Das is nich ... wozu ... wo doch ... ich meine ... bei mir ... ich hab ... das is nich ... lange rumgefackelt. Ja. Warum ich euch ... ich hab euch ... heute is also hierherkommandiert. Ich freu mich ... ihr seid ... da fehlt keiner ... daß ihr ... also ... alle ... so gehört sich das! Und ich kann ... ich sage ... stolz ... ja, stolz! Ich bin ... auf euch ist ... das war immer so ... einer für den andern ... Heute is der Tag, wo ... ich will nich von mir ... ihr seid ... also ohne euch bin ich ... äh ... nichts, ja? Und ihr ... in aller ... äh ... ja ... Bescheid ... Bescheidenheit ... jeder einzelne von euch ... also ... ihr ohne mich ... das ... also ... das ... das ...

keiner von euch ... Wie heißt es ... einer ... ich ... für alle ... heißt es ... und ... und alle ... also ... für einen. Der Tag, wo wir ... das ist lange ... also ... her ... zwanzig Jahre ... das ist eine große ... die Zeit ... wo wir ... ganz klein, jawohl! ... wir waren ... mit vier Leuten haben wir ... waren wir ... das sind ... also außer meiner ... äh ... Wenigkeit waren das äh ... Dogge und Biber und Qualle. Hei, Dogge! Hei, Biber und Qualle! Dazumal ... äh ... wir haben ... wir saßen ... steckten ... steckten im Dreck! Das
sollen die anderen ... die sollen sich ... also ... das stellt euch mal vor! Also das einzige ... Dogge, Biber, Qualle und ich ... was wir also hatten ... jeder seine Kanone ... und ich ... jeder wollte ... aus dem Dreck raus! Und heute ... nach ... äh ... also ... 20 Jahre später ... Wir sind ... Wer hat die Stadt in ... in ... der Hand? Ich meine ... hochgebracht? Die Stadt? Damals ... der ... der Polizeichef damals ... dieses Stück Scheiße! Aber ... aber ... ruhe sanft! sag ich ... heute sitzt ... hei, du! ... unser Polizeichef ... sitzt unter uns ... und ... also ein Hoch auf dich! Und ... und ... unser Bürgermeister ... hei, Bürgermeister! ... unter uns ... auch ... ist auch ... dabei ... äh ... da. Die Stadt ... also ... manche können sich das ... nicht ... vor ... vorstellen ... ist sicher ... äh sicher ... also sicher! Wir ... in Zukunft ... die Zukunft ... das machen wir. Wir lassen uns von ... also ... diese feigen Hundeärsche! ... uns nimmt niemand ... also ... die Butter ... also ... vom Brot! Jeder an seinem ... wo er steht ... an seinem ... äh Platz gestellt ist. Das schwöre ich! Also das ist ... das A und O. Das bleibt ... also ... frag mich, Dogge ... oder ... du, Biber ... Qualle ... wir ... wo wir hin ... hinsehen ... das ... ja, der Erfolg ... was wir ... sehen. Und hier ... also ... und ... heute ... an diesem ... dieser Stelle ... ich sage ... wer mir ... uns ... in die Quere ... sich in unsern Weg ... uns Knüppel zwischen ... der ... den warne ich! Der wird ab ... also ... be ... äh ... uns nimmt keiner! ... also

weg, was wir ... alle! ... gemeinsam ... das ist ... und das ... dafür sorge ich! Jetzt ... zur ... zur Feier ... und daß es so ... also ... für immer ... weiter so! Nehmt eure Gläser ... und ... äh ... und ... Prosit! –

Ich war in mein Büro gegangen und hatte die Rede für den Chef geschrieben. Nach einer halben Stunde war ich wieder beim Chef erschienen. Er hatte gesagt: Also ... äh ... lies ... lies vor! – Ich war vor den Schreibtisch des Chefs getreten und hatte ihm meine, das heißt seine Rede vorgelesen:

Lieber, verehrter Herr Bürgermeister! Lieber, verehrter Herr Polizeipräsident! Liebe Brüder, liebe Schwestern! Liebe Freunde!

Große Worte sind nicht meine Sache.

Ich habe Euch heute hierhergebeten, um meiner großen Freude Ausdruck zu verleihen, und es erfüllt mich mit Stolz, daß Ihr meiner Einladung alle gefolgt seid.

Ich möchte Euch zurufen, daß ich ohne Euer aller Arbeit nicht derjenige wäre, der ich bin. Ich erlaube mir aber in aller Bescheidenheit, auch mein eigenes, ständiges Bemühen um Euer Wohlergehen zu erwähnen. Unser Wahlspruch lautet: Einer für alle, alle für einen. Nichts könnte das Wesen unserer Gemeinschaft besser und klarer kennzeichnen als dieser Satz.

Auf den Tag genau vor 20 Jahren haben Dogge, Biber, Qualle und ich die Arbeit für unsere große Sache begonnen. Ich darf Dogge, Biber und Qualle an dieser Stelle meinen besonderen Gruß entbieten. Ganz klein haben wir seinerzeit angefangen. Es mag für die jüngeren unter Euch lehrreich sein, sich unseres Anfangs zu vergewissern.

Mit geringen Mitteln begann es, aber es begann mit dem unerschütterlichen Willen zum Erfolg. Heute, 20 Jahre später, stehen wir auf dem Höhepunkt unseres langen und schweren

Weges. Nicht wenige Schwierigkeiten waren zu bewältigen. Ich sage das in der Erinnerung an die Hindernisse, die uns anfangs von den Behörden in den Weg gelegt wurden. Heute dürfen wir uns einer fruchtbaren Zusammenarbeit mit den Verantwortlichen der Stadt erfreuen. Es sei mir gestattet, den Herrn Bürgermeister und den Herrn Polizeipräsidenten herzlich zu begrüßen und sie unseres Dankes zu versichern! Wir, die Bürger dieser Stadt, sind wohlhabend, und wir leben in Sicherheit.

So, wie es ist, soll es auch in Zukunft sein. Wir lassen uns in unserem Bestreben von niemandem beirren. Ein jeder von uns wird seine Aufgabe an dem Platz erfüllen, an den ihn die Pflicht gestellt hat. Das wollen wir an diesem Tag geloben. Der Erfolg unserer bisherigen Arbeit gibt uns recht, und diesen Erfolg zu sichern und zu vergrößern, ist uns ein Herzensbedürfnis. Dafür stehe ich mit Verstand und Gefühl, mit Herz und Hand ein.

Ich bitte darum, zur Feier des Tages das Glas zu erheben und mit mir auf eine reiche Zukunft zu trinken! –

Der Chef war zufrieden gewesen. Sogar sehr. Er hatte gesagt: Das ... das ... also ... ausgezeichnet, Feder! So ... so ... ich mach das so! –

Qualle hatte sich verdrückt. Biber stocherte in der Vergangenheit. Clarissa hing blaß und fröstelnd im Sessel. In der Bar breitete sich eine gewisse Beklommenheit aus. Ich stand auf und ging zum Tresen, um Erdnüsse und Salzstangen zu holen. Ich mußte wohl oder übel an Dogge vorbei. Der hatte immer noch die Augen offen. Ich verspürte das Bedürfnis, Dogge irgendeine Erleichterung zu verschaffen. Gleichzeitig stieg bei seinem Anblick wieder Ekel in mir hoch.

Biber und Clarissa hatten keine Lust auf Salziges. Ich sagte ziemlich leise: Auf dem Fußboden unter Dogge ist alles naß. Dogge hat in die Hose gepißt. – Clarissa sagte: Da siehst du, was für ein Tier Dogge ist. – Biber sagte: Der ist ein solches Vieh, der scheut sich nicht, auch noch in die Hose zu *scheißen.* – Ich sagte: Dogge ist ein absolut hoffnungsloser Fall. – Ich knabberte ein paar Salzstangen.

Clarissa sagte: Hör mal mit deinem Geknabbere auf. – Ich sagte: Sag mal … – Clarissa sagte: Ich hör's klingeln! – Biber sprang auf und lief in die Telefonzentrale.

Clarissa sagte: Vielleicht holt Ratte uns doch noch raus! – Vielleicht: sagte ich: Aber eigentlich glaub ich das nicht. Ratte ist längst über alle Berge. – Clarissa sagte: Wenn das stimmt, kapierst du das? Ratte ist doch Dogges Freund. Ratte weiß doch, daß Dogge hier in der Falle sitzt. – Ich sagte: Freund! Was heißt das schon. Mit uns, also mit unserer Sache ist es aus. Das weiß Ratte genau. Ich sag dir, es ist nur noch eine Sache von Stunden, dann haben uns die anderen am Kragen. – Clarissa sagte: Ogottogott! – Da ist sich jeder selbst der Nächste: sagte ich: Entweder taucht Ratte ab oder er läuft zu den anderen über. Ratte kann denen eine Menge erzählen. Vielleicht spekuliert er darauf, daß sie ihm mildernde Umstände … also … äh … daß er als Kronzeuge gebraucht werden kann. – Glaubst du, die stellen uns, ich meine, die stellen euch vor Gericht, erst noch?: sagte Clarissa. – Einige bestimmt: sagte ich. Aber mich doch nicht!: sagte Clarissa. Wahrscheinlich nicht: sagte ich: Du kannst vielleicht bald wieder Konzerte geben. – Das mach ich nicht: sagte Clarissa: Ich tanze vielleicht wieder. –

Biber kam aus der Telefonzentrale zurück. Zum ersten Mal in dieser Nacht wirkte er aufgeregt. Biber sagte: Wißt ihr, wer

sich gemeldet hat? Natter!! Er hat gesagt: Ich komme jetzt in die Bar! – Ich sagte: Ausgerechnet Natter? – Clarissa sagte: Bloß das nich! Der steckt doch mit Dogge unter einer Decke! – Biber sagte: Eben. Ich habe zu Natter gesagt: Willst du uns hier rausholen? – Natter hat gesagt: Wo denkst du hin, Biber! Ich will, also ich muß in die Bar, weil ich nicht mehr weiß, wohin! – Ich habe gesagt: Bist du wahnsinnig? Du lockst die anderen auf unsere Fährte! Dann sind wir selber am Arsch! –
Natter hat gesagt: Was soll ich denn machen? Ich komme. Du mußt mich reinlassen. Sonst schlage ich vorm Eingang Krach. Dann *haben* sie mich. Aber euch haben sie dann auch. Ich habe gesagt: Bist du bewaffnet? – Natter hat gesagt: Ich bin doch kein Selbstmörder! Ich komme jetzt. In 10 Minuten bin ich dort. – Ich habe gesagt: Dann komm. –

Willst du Natter wirklich reinlassen?: sagte Clarissa: Ich fürchte mich vor dem. Der ist schlimmer als Ratte. – Keine Angst: sagte Biber: Der gehorcht mir. – Ich sagte: Der gehorcht auch Dogge. – Wir werden sehen: sagte Biber.

5 Minuten später hörten wir das Signal. Biber zog sein Schießeisen und ging zum Einlaß. Natter sagte über die Sprechanlage: Ich bin hier. – Biber löste die Sperre, und Natter erschien in der Tür. Biber richtete die Kanone auf ihn und sagte: Dreh dich um! Hände an die Wand! – Was ist los mit dir!: sagte Natter, drehte sich um und legte die erhobenen Hände gegen die Wand. Biber suchte ihn von oben bis unten ab. Dann sagte er: Das Gesicht zu mir! Die Hände kannst du runternehmen. – Natter sah Biber groß an. Biber sagte: Komm rein! –, Biber sicherte die Türsperre. Natter sah sofort Dogge am Fußboden. Natter sagte: Dogge! Was ist ... – Dogge sagte schnell: Diese Verräter haben mich ... – Biber sagte scharf: Natter! Willst du dich nicht waschen und umziehen?! – Nat-

ter sah abwechselnd zu Dogge und zu Biber, er sagte: Aber ... – Biber sagte: Ich habe gesagt ... – Dogge rief: Das ist eine Verschwörung, Natter! Sieh dich vor! – Biber drückte Natter den Lauf seiner Pistole in den Bauch und sagte: Willst du dich nicht waschen und umziehen!? – Natter sagte: Ja, ja! Ich geh ja schon. – Natter verschwand in Richtung Mannschaftsraum. Zu Dogge gewandt sagte Biber: Wenn du hier rumkrakeelst, dann kleb ich dir das Maul zu! –

Biber kam an unseren Tisch zurück, legte seine Pistole neben sein Bierglas und behielt die Richtung Mannschaftsraum im Auge. Er sagte: Natter wird noch froh darüber sein, daß er auf mich hört. – Clarissa sagte: Wie das Schwein aussieht! Wie durch die Scheiße gezogen. – Wahrscheinlich: sagte ich. Plötzlich sagte Biber zu mir: Nimm meine Bleispritze! – Ich sagte: Wieso deine? – Nimm sie!: sagte Biber: Halt sie auf Natter! – Ich nahm Bibers Pistole. Biber zog Handschellen und eine Schnur aus seiner Jackentasche. Natter kam aus dem Mannschaftsraum zurück und steuerte auf unseren Tisch zu. Ich zielte auf Natter, und Biber sagte: Bleib stehen! Nimm die Pfoten hoch! – Natter sagte: Was hast du vor, Biber! – Biber sagte: Dreh dich um! – Nicht!: sagte Natter: Nicht schießen, Feder! – Biber trat hinter Natter, sagte: Pfoten auf den Rücken! – Natter nahm die Hände auf den Rücken, Biber legte ihm die Handschellen an. Er sagte: Geh zu Dogge! – Natter ging vor Biber und mir zu Dogge. Biber sagte: Auf den Bauch! – Natter sagte: Bitte, Biber, nicht! – Biber sagte: Bring mich nicht zum Weinen. Auf den Bauch, hab ich gesagt. – Natter legte sich neben Dogge auf den Bauch. Biber band Natter die Füße zusammen und drehte Natter auf die Seite. Biber sagte: Jetzt könnt ihr Aug in Auge in die Hosen pissen. – Dogge sagte: Du Ratte, Biber. – Biber sagte: Du umgekippter Eimer Scheiße. –

Wir hatten gerade wieder bei Clarissa Platz genommen, als Qualle von seinem Schläfchen zurückkehrte. Er sah Natter neben Dogge liegen, kam aber nicht zum Sprechen, weil Dogge augenblicklich losplärrte: Qualle, sieh dich vor! Diese Verbrecher schrecken vor nichts zurück! – Qualle sagte verschlafen: Tut mir leid, Natter. – Biber ging zu den dreien hin und platzte heraus: Jetzt reicht es mir! – Er suchte hinter der Theke herum, kam mit einer Rolle breiten Klebebands hervor, sagte zu Qualle: Was soll das! – und kniete sich neben Dogge und Natter hin. Biber klebte Dogge den Mund zu, Biber klebte Natter den Mund zu.

Wir setzten uns zu Clarissa und schwiegen. Wir schwiegen einfach. In diesem Schweigen faßte ich – angeregt durch das kurze Gespräch mit Clarissa über ihre Zukunftspläne – zum erstenmal ernsthaft den Gedanken, Vorsorge zu treffen für den Fall meines Überlebens. Ich könnte später – so dachte ich – vorgeben, ich sei seinerzeit zu diesen Leuten gegangen, um deren Verhältnisse von innen heraus zu erkunden. Mehr noch: Ich sei von der Absicht getragen gewesen, eine bestimmte hohe Position in der Hierarchie dieser Organisation zu erlangen, um womöglich einen mildernden Einfluß auf die Pläne und Aktionen, sogar auf führende Personen ausüben zu können. Schließlich – ich hätte von vornherein den Plan gehegt, im Falle meines Überlebens eine detaillierte Studie über Aufbau, Struktur, Immobilien, Waffenlager, Geschäftsgebaren, externe Beziehungen, Mittelsmänner, Konten etc. sowie über Psychologie und Straftaten der Mitglieder des Führungszirkels zu verfassen.

Dieses Vorhaben habe von mir verlangt, mich so perfekt wie möglich zu verstellen, anzupassen etc. Dazu habe es gehört, Privilegien, die mir verhaßt gewesen seien, widerspruchslos zu akzeptieren. So auch sei die Publikation meiner Gedichte zu erklären, die gegen meinen Willen auf einer völlig einseitigen Auswahl beruht habe.

Als Zeichen meiner Glaubwürdigkeit möge man meine teilweise gelungenen Versuche betrachten, auf der Kulturseite des organisationseigenen Blattes Autoren unterzubringen, die eine den Zielen dieser Organisation erkennbar zuwider-

laufende Haltung eingenommen hätten. Ferner sei es meiner Intervention zu verdanken, daß den übelsten Auswüchsen der Folter in den berüchtigten Verhörzellen Einhalt habe geboten werden können. Nicht vergessen dürfe man zuguterletzt meine Anläufe zur telefonischen Kontaktaufnahme mit dem über alle Zweifel erhabenen prominenten befreundeten Journalisten Viktor ..., der die Stadt seinerzeit verlassen habe, um der Verfolgung zu entgehen.

Bis zuletzt hätte ich in dem Geheimbunker, «Bar» genannt, ausgeharrt zum Zwecke der Gewinnung von Erkenntnissen über geplante Fluchtwege und Verstecke der dort Versammelten. Dieser «Bar»-Aufenthalt sei mit einem hohen Risiko für meine Person verbunden gewesen, da ich nicht hätte voraussehen können, ob ich noch in letzter Minute Mißtrauen erregen oder einer vom Wahnsinn diktierten kollektiven Selbstmordaktion zum Opfer fallen oder bei der eventuellen Einnahme des Bunkers zu Schaden bzw. zu Tode kommen würde. In unmittelbare Lebensgefahr hätte ich mich zudem durch die geistesgegenwärtige Beteiligung an der Gefangennahme von zwei der skrupellosesten Verbrecher begeben.

Zu meiner großen Erleichterung wurde mir in dieser stillen Stunde klar, daß niemand von diesen Leuten das Gegenteil meiner Erklärungen würde beweisen können. Selbst Viktor hätte ja von mir nicht gewußt haben müssen, *warum* ich zu diesen Leuten gegangen war. Eventuelle Zweifel von Viktor, dachte ich, wären mit einem Hinweis auf meine Mitarbeit als Rechercheur bei seiner Story über Dogge leicht auszuräumen. Das Thema hätte mich nicht losgelassen, würde ich vorbringen können, und deshalb sei ich auf eigene Faust, sozusagen als Partisan der Wahrheit, zum Schein in das Lager dieser Leute übergetreten. Im übrigen wäre Viktor gefährdet worden, wenn ich ihn in meinen Plan eingeweiht hätte.

Zuversicht in meine Zukunft bezog ich im stillen aus zwei Grundüberlegungen. Erstens würden die anderen *aus Prinzip* anders mit uns, also auch mit mir, verfahren als unsere Leute mit ihnen verfahren waren – selbst dann, wenn Zweifel z. B. an meinem Verhalten bestehen blieben. Ich nahm mir – schon aus Gründen meiner Vertrauenswürdigkeit – vor, mich auf das Prinzip der anderen zu berufen. Zweitens glaubte ich aus einem schwer zu vermittelnden Bewußtsein meines Wertes und aus der Gewißheit meiner journalistischen und literarischen Fähigkeiten fest an meine Brauch- und Verwendbarkeit. Dies zumal, wenn es mir gelänge, mich als einen Gegner der gescheiterten Verbrecherbande darzustellen, der unter den damals gegebenen Verhältnissen zu einem lebenserhaltenden Versteckspiel gezwungen gewesen war.

Clarissa war es, die das Schweigen unterbrach. Sie zog den Rock über die Knie und sagte: Ist die Heizung kaputt? – Biber sagte: Hier gibt es keine Heizung, hier ist eine Klimaanlage! – Clarissa sagte: Ist die kaputt? – Nein: sagte Biber: Die ist auf 22 Grad eingestellt. – Das ist zu wenig: sagte Clarissa. Biber sagte: Zieh dir was über! Ich fummel jetzt nicht am Thermostaten rum. – Warum nicht: sagte Clarissa. – Biber sagte: Uns wird's noch heiß genug. – Du bist so entsetzlich zynisch: sagte Clarissa. Biber sagte: Das fällt dir *jetzt* auf! –

Ich sagte: Biber, ich habe nie nach Viktor gefragt. – Biber sagte: Das war auch besser für dich. – Ich sagte: Aber jetzt frage ich. Wo ist Viktor abgeblieben. – Biber sagte: Der ist damals zu unserer lieben Konkurrenz gegangen. Hat sich ein Pseudonym zugelegt und fleißig weitergeschrieben. Die gemeinsten Sachen – gegen den Chef, gegen Dogge, gegen uns eben. Auch gegen dich! – Gegen mich?: sagte ich. Was glaubst *du* denn: sagte Biber. Woher weißt du das alles: sagte ich. Hältst du mich für blöd?: sagte Biber: Ich weiß das von Dogge. Der wußte das von Aal. Das ist ... war doch die Spezialstrecke von dem. Was ist schon ein Pseudonym? Aal hat ganz schnell rausgekriegt, wer hinter dem Pseudonym steckt. Die Schmierereien von Viktor – das durfte nicht so weitergehen. – Ich sagte: Was heißt das. – Biber sagte: Bist du so naiv oder tust du bloß so? Dogge hat Aal den Befehl gegeben, Viktor aus dem Verkehr zu ziehen. – Seid ihr wahnsinnig?: sagte ich. Biber sagte: *Dogge* hat den Befehl gegeben, nicht ich. Oder *wir*. – Ich sagte: Der Chef wußte davon? – *Natürlich* wußte der Chef davon: sagte Biber: Denkst du etwa, Dogge hätte so was ohne den Chef gemacht? Wahrscheinlich hat sogar der Chef zu Dogge gesagt: Erledige das! – Und Dogge hat Aal eingespannt. Der hatte Übung darin. – Ich sagte: Wie sollte das denn gehen. – Biber sagte: Da kannst ... konntest du natürlich nicht einfach jemanden abknallen – bei unseren feinen Nachbarn. Hättest du doch sofort die Polizei am Hals gehabt. Nein. Aal ist Viktor an die Karre gefahren. Das heißt, Aal hat ... hatte Leute, die darin Meister sind. – Ich sagte: Ich glaub, ich werd wahnsinnig! – Biber sagte: Erst sind wir wahnsinnig, jetzt wirst du's. – Ich sagte: Was ist nun mit Viktor, Mensch! – Biber sagte: Schrei mich nicht an! – Ich schrei nicht, ich frage, was mit Viktor ist!: sagte ich. Biber sagte: Na, einer von Aals

Rennfahrern hat Viktor auf der Autobahn mit 130 Sachen abgedrängt. Nachts. Verkehrsunfall! Mit Fahrerflucht! – Und?: sagte ich: Und?! – Nix und: sagte Biber: Es hat nicht geklappt. Viktor ist aufs Feld geflogen, aber er war nicht hin. Nur verletzt. Schwer sogar. – Ich sagte: Was hatte Viktor für einen Wagen? – Biber sagte: So einen wie du. – Ich stöhnte. Biber sagte: Es hat keine Hetzartikel unter Pseudonym mehr gegeben. – Ich sagte: Wo ist Viktor jetzt? – Biber sagte: Das weiß ich nicht. Wirklich! –

Biber nahm seine Pistole vom Tisch. Dorthin hatte ich sie gelegt, nachdem Dogge verschnürt war. Auf dem Tisch lagen immer noch die Pistolen des Barkeepers und des Kochs.

Qualle war nicht mehr schläfrig. Er sagte: Biber, mein Lieber! Wenn ich dich so reden höre – du plapperst! Genau wie Dogge! Entweder du legst dich zu Dogge – oder wir binden Dogge los. Dann könnt ihr Duo singen! – Biber sagte: Die Situation hat sich geändert, Qualle. Dynamisch! Was heißt jetzt «plappern». Mit Dogge am Bein kommen wir hier nicht raus. Das weißt du! Und Natter, dieser Wadenbeißer. Über den könnten wir schön ins Stolpern kommen. – Qualle schwieg. Also? sagte Biber: Dogge und Natter bleiben am Boden. – O. K.: sagte Qualle.

Biber nahm die Pistole des Barkeepers vom Tisch und gab sie mir. Ich sagte: Was soll ich damit. – Biber sagte: Einstekken. – Biber nahm die Pistole des Kochs vom Tisch und reichte sie Clarissa hin. Clarissa sagte: Um Gotteswillen! Ich weiß gar nicht, was ich damit machen soll. – Biber sagte: Notfalls entsichern und – abdrücken. – Er machte Clarissa vor, wie die Waffe entsichert wird. Clarissa nahm den Ballermann in die Hand und zögerte. Steck das Ding weg!: sagte Biber. Wohin denn!: sagte Clarissa. Leg sie unter deinen Arsch: sagte Biber.

Wie redest du mit mir!: sagte Clarissa. Sie legte die Waffe hinter sich.

Ich hatte jetzt *zwei* Pistolen. Ich dachte: Auf so etwas lasse ich mich nicht ein. – Ich mußte denken: Viktor lebt. Aber wo. –

Wäre alles anders gekommen, wenn wir, ich meine, diese Leute es so gemacht hätten, wie der Chef es vor zwei Jahren gewollt hatte? Ich war bei dieser Runde glücklicherweise nicht dabeigewesen. Biber hatte zu mir gesagt: Der Chef hat gesagt: Machen wir es wie früher! Wir fahren hin und legen die ganze Bande um. Erstens hört dann endgültig die Hetze gegen unsere Geschäfte auf. Zweitens reißen wir uns die Sachen von denen untern Nagel. Das brauchen wir. Uns geht es schlecht. Wenn wir nicht pleite machen wollen, muß was passieren. – Ich war dagegen. Ich habe gleich gesagt: Chef, das kann gewaltig ins Auge gehen. Dazu fehlen uns die Leute. – Was sagst *du* dazu, Dogge: hat der Chef gesagt. Dogge hat gesagt: Wenn du es willst, Chef ... – Qualle hat gesagt: Zunächst einmal ... es müßte so aussehen, als hätten die anderen angefangen. Wir verteidigen uns bloß. – Ich habe gesagt: Wie stellst du dir das vor, Qualle. – Qualle hat gesagt: Aal muß das vorbereiten. Wozu haben wir ihn denn. Zuallererst müssen dort Leute Stimmung für uns machen. Solche wie Feder. Oder bezahlen wir die fürs Rumsitzen? Paar Dumme ziehen dann kostenlos nach. Daß wir die besseren ... äh ... na ja ... hätten. Daß wir in Gefahr wären, weil das manchem nicht paßt. Es kann der Frömmste nicht in Frieden bleiben, wenn es dem bösen Nachbarn nicht gefällt undsoweiter. – Das ist sehr gut: hat der Chef gesagt. Ich habe gesagt: Das glaubt doch kein Schwein. – Sodann: hat Qualle gesagt: Sodann schleusen wir paar Leute von uns zu uns zurück, die hier die Scheiben einschlagen und in die Luft ballern. Die greifen wir, also die kapitulieren vor uns und sagen in unserer

Zeitung, daß sie ein feindlicher Stoßtrupp wären. – Dogge hat gesagt: Das geht. – Daraufhin: hat Qualle gesagt: Daraufhin fahren wir los und verteidigen uns, also prog... äh ... präventiv. – Ich habe gesagt: Ich habe schon gesagt: Dazu haben wir nicht die Leute. – Dogge hat gesagt: Moment mal, Biber. Nicht so defä ... nicht so ... – ... tistisch: hat Qualle gesagt. Genau!: hat Dogge gesagt: Das muß natürlich ruckzuck gehen. Dafür brauchen wir nicht viel Leute. – Und dann?: habe ich gesagt: Wie willst du an die Sachen von denen rankommen? Willst du die Sachen zu uns nach Hause schaffen? – Dogge hat gesagt: Vergiß nicht, also, weißt du überhaupt, wieviel Leute wir dort sitzen haben? Die warten schon ewig darauf, daß es endlich was zu tun gibt! – Qualle hat gesagt: Ja, aber die brauchen wir allerdings für etwas anderes, Dogge. Die müssen 'ne Menge Burschen von denen einfangen. Wir können nicht alle umlegen. – Der Chef hat gesagt: Ich seh schon, also ... äh ... Schluß damit. Wenn wir keine ... äh ... das muß einmütig passieren! Also, lassen wir das. –

Vielleicht hätte es ja geklappt. Andererseits hatte Biber immer den kühlsten Kopf gehabt. Qualle war zu theoretisch gewesen. Und Dogge zu draufgängerisch. Es hätte auch eine Pleite werden können, und wir wären schon vor zwei Jahren im Aus gewesen. Nicht auszudenken unter *solchen* Umständen! Ich wäre bestimmt nicht nur mit einem blauen Auge davongekommen. Entweder hätten die anderen alles zusammengeschossen – mich auch. Oder sie hätten mich einkassiert und an die Wand gestellt. Sozusagen Kriegsrecht!

Und *wenn* es geklappt hätte? Wäre Viktor dann eventuell in unserem Keller gelandet? Hätte Dogge vielleicht zu mir gesagt: Jetzt nehme ich deinen Viktor auseinander. Komm mit! – Was wäre mir in dieser Sekunde eingefallen? Einfach

Nein!! – zu sagen? Oder zu sagen: Das ist nicht *mein* Viktor!–? Ich hätte mit ansehen müssen, wie Viktor zusammengeschlagen wird. Ich hätte mir anhören müssen, was Viktor sagt. Zum Beispiel: Wenn ich lebend hier rauskomme, dann werden wir uns viel zu sagen haben! – Wäre ich Viktor im Keller zu Hilfe gekommen? Hätte ich den Mut gehabt, zu Dogge zu sagen: Laß ihn in Ruhe. Wir können ihn noch gebrauchen.–? Dogge hätte gesagt: *Den* nicht. Der hat mehr Arsch in der Hose als du! –

Biber hatte recht gehabt. Es wäre wahrscheinlich schiefgegangen.

Ich sagte zu Biber: Was macht eigentlich Aal. Jetzt. – Statt Biber antwortete Qualle: Aal? – Ich sagte: Und seine fünfte Kolonne. – Qualle sagte: Nicht fein, wie du über unsere Leute dort sprichst. – Ich sagte mutig: Egal. – Qualle sagte: Aal und seine Leute tauchen ab. So jedenfalls lautet der Befehl: Abtauchen und sich ruhig verhalten! – Aal hat am gefährlichsten von uns allen gelebt, bis jetzt. Aber jetzt hat er es am besten von uns allen. Aal hat Geld von uns. Aal ... also ... Aal aalt sich jetzt. – Qualle lachte über seinen blöden Witz. Biber sagte: Lange macht er das nicht. Es gibt immer einen, der sagt: Angelt euch mal Aal. Über den weiß ich einiges. – Aal kann nirgends hin. Er hat kein Schlupfloch mehr. – Jetzt lachte Biber über *seinen* blöden Witz.

Ich sagte zu Biber: Warum hast du mir erst heute erzählt, was Aal mit Viktor gemacht hat? – Biber sagte: Vorher hättest du vielleicht verrückt gespielt. – Was ist mit Viktors Frau: sagte ich. Biber sagte: Keine Ahnung. Also, wirklich nicht. –

Ich stand auf und ging zur Toilette. Ich nahm meine Pistole aus dem Halfter, und ich nahm die Pistole des Barkeepers aus der Tasche. Ich wickelte beide Pistolen in Papierhandtücher. Dann legte ich sie ganz unten in den Abfallbehälter, knüllte 10 oder 12 Papierhandtücher zusammen und bedeckte die Waffen mit den Papierknäueln. Die Frischluft in der Toilette tat mir gut. Ich wusch mir Hände und Gesicht, kämmte mich und betrachtete mich im Spiegel. Ich flüsterte mir zu: Nicht provozieren lassen! Nicht provozieren! Klaren Kopf behalten! Durchatmen! Abwarten! Du hast eine Chance! – Es mag komisch klingen, aber ich kam mir wie ein Huhn vor, das übers Dorf fliegt und ausruft: Ich bin ein Adler! – Dieser alberne Einfall half mir.

Biber, Qualle und Clarissa schwiegen, als ich an unseren Tisch zurückkam. Clarissa sah plötzlich auf und sagte: Du siehst gut aus, Feder. Beneidenswert. – Ich sagte: Nicht den Kopf verlieren, Clarissa. –

Biber sagte: Apropos Kopf. Ich seh mal nach Dogge. – Clarissa sagte: Nicht schon wieder! – Biber sagte: Der muß uns erhalten bleiben, vorläufig. – Qualle sagte: Ganz recht. – Clarissa sah mich fragend an. Ich sah Biber und Qualle an. Biber sagte: Dogge ist der einzige, außer dem Chef und Kralle natürlich, der weiß, wo das Geld ist. – Ich wollte sagen: Falls der Chef und Kralle was übriggelassen haben. – Aber ich dachte: Nicht provozieren! Abwarten! –

Biber ging zu Dogge und Natter. Ich sah, daß er Dogge in die Seite trat. Biber kam zurück. Er sagte: Alles wohlauf. – Zu Qualle sagte er: Du siehst ein, daß Dogge uns sagen muß, wo das Geld ist. – Ja: sagte Qualle. Biber sagte: Nicht, daß er abkratzt, und keiner hat was davon. – Ja: sagte Qualle. Biber sagte: Oder daß er irgendwie aus diesem Loch hier kriecht und die Kohle ohne uns verpraßt. – Ja: sagte Qualle. Ich hatte den Eindruck, Qualle sei nicht ganz bei der Sache. Aber ich irrte mich. Als Biber sagte: Also müssen wir was aus Dogge rauskriegen ... –, hob Qualle ruckartig den Kopf. Er sagte schnell und bestimmt: Wie willst du das schaffen? – Biber sagte: Wir machen es wie Dogge. – Ich wußte nur zum Teil, wie Dogge es gemacht hatte. Qualle schien es genauer zu wissen. Qualle sagte: Ausgezeichnet! – Biber sagte: Dann kann er nicht darüber klagen, daß es ganz was Neues ist. – Clarissa sagte: Um Gotteswillen! Was habt ihr vor! – Na du!: sagte Biber: Du hast doch gefragt, ob es hier keinen Kerl gibt, der noch zwei Eier im Sack hat. – Clarissa sagte: Ich leg mich schlafen. – Tu das: sagte Qualle. Ich sagte: Ich bleib hier. An der Bar. – Tu das: sagte Biber: Das ist auch wirklich nichts für zarte Dichter. – Clarissa verschwand.

Biber und Qualle gingen zu Dogge und Natter. Ich setzte mich an die Bar. Biber brüllte Dogge an: Jetzt sagst du uns, wo die Kohle verscharrt ist! – Qualle rief: Warte! Ich mach das Klebeband ab. Qualle riß Dogge und Natter das Klebeband vom Mund. Dogge stöhnte. Biber brüllte: Spuck's aus! – Dogge sagte, sehr laut für seine Verhältnisse: Das ist ja ganz was Neues! – Biber trat Dogge kräftig in den Bauch, Biber sagte: Wenn du nicht redest, machen wir dich alle! – Dogge sagte: Das wär dumm. – Biber sagte: Dann gehen wir leer aus, aber du verfaulst. – Dogge sagte: Dann verfaul ich lieber. – Biber sagte: Hör zu, du nasser Sack! Kotz aus, was du weißt, und du kannst dich noch 'n paar Jährchen ablutschen lassen. – Dogge schwieg. Biber gab Qualle ein Zeichen.

Qualle beugte sich zu Natter nieder und sagte: Hast du noch zwei Eier im Sack? – Natter wimmerte. Qualle richtete sich auf und trat Natter mit aller Kraft in die Hoden. Natter schrie unmäßig. Qualle sagte: Jetzt hast du nur noch eines! – Biber sagte zu Dogge: Das dürfte dir *nichts* Neues sein. – Dogge spuckte aus und schwieg. Qualle trat Natter zum zweiten Mal in die Hoden. Natter hatte mit seinem Geschrei noch gar nicht aufgehört. Es wurde nur lauter. Qualle sagte: Jetzt hast du Rührei. – Biber sagte zu Dogge: Rede! Laß Natter nich dumm sterben. – Dogge erbrach sich. Biber sagte: Kotz nich den Teppich voll, du Sau! Machst du das zu Hause auch? – Qualle sagte: Wo ist unser Geld! – Dogge lallte: Das is nich euer Geld, das is nich mein Geld, das gehört denen, die dafür ge... ge... gearbeitet haben. – Hör dir den an!: sagte Biber. Der entdeckt sein soziales Gemüt. – Zu Dogge sagte Biber: Und deshalb hast *du* dir das untern Nagel gerissen, was? – Ich wollte sagen: Und der Chef! – Aber ich dachte: Nicht provozieren lassen! Durchatmen! – Biber sagte: Rede! Sonst hast du 'ne Verabredung mit 'm Friedhof! – Dogge leckte seine Lippen sauber und schwieg.

Biber sagte zu Qualle: Wir müssen andere Saiten aufziehen. Mit mehr Musik. Zieh Natter die Schuhchen aus, bitte. – Qualle zog Natter die Schuhe ab. Biber sagte: Und die Söckchen! – Die faß ich nicht an: sagte Qualle: Das geht auch *mit* Fußlappen. Sogar noch besser. – Wie du meinst: sagte Biber, ging zum Tresen und kramte herum. Ich sagte zu Biber: Holzhackermethoden? – Biber sagte: Lateinisch ultima ratio. – Biber kniete sich vor Natters Füße und sagte zu Qualle: Halt Natters Pedale fest. – Qualle trat mit dem rechten Fuß auf Natters Fußgelenke. Biber machte ein Feuerzeug an und hielt die Flamme unter Natters rechten Fuß. Natter schrie fortlaufend und versuchte instinktiv, die Füße zurückzuziehen. Da stellte sich Qualle mit beiden Beinen auf Natters Knöchel. Qualles Gewicht hielt Natters Füße am Platz. Er sagte zu Natter: Wie deine Socken stinken! – Biber sagte: Das ist schon das Leder. – Natter schrie: Dogge! Sag's ihnen! – Dogge sagte aber nichts. Biber sagte: Ein Schweißfuß kommt selten allein – und hielt die Flamme unter Natters linken Fuß. Natter schrie, und plötzlich war er still. Biber sagte: Ich glaub, ich fall in Ohnmacht. – Qualle stieg von Natters Fußgelenken. Er ging zum Tresen, goß einen Whisky ein, ging zu Natter und kippte ihm den Whisky ins Gesicht. Natter rührte sich wieder. Biber sagte: Ich schraub dir die Ohren ab! – Er zog sein Messer aus der Tasche, klappte es auf, faßte Natters linke Ohrmuschel und setzte einen tiefen Schnitt zwischen Kopf und Ohr. Natter schrie nicht mehr, Natter brüllte: Dogge! Dogge! – Dogge sagte: Hört auf! Ich sag's euch! – Biber sagte: Das ist klug von dir. Es gibt Momente im Leben, da weiß man – es ist Zeit. – Ich dachte nur: Durchatmen! – Dogge sagte: Die Sachen sind hier. In meinem Zimmer. Im Safe. Den Schlüssel hast du schon. – Biber sagte: Jetzt flötest du mir noch die Kombination ins Ohr. – Dogge sagte laut drei Zahlen. Ich dachte: Er bleibt der alte. Jetzt weiß auch Qualle Bescheid. Und ich. –

Biber und Qualle ließen Natter und Dogge ohne weiteres liegen und kamen zu mir an den Tresen. Biber sagte: Feder, spiel mal den Barkeeper und gieß uns einen schönen großen Whisky ein. – Das tat ich. Ich sagte: Wie geht es eigentlich dem Barkeeper und dem Koch. – Qualle sagte: Die könnten sich bißchen um Natter und Dogge kümmern. – Das fehlte noch: sagte Biber: Oder hat Dogge 'n Koch und 'n Barkeeper in die Zelle geschickt, wenn er jemanden fertiggemacht hatte? – Eher nicht: sagte ich. Na also: sagte Biber. Qualle sagte nichts. Ich dachte: Ich bin neugierig, wie Biber und Qualle sich einigen. – Ich sagte: Hört mal her! Ich bin nicht an Geld interessiert. – Biber sah mich erstaunt an. Er sagte: Um so besser. –

Clarissa hatte wahrscheinlich gar nicht geschlafen, sondern hinter der Tür gelauscht. Sie schlüpfte herein, setzte sich neben Biber und sagte zu mir: Gibst du mir ausnahmsweise auch ’n Whisky? – Ich sagte: Aber selbstverständlich. – Zu Biber sagte sie: Wovon soll ich bloß leben, wenn ich hier raus bin. – Biber sagte: Das findet sich. –

Der Chef hatte es geliebt, von Zeit zu Zeit eine seiner Fabriken aufzusuchen. Ich war manches Mal dabeigewesen, weil ich die Berichte und Fotos hatte arrangieren müssen. Eine solche Visite war tagelang vorbereitet worden. Außer dem Chef waren noch Biber, Qualle und Ratte mit einem Schwanz Gorillas angetanzt. Und selbstverständlich unser Buchhalter. Kralle war an diesen Tagen die zweitwichtigste Person gewesen. Es hatte wenige Gelegenheiten gegeben, bei denen die Äbtissin in der Öffentlichkeit erschienen war. Die Besuche des Chefs in seinen Fabriken waren solche Gelegenheiten gewesen.

Auch in den Fabriken hatten sich die Leute gut vorzubereiten gehabt. Die Wagenkolonne war vorgefahren, und vor dem Fabriktor hatten der Fabrikdirektor, dessen Frau, zwei, drei höhere Angestellte und vier, fünf Arbeiter und Arbeiterinnen schon gewartet. Bei einem dieser Empfänge war ein Arbeiter mit einem Schild ausgerüstet gewesen, auf dem zu lesen gestanden hatte: Willkommen in unserem Werk. – Das Schild hatte sich Qualle ausgedacht. Als dem Chef das Schild zu Gesicht gekommen war, hatte er zu Qualle gesagt: Was ... was ... äh ... wieso ... «unser»! Das ... also ... is ... *meine* ... *mein* Werk! – Qualle hatte gesagt: Chef, ich dachte – das klingt nicht schlecht, wenn sich die Arbeiter und du als, also Gemeinschaft ... – Gut! Gut Qualle! Das ... das ... ja! –

Einmal hatte ein Fabrikdirektor einen dicken Blumenstrauß in der Hand gehabt für die Äbtissin. Das war dem Chef nicht ganz recht gewesen. Hinterher hatte er Qualle ungnädig angeraunzt: Wie ... wieso ... hab *ich* ... also nicht ... die Blumen ... Und außer ... außerdem ... Wer hat ... hat die Blumen be... bezahlt? – Qualle hatte gesagt: Entschuldige, Chef! Nächstes Mal kriegst du Blumen ... – Und ... und ... meine ... äh ... Frau ... Frau auch!: hatte der Chef gesagt. Selbstverständlich: hatte Qualle gesagt: Und für die Blumen haben die Arbeiter Geld gesammelt. – Das ... das is ... is gut!: hatte der Chef gesagt ...

Der Chef war wie ein kleiner Staatsmann mit Gepränge durch die Fabrikhalle stolziert, die Gorillas immer nahe um ihn herum. An dieser und jener Maschine war der Fabrikdirektor stehengeblieben und hatte dem Chef irgend etwas erklärt. In dem Maschinenkrach war nichts zu verstehen gewesen. Der Chef hatte ein fachmännisches Gesicht aufgesetzt. Schließlich war ein Arbeiter von der Maschine weg herankommandiert worden. Er hatte eine artige Verbeugung gemacht und zwei, drei Sätze aufgesagt. Der Chef hatte dem Arbeiter auf die Schulter geklopft und war kerzengerade weitergegangen.

Anschließend hatte im Direktorzimmer ein kleiner Empfang stattgefunden. Dem Chef war vom Fabrikdirektor eine Ledermappe überreicht worden, die der Chef sofort an Qualle weitergereicht hatte.

Am Ende war der Fabrikdirektor mit dem Chef, mit der Äbtissin und mit Kralle, Qualle und Ratte zur Buchhaltung gezogen. Die Frau des Fabrikdirektors war auch abgezwitschert. Biber, ich, zwei, drei höhere Angestellte und die Gorillas hatten im Direktorzimmer warten müssen. Es waren aber belegte Brötchen und Getränke vorhanden gewesen. Die Fotografen waren auch geblieben. In die Buchhaltung hatten sie auf keinen Fall mitgehen dürfen.

Nach ca. 20 Minuten waren der Chef, die Äbtissin, Kralle, Qualle und Ratte mit dem Fabrikdirektor zurückgekommen.

Qualle hatte jetzt ein Diplomatenköfferchen in der Hand gehabt. Lange waren wir nicht mehr geblieben. Der Chef hatte in die Hände geklatscht und gesagt: Also ... äh ... das ... das ... war's dann. –

Irgendwann vor Jahren hatte ich zu Biber gesagt: Was ich dich schon lange fragen wollte – warum macht der Chef das, diese Fabrikvisiten. Er könnte das Geld doch überweisen lassen. – Biber hatte gesagt: Tjaa. Der Chef hat eine innige Beziehung zu Bargeld. Das war von Anfang an so, seit dem Bankeinbruch. Normalerweise läßt er sich das Geld natürlich überweisen. Aber ab und zu muß er das Geld *riechen*. Außerdem – die Äbtissin will in die Fabriken. – Ich hatte Biber verwundert angesehen. Biber hatte gesagt: Der Chef hat sie sozusagen in einer Fabrik kennengelernt. – War er Arbeiter?: hatte ich gesagt. Vorübergehend: hatte Biber gesagt: Im Knast. – Und sie?: hatte ich gesagt. Hat ihn durch eine Annonce kennengelernt und regelmäßig im Knast besucht: hatte Biber gesagt. Annonce?: hatte ich gesagt. Biber hatte gesagt: Knacki sucht Brieffreundin. – Und jetzt ist der Knacki der Chef. –

Clarissa nippte an ihrem Whisky. Sie sagte: Worauf warten wir eigentlich noch! – Sie sah auf die Uhr und sagte: Inzwischen is schon Donnerstag, Biber! Mir dauert das alles zu lang. Noch 'n Tag in diesem Stinkloch – das halt ich nich aus. – Biber sagte zu Qualle: Ich starte einen letzten Versuch. Ich ruf Wanze an. – Clarissa sagte: Das hatten wir schon alles! Das hatten wir schon alles! – Biber sagte zu Clarissa: Benutz mal ausnahmsweise deinen Kopf! Bis jetzt hab ich nur mit Ratte gesprochen. Vielleicht hat Wanze die Lage gepeilt. – Clarissa sagte: Vorhin hast du gesagt, von Wanze is nix mehr zu erwarten. – Biber sagte: Ich hab eben meine Meinung geändert. – Clarissa sagte:

Das is doch nich normal! Das is doch einfach nich mehr normal! – Qualle sagte: Was verstehst du unter «normal». Hier ist nichts normal. – Clarissa schrie Biber an: Du bist genau so ’n Versager wie Dogge! – Biber verlor zum ersten Mal die Beherrschung. Er sagte: Clarissa, wenn du nicht dein Maul hältst, dann kannst du heute dein Frühstück *lutschen*, weil ich dir die Zähne rausnehme! – Clarissa sagte: Hast du das gehört, Feder? Jetzt soll plötzlich *ich* an allem schuld sein! Ich sagte: Clarissa, drück hier keine blöden Sprüche. – Clarissa sagte: Ihr seid alle gleich. Solang ihr euer Spiel habt, bin ich die süße Clarissa vorne und die süße Clarissa hinten. Wenn aber ich mal was will, dann heißt es plötzlich «Maul halten». Ich bin doch letzten Endes wieder die Gearschte. Um mich kümmert sich keiner. – Ich sagte: Vergiß nicht, daß du uns einiges verdankst. – Ha!: sagte Clarissa: Verdankst! Bei dir kommt doch nur noch heiße Luft. – Ich war einiges gewöhnt, aber jetzt wurde ich verlegen.

Biber sprang auf und lief in die Telefonzentrale. Nach meinem Gefühl blieb Biber eine Ewigkeit weg. Clarissa putzte sich die Nase und starrte demonstrativ in ihr Whiskyglas. Ich erlitt einen Rückfall und nahm die Zigaretten und das Feuerzeug des Barkeepers vom Tresen. Nach Jahren der Enthaltsamkeit zündete ich mir eine Zigarette an. Aber niemand nahm das zur Kenntnis, weder Qualle noch Clarissa. Die Zigarette tat mir sehr wohl. Ich war eben immer ein Raucher geblieben. Die Zigaretten und das Feuerzeug steckte ich in die Tasche. Für alle Fälle.

Biber wirkte niedergeschlagen, als er zurückkam. Zuerst hab ich immer nur gehört: Dieser Anschluß ist vorübergehend nicht erreichbar –: sagte Biber: Dann hat Wanze sich endlich gemeldet. – Qualle sagte: Wo treibt sich dieser Hundesohn herum. – Auf einem Dach: sagte Biber: Ganz in unserer Nähe. – Qualle sagte: Die Menschen sind wie die Vögel. Finden sie nichts auf der Erde, dann fliegen sie in die Höhe. – Biber sagte: Kannst du mich mit deinem philosophischen Gequatsche verschonen? – Qualle sagte: Hier reißt allmählich ein Ton ein, den ich mißbillige. – Ich sagte: *Wanze* war das Wort. – Biber sagte: Wanze hat gesagt: Jetzt brennt bald die Luft. Wenn ihr ausbrechen wollt, dann wird's höchste Zeit! – Ich habe gesagt: Wo ist die günstigste Stelle. – Wanze hat gesagt: Am Fluß. – Ich hab gesagt: Und wo schlägst du dich durch? – Ich?: hat Wanze gesagt: Ich kann doch gar nich mehr vom Dach runter. Da unten is alles schon dicht. – Scheiße: habe ich gesagt. – Qualle hat gesagt: Was waren seine letzten Worte? – Naja –: sagte Biber. Qualle sagte: Hätt ich von Wanze nicht gedacht. Auch 'n Philosoph. –

Clarissa sagte: Kümmert sich denn keiner mal um den Barkeeper und den Koch? Die müssen doch schon zusammengewachsen sein. – Biber war anscheinend immer noch wütend auf Clarissa. Er sagte: Kümmer du dich doch um sie. Kannst ihnen ja einen blasen! – Clarissa stieg vom Barhocker, straffte sich, legte die Hände an ihre Brüste und sagte: Kommt, meine Kleinen, wir gehen jetzt in die Heia. –

Qualle sagte: Der Koch und der Barkeeper ... –, aber Biber fiel ihm ins Wort: Fang auch *du* noch von denen an! Die können in der Küche ruhig schmoren. Der Koch! Dieser Giftbudenhengst. Ich möcht wissen, wieviel Leuten der den Mampf gewürzt hat, daß sie sich zu Tode geschissen haben. – Qualle sagte: Da mußt du Dogge fragen. – Biber sagte: Und der Barkeeper! Für Bares hat der jahrelang 'n miesen Film gefahren. Immer scheißfreundlich, mit jedem über alles gequatscht, und am nächsten Tag zu Wanze, alle verpfeifen. Mich und dich und Feder und was weiß ich. – Qualle sagte: Sogar dich? – Biber sagte: Ich sitz mit Clarissa an der Bar, die macht mich an, wo sie mich treffen könnt und wann, und am nächsten Vormittag sagt Dogge zu mir: Ich tret dir *dahin*, wo Gott dich gespalten hat, wenn ich noch mal hör, daß du dich an Clarissa ranschmeißt! – Ich hab zu Dogge gesagt: *Ich* doch nicht! – Dogge hat gesagt: Knöpf deine Löffel auf! *Die* Cremeschnitte

gehört mir! – Ich hab gedacht: Du Arschloch. Da müssen Männer kommen und keine aufgewärmten Leichen. – Damals hab ich mir geschworen: Dem Barkeeper schneid ich die Klöten mit 'm stumpfen Küchenmesser ab! – Qualle sagte: Dazu wär jetzt Gelegenheit. – Biber sagte: Kein Wunder, daß Clarissa um diese Stinklappen jammert. Die hat sich doch von denen auch die Düse polieren lassen. – Qualle sagte: Ich hab meinen Hering nie bei ihr gewässert. – Biber sagte: Du bist eben unser Heiliger Geist. – Qualle sagte: Schön brav, ja? – Ich sagte: In *einem* hat Clarissa recht. Worauf warten wir eigentlich noch? Wanze hat ja nun die Lage gepeilt. –

Biber hatte vor ca. 3 Jahren zu mir gesagt: Unsere Geschäfte gehen schlecht. – Aber warum: hatte ich gesagt. Biber hatte gesagt: Hast du keine Augen im Kopf? Die Fabriken vom Chef fabrizieren seit Jahr und Tag bloß Schund. Dieser Abfall wird nur gekauft, weil es nichts anderes gibt. Die Mistböcke von Arbeitern haben keine Lust mehr. Die verdienen so wenig, daß sie sich ihren eigenen Schrott nicht leisten können. – Ich hatte gesagt: Der Chef hätte schon längst die Löhne erhöhen müssen. – Biber hatte gesagt: Woher hätte dann die Kohle für den Chef herkommen sollen? – Muß er eben bißchen kürzer treten. – Du hast 'ne Ahnung: hatte Biber gesagt: Der Chef *muß* Kohle sehen. Und riechen. Der kann schließlich nicht in seine eigene Bank einbrechen. Und dann – was glaubst du, was bei uns der laufende Betrieb kostet? Die Horde von Dogge. Die Waffen. Die Schnüffler von Wanze. Die Schnüffel*technik*. Die Maulwürfe von Aal. Deine Zeitung! – Ich hatte gesagt: Das ist nicht *meine* Zeitung. – Biber hatte gesagt: Die Häuser. Auch deins! Die gepanzerten Wagen. – Meiner ist *nicht* gepanzert: hatte ich gesagt. Biber hatte gesagt: Die Bar. Was alleine der *Bau* gekostet hat. Das Schlößchen am See. Die Jagden. Die Schmiergelder, für den Bürgermeister, für den Polizeipräsidenten, für ... sonstwen. Unsere Gehälter! Die Äbtissin ist auch nicht gerade sparsam. Der reine Zuschußbetrieb ist das. Lohnerhöhungen, sagst du. Für Lohnerhöhungen ist kein Geld da. Der Mist, den die Proleten zusammenbasteln, wird von Lohnerhöhungen auch nicht besser. Außerdem ist es für Lohnerhöhungen zu spät. Die Ackerknechte kündigen doch massenhaft. Der Chef hat gesagt: Es ist soweit. Wenn ich nicht auf meine Einkünfte verzichten soll, muß was passieren. – Was denn!: hatte ich gesagt. Biber hatte gesagt: Der Chef hat gesagt: Da mußt *du* ran, Dogge! Klatsch die Faultiere an die Wand, die gekündigt haben. Entweder die arbeiten oder die verfaulen im Keller wie alte Kartoffeln. – Ich hab zum Chef gesagt: Die Mehrarbeit von Dogge verursacht zusätzliche Kosten. – Der Chef hat gesagt: *Dafür* mach ich was locker. Wanze soll die Lauscher spitzen. Wer *noch* kündigen will. Diesen Drückebergern muß beigebogen werden, daß sie sich auf was gefaßt machen können. – Der Chef hat zu Dogge gesagt: Und wieso laufen immer noch irgendwelche Querulanten und Maulhelden rum, die Stimmung gegen uns machen! Warum fängst du die nich ein! – Ich hab zum Chef gesagt: So viel Zellen hat Dogge gar nicht. – Der Chef hat gesagt: Dafür bist *du* zuständig, Biber! Bau was! Bau meinetwegen ’n schönes Ferienlager. Paar Baracken wirst du wohl noch auf die Beine kriegen. Bißchen Stacheldraht wird sich wohl noch auftreiben lassen. – Ich hab zum Chef gesagt: Was das kostet! – Der Chef hat gesagt: Das spart! Für so ’ne Freizeit-Anlage braucht Dogge weniger Betreuer als für seine Zellen. – Da hast du wieder recht: hab ich zum Chef gesagt. Ich habe immer recht!: hat der Chef gesagt: Tu was! Du tust es auch für dich. – In Ordnung, habe ich gesagt. Der Chef hat gesagt: Und Qualle! Wozu bist du unser Prediger, wenn du nix sagst. Sag den Langhaaraffen und Sandalenlatschern, daß sie sich am Riemen reißen sollen. – Qualle hat gesagt: Ora et labora. – Genau!: hat der Chef gesagt. Qualle hat gesagt: Müßiggang ist der Feind der Seele. – Exakt!: hat der Chef gesagt: Es lungern auch viel zuviel Simulanten rum. Für Kranke gibt’s immer ’ne Arbeit. Überhaupt ... die Leute sollen nich so viel Koteletts fressen. Dann kriegen sie auch keine Magengeschwüre. Sag den Leuten, sie sollen jeden Tag zu Gott beten, daß wir ihnen nicht die Hammelbeine langziehen. Bei mir wird nicht gemurrt! Oder gelacht! – Qualle hat gesagt: Nur der Tor bricht in Gelächter aus! – Der Chef hat gesagt: Das werden die noch bereuen. – Qualle hat gesagt: Gott sei ihrer Seele gnädig und erbarme sich ihrer. – Der Chef hat gesagt: Das kannst du laut sagen. Die sollen mir kommen! Die werden mir das büßen! Sag Feder in seiner verstaubten Schreibstube Bescheid. Der soll keine Bilderchen malen, der soll ranklotzen! Oder wollen wir wieder vom Betteln leben? – Auf keinen Fall!: hab ich zum Chef gesagt.

Ich hatte gesagt: In Ordnung, Biber. Ich hab verstanden. Längere Leitartikel, mehr Todesanzeigen. Und was tust du? – Biber hatte gesagt: Mir is nich grade zum Witzeln zumute. Der Chef hat ja recht. Wir müssen was tun, wenn wir uns nicht den Arsch auskugeln wollen. Ich? Ja. Ich laß Baracken bauen. Prophylaktisch. –

Qualle sagte: Wanze hat uns wissen lassen, daß es höchste Zeit ist. – Biber sagte: Bittschön, wenn ihr alles besser wißt. – Qualle sagte: Ich bin lediglich der Ansicht, daß wir gemeinschaftlich beraten müßten, wann der Zeitpunkt zum Aufbruch gekommen ist. – Biber sagte: Wenn man dich so gestelzt salbadern hört, dann könnte man glauben, wir sitzen mit dem Chef in einer sogenannten Besprechung. – Qualle sagte: Dann würden wir gewiß nicht über diesen Aufbruch beraten. – Stimmt: sagte Biber. Der Chef hat seinen Ausbruch nicht mit uns bequatscht. – Qualle sagte: *Auf*bruch! Und – be*raten*! – Biber sagte: Ob Aus- oder Auf-. Jedenfalls -bruch! Und *gut beraten*! Wahrscheinlich von der Äbtissin. Die hatte bestimmt keine Lust darauf, den Chef wieder im Knast zu besuchen. – Qualle sagte: Kümmern wir uns um unsere eigenen Angelegenheiten. – Biber sagte: Nicht mehr in Gemeinschaft mit dem Chef. – Qualle sagte: Biber, ich nehme an, du verkennst die Tragweite der Situation. Der Chef *mußte* sich rechtzeitig retten. Er hat eine Aufgabe, auch jetzt. Besser gesagt, gerade jetzt. Er trägt die Verantwortung für den Fortbestand unserer Sache! Diese Verantwortung nimmt er auch für uns wahr. *Das* heißt Gemeinschaft. – Biber sagte: Du meinst wahrscheinlich den Fortbestand unserer *Sachen*. Oder glaubst du etwa, der Chef hat sich ohne Gepäck gerettet? Nein. Das Vögelchen ist gemeinschaftlich mit den Geldkoffern ausgeflogen. *Die* trägt er, nicht deine Verantwortung. Deine Verantwortung mußt du selber tragen, *ohne* Koffer. – Qualle sagte: Willst du nicht *mehr* über ihn wissen? – Biber sagte: Ich weiß genug. Er heißt Chef und entschwindet in die Höhe. – Biberbiber: sagte

Qualle: Ich weiß nicht, wie du jemals wieder vor den Chef treten willst. – Gar nicht!: sagte Biber: Und was dich betrifft, mein Lieber, du steckst ganz tief mit drin. Dort liegt Dogge, dein ehemaliger Erzengel. – Qualle sagte: Ich wünsche dir alles Gute. – Biber sagte: Du mich auch. – Ich wollte endlich zu Wort kommen, ich sagte: Apropos entschwinden. Ich bin dafür, daß wir einzeln in die Höhe steigen. – Ich dachte mir: Ich muß mich doch nicht mit diesem beißwütigen Biber und dieser glitschigen Qualle erwischen lassen. Mit denen zusammen bin ich auf 100 Meter Entfernung ein toter Mann. – Biber sagte: Das versteht sich. – Einverstanden: sagte Qualle: Auf eigene Faust zum Fluß. – Ich sagte: Auch Clarissa. – Das weiß ich nicht: sagte Biber: Das müssen wir *ihr* überlassen. Vielleicht schließt sie sich einem von uns an. Clarissa wäre keine üble Tarnung. Verliebtes Pärchen sucht Plätzchen am Ufer. – Qualle sagte: Möglichst, bevor es hell wird! – Biber sagte: Das ist sonnenklar. – Ich sagte: Wann wird es hell? – In zwei Stunden: sagte Qualle. Nicht mehr viel Zeit: sagte Biber: Was machen wir mit Dogge? – Ich sagte: Jetzt, wo seine Arbeitskraft nicht mehr gebraucht wird. – Qualle sagte: Es gibt drei Möglichkeiten. Nummer eins, wir richten ihn hin. Nummer zwei, wir lassen ihn liegen. Nummer drei, wir schleppen ihn mit. – Biber sagte: Nummer drei scheidet aus. Oder willst du dich mit einem steckbrieflich gesuchten Killer schnappen lassen? Dann ist auch für dich gleich Sense. – Ich sagte: Mitgegangen mitgefangen, mitgefangen mitgehangen. – Qualle sagte: Feder, könntest du deine unpassendsten Bemerkungen unterlassen? Biber, ich stimme dir zu. – Ich sagte: Nummer zwo ist auch riskant. Dogge könnte beichten, daß er euch den Tresor anvertraut hat. – Biber sagte betont: Feder, ich stimme dir zu. – Qualle nestelte an seinen Jackenknöpfen. Er sagte: Wer aber richtet ihn hin? – Biber sagte: Das überlassen wir der Situation. – Ich sagte: Vielleicht Clarissa. Allerdings ist die Pistole, die du ihr gegeben hast, Biber, in den Sessel gerutscht. – Qualle sagte: Clarissa wird das nicht tun. Sie handelt nur im Affekt. Und *der* ist verraucht. – Ich sagte: Biber, du hast doch Dogges Pistole. Wie wäre es, wenn du ihn mit seinem eigenen Schießeisen ins Jenseits befördern würdest? Du könntest ihm anschließend die Handschellen abnehmen und ihm seine Kanone ins Pfötchen drücken. – Sieh mal einer an!: sagte Biber: Das hätt ich dir gar nicht zugetraut. Ist doch vorteilhaft, wenn man ein schlaues Köpfchen dabeihat. Aber was mach ich mit den Zeugen Natter, Qualle und Feder? – Ich sagte: Natter wird kein Zeuge sein können. Weil du ihn vorher kaltmachst. Natürlich *auch* mit Dogges Schießeisen. Ob der tote Dogge einen Mord mehr oder weniger auf dem Konto hat, ist schon egal. Außerdem liegt es nahe, daß Natter seinen Jägermeister um den Fangschuß bittet. Wo er doch nicht mehr richtig laufen und gar nicht mehr bumsen kann. – Biber sagte: Du wirst immer besser, aber auch schlechter. Du stiftest mich an, Natter zu ermorden. – Ich sagte: Wie Qualle bezeugen kann. – Richtig!: sagte Biber: Und wie ich beeiden könnte. – Ich sagte: Beeiden! Wer glaubt schon deinen Schwüren, Biber. – Ich wandte mich Qualle zu und sagte: Der einzige Belastungszeuge bist du! – Halthalt!: sagte Biber: Du bleibst der zweite, Feder. – Qualle sagte ärgerlich: Auf euer dummes Spiel lasse ich mich nicht ein. Dogge bleibt liegen! Der kann viel erzählen von irgendeinem Tresor. Vergeßt auch bitte nicht, daß Clarissa gelauscht haben könnte. Wollt ihr Clarissa auch umlegen? – Biber sagte: Flach- schon, aber nicht um-. – Qualle sagte: Clarissa bekommt eine Abfindung und wird den Mund halten. – Na schön: sagte Biber: Alles auf deine Verantwortung, Qualle, falls du die Verantwortung für unsere Gemeinschaft noch tragen kannst. Natter bleibt dann auch liegen. Obwohl du ihm die Eier zerquirlt hast. – Qualle zuckte nur mit den Schultern. Er sagte: Der Barkeeper und der Koch warten in der Küche. – Ich sagte: Aufs Dessert. – Qualle sah mich mißbilligend an.

Als Qualle mich im zweiten Jahr meiner Tätigkeit für das Blatt dieser Leute in den Keller geführt hatte, um mir zu zeigen, wie Dogge arbeitet, da hatte ich den alten weißhaarigen Mann nicht vergessen können, den «Stinkaffen», wie er von Dogge genannt worden war. Ein, zwei Wochen später hatte es in der Redaktion geheißen, es hätte sich ein Anwalt gefunden, der den «Stinkaffen» verteidigen wolle. Das hatte ich mir beim besten Willen nicht vorstellen können. Ich war davon überzeugt gewesen, dieser Anwalt riskiere Kopf und Kragen. Schon bald hatte Dogge mich rufen lassen. Er hatte gesagt: Hör mal ganz genau zu, Feder. Es gibt einen Anwalt, der diesen alten Scheißhaufen verteidigen will. Das meldest du in unserer Zeitung! – Ich hatte gesagt: Aber ... – Nix aber: hatte Dogge gesagt: Die Leute sollen lesen, daß wir das ernst nehmen. Das ist ein Pluspunkt für uns. Wir sind keine Unmenschen. – Wie Sie wollen: hatte ich gesagt. Genau!: hatte Dogge gesagt. Also hatten wir die Meldung gebracht.

Aber die Geschichte hatte ein Nachspiel gehabt. Ich war gerade zu Biber gegangen, weil sich in meinem Bad einige Fliesen gelöst hatten. Ich hatte Biber bitten wollen, unsere Fliesenleger zu mir zu schicken. Da stürmte Qualle herein und sagte: *Hier* bist du also, Feder! Ich habe dich überall gesucht. – Was gibt's?: hatte ich gesagt. Das wird ja immer schöner!: hatte Qualle gesagt: Jetzt haben schon die Rechtsverdreher was zu gackern, und du meldest das auch noch in unserer Zeitung. Weißt du eigentlich, was du tust? – Ich war entsetzt gewesen. Ich hatte gedacht: Will Dogge mich in die Pfanne hauen? – Aber zu meiner großen Erleichterung hatte Biber gesagt: Reg dich nicht auf, Qualle! Dieser Winkeladvokat gehört zur Truppe von Wanze. Hat dir Dogge das nicht geflüstert? – Nein!: hatte Qualle gesagt: Das zeugt von einem erschreckenden Mangel an Kooperation. Schließlich hätte ich das als erster erfahren müssen. – Naja: hatte Biber gesagt: Was heißt «als erster». Erstens mußte das als erster der Chef wissen. Der weiß es und hat grünes Licht gegeben. Zweitens kann dir Dogge nicht jeden Tag erzählen, welche Gurken Wanze gerade geerntet hat. Das *darf* Dogge dir gar nicht auf den Tisch blättern. Du weißt doch, wissen und schweigen. – Gutgut: hatte Qualle gesagt: Aber in diesem besonderen Falle ... ich bin schließlich und endlich Rechenschaft über unsere Zeitung schuldig. – Biber hatte gesagt: Jetzt weißt du Bescheid. – Ich hatte zu Qualle gesagt: Ich habe nichts davon gewußt! Dogge hat mir befohlen, diese Meldung zu bringen. – Ist gut: hatte Qualle gesagt: Im Grunde genommen schlägt Dogge zwei Fliegen mit einer Klappe. Erstens erfahren wir aus erster Quelle, was die Nörgelfritzen und Stänker denken. Zweitens dürfen die Leute auf der Straße glauben, daß alles mit rechten Dingen zugeht. – Biber hatte gesagt: Das dürfen sogar die Stinker in den Zellen glauben. Vorausgesetzt, der Rechtsverdreher macht unsere Sache gut! Viel darf dabei für die Säcke natürlich nicht rausspringen. Eigentlich gar nichts. – Qualle hatte gesagt: Hoffentlich ist dieser Anwalt gut instruiert. – Keine Sorge: hatte Biber gesagt: Der ist ja nicht der einzige. Wanze hat 'n ganzen Stamm davon unter Vertrag. Außerdem können die selber 2 plus 2 zusammenzählen.

Wenn einer Scheiße baut, ist er Anwärter auf 'n Urlaubsplatz im Keller. Dann ist er ein Verräter, der unter dem Vorwand der Rechtsberatung etcetera pp mit unseren Feinden kollaboriert hat. – So einfach ist das: hatte ich gesagt. Qualle war es zufrieden gewesen.

Mir wurde plötzlich bewußt, daß Dogge und Natter nur 3 Meter von unseren Tresenplätzen entfernt auf dem Fußboden lagen. Zumindest Dogge mußte gehört haben, daß und wie wir über sein künftiges Schicksal befunden hatten. Natter stöhnte und jammerte immer noch. Das war angesichts seiner Verwundungen durchaus nachvollziehbar. Natter hatte uns vermutlich nicht zugehört. Aber Dogge! Dogge lag still und starr da. Entweder hatte er seine Ohren zugeknöpft, um nicht verrückt zu werden, oder er staute eine unsägliche Wut an, die ihn stumm bleiben ließ. Es wunderte mich etwas, daß Biber und Qualle überhaupt nicht mehr auf Dogge und Natter achteten. Für Biber und Qualle waren Dogge und Natter wahrscheinlich schon gestorben.

Qualle sagte: Es ist nur billig, daß wir die Gelder in Dogges Tresor vor dem unbefugten Zugriff fremder Hände schützen. Diese Mittel sind die Frucht unserer langjährigen aufopferungsvollen Tätigkeit zum Wohle der ... der ... also für unsere gemeinsame Sache, und es ist nicht übertrieben, wenn ich sage, wir haben nicht nur die Pflicht, sondern auch das Recht, uns dieser Gelder anzunehmen, weil jeder von uns an seinem Platz zum Erwerb und zur Mehrung dieses Besitzes beigetragen hat. – Biber sagte: Versprich dir nicht zu viel davon. Der Chef und seine famose Kralle haben doch den Hauptgewinn längst über die Berge geschafft. In Dogges Tresor liegt bestimmt bloß sein Trostpreis. – Qualle sagte: Wie dem auch sei. Dogge wußte stets auf sein Recht zu achten. Aber Dogge hat seinen Besitz schuldhaft verwirkt. Machen wir uns also daran, die Verantwortung für diesen Teil des Erbes zu übernehmen. – Biber sagte: Das ist das rechte Wort zur rechten Zeit. Also, heben wir den Schatz. –

Ich sagte: Ich hab schon gesagt, mich interessiert das Geld nicht. Aber wenn ihr nichts dagegen habt, komm ich mit. Ich bin neugierig auf Dogges chambre separée. –

Bitte: sagte Biber: Von mir aus. – Qualle sagte: Wenn es denn sein muß. – Wir gingen zu dritt zu Dogges Wohn-Schlafraum. Biber sagte zu Qualle: Die Schlüssel hast du! – Qualle zog Dogges Schlüsselbund aus der Tasche und schloß auf. Als erster ging Biber hinein. Ich ging als letzter. Zunächst blieben wir mitten im Raum stehen. Ich fragte mich, woher der süßliche Geruch stammen mochte. Biber sagte: Wie im Puff. – Qualle sah sich nach dem Tresor um. Es war kein Tresor zu sehen. Biber sagte: Das is wie in 'nem schlechten Krimi. Qualle, heb mal das hübsche Porträt vom Chef an. – Tatsächlich befand sich der Tresor hinter dem Bild. Qualle nahm das Porträt von der Wand und legte es auf Dogges Bett. Auf dem Nachttisch lagen Pornohefte. Ich sagte: Ein Liebhaber der schönen Literatur. – Biber sagte: Wichsvorlagen. – Qualle sagte zu Biber: Stell bitte die Zahlen ein. – Ich wußte die Zahlen gar nicht mehr, aber Biber stellte die Zahlen im Handumdrehen ein. So: sagte Biber: Jetzt bist du mit dem Schlüsselchen dran, Qualle. – Qualle fingerte den Tresorschlüssel von Dogges Schlüsselbund und schloß auf. Den Schlüsselbund steckte er wieder ein. Dann erst öffnete er langsam die Tresortür. Biber trat hinzu und sagte: Na wer sagt's denn! – Der Tresor war reichlich bestückt. Qualle holte ein Bündel heraus und wog es in der Hand. Biber sagte: Wohlgetan! Alles Devisen. – Ich sagte: Devisen? – Biber sagte: Mann, Feder! Hier waren Propheten am Werk. Vorausschauend. – Qualle sagte: Biber, ein gut geführtes Unternehmen hat *immer* Devisenreserven! – Is ja gut: sagte Biber. Er sah sich um und entdeckte in einem kleinen Regal zwei Handköfferchen. Biber sagte: Sogar für den Transport ist vorgesorgt. Eine logistische Meisterleistung. – Biber legte die Köfferchen auf den Tisch und öffnete sie. Alsdann!: sagte er. Zu mir gewandt sagte er: Du willst also nichts von den Früchten der Arbeit ernten? – Neenee: sagte ich. Überleg dir's: sagte Biber: Morgen stehst du mit leeren Händen da. Gedichte bringen nich viel. Und für 'ne Zeitung wirst du so bald nix verfassen können. – Dankedanke: sagte ich. Biber sagte: Willst dir nicht die Schreibehändchen schmutzig machen, wie? – Qualle sagte: Was heißt hier «schmutzig»! Das ist hart erworbenes Gut. – Biber sagte: Nun reich mal das Gut rüber. – Während Biber die Notenbündel gleichmäßig auf die beiden Köfferchen verteilte, fing er plötzlich zu grinsen an und sagte: Das Gut! Köstlich, Qualle. Das Hab und Gut der Fabrikanten, die den Fischen Gesellschaft leisten. Hart erworben, mit Handkantenschlag. Das Haben wechselt heute zum zweiten Mal den Besitzer. – Ich konnte erkennen, daß es sich durchweg um große Scheine handelte. Biber packte ein Vermögen ein. Als alle Bündel verstaut waren, sagte Qualle: Hier ist noch ein Schlückchen Zyankali. – Er zeigte die Ampulle vor und sagte: Wer hat noch nicht? – Danke: sagte Biber: Leg das Ding zurück! – Qualle legte die Ampulle vorsichtig in den Safe zurück und drückte die Safetür zu. Den Schlüssel ließ er stecken, das Kombinationsschloß ließ er unberührt. Biber betrachtete die gefüllten Köfferchen. Qualle wandte sich dem Tisch zu. Biber sagte: Qualle, du hast das Wort «Abfindung für Clarissa» gebraucht. – Wo ist das Problem?: sagte Qualle.

Biber sagte: In Anbetracht des Vergnügens, das Clarissa als Tänzerin, Sängerin und Gattin, Dogges Gattin, uns allen bereitet hat ... – Mir nicht!: sagte Qualle: Aber angesichts der Tatsache, daß Clarissa zum Arbeiten zu faul und zum Klauen zu dumm ist, soll sie eine angemessene Aufwandsentschädigung und eine hinreichende Ausbildungsbeihilfe erhalten. – Biber griff ein Bündel Geldscheine aus seinem Köfferchen und steckte es in die Jackentasche. Und du?: sagte Biber: Als Verantwortungsträger und Gemeinschaftsapostel? – Qualle sagte: Ich glaube nicht, daß ich Clarissa irgend etwas schulde. Im Gegenteil. – Was heißt «im Gegenteil»: sagte Biber: Schuldet sie dir etwas? Was kann Clarissa dafür, daß du ... – Schluß jetzt!: sagte Qualle: «Im Gegenteil» heißt, daß ich ihr nichts schulde. – Dann können wir ja: sagte Biber. Ich verließ Dogges Raum als erster, Qualle als letzter.

Aus dem Nachbarraum kam Clarissa getänzelt. Sie hatte sich umgezogen. Sie trug eine enge lange Hose und einen Pullover. Sie hatte sich frisch geschminkt. Die Aufregungen der Nacht waren ihr nicht mehr anzusehen. Sie hängte sich an Bibers linken Arm. Ich steuerte auf den Tresen zu, ich sagte: Champagner! – Biber sagte: Gute Idee, Feder. – Qualle sagte: Nun gut. – Zur Feier des Tages!: sagte Clarissa.

Als Dogge die Köfferchen in den Händen von Biber und Qualle sah, sagte er in vollkommen ruhigem Ton: Banditen ihr! – Biber sagte: Schutz des gemeinsamen Eigentums vor dem unbefugten Zugriff Fremder. – Qualle sah Biber geringschätzig an. Clarissa sagte: Jetzt bist du Kassenpatient, Dogge. – Natter wimmerte noch immer vor sich hin. Biber sagte: Natter, du schamloser Egoist. Kannst du nicht Rücksicht auf deinen Vorgesetzten nehmen? Jaulst Dogge die Ohren voll! Du siehst doch, daß er Ruhe braucht. –

Wir setzten uns. Clarissa sprang gleich wieder auf und rannte hinter den Tresen. Sie stellte 4 Champagnergläser auf die Theke und gab Biber eine Champagnerflasche. Mach du das, Biber. – Sie hockte sich an Bibers linke Seite, und Biber ließ den Korken knallen. Wir stießen alle miteinander an. Biber sagte: Auf den Fortbestand unserer Sachen. Prost Qualle, Prost Feder, Prost Clarissa! – Der Champagner tat Biber und Qualle gut. Ich brauchte das jetzt auch. Ach, ehe ich mich vergesse, Clarissa: sagte Biber. Er holte das Bündel Geldscheine aus der linken Jackentasche, wedelte damit vor Clarissas Nase herum und legte es neben ihr Glas. Clarissa schlang die Arme um Bibers Hals und sagte: Ich wußte, daß du mich nicht vergißt! –

Dogge spuckte wieder einmal aus. Er sagte: Versiffte Bunkernutte! – Aber Clarissa regte sich nicht auf. Sie hob ihr Glas und lachte. Es klang nur ein wenig schrill. Biber stieß mit ihr an und sagte: Dogge hat keinen Humor. – Zu Dogge gewandt sagte Biber: Anstatt dich zu freuen, daß es deiner Gattin gutgeht, vergiftest du die Atmosphäre. Oder ist das deine Kotze, was so stinkt? – Ich sah zu Dogge hinüber. Ich hatte nicht erwartet, daß Dogge trotz seiner mißlichen Lage so aufmerksam sein könnte. Er sah mich an und sagte: Du verhurter Tintenlecker! – Ich sagte nichts, sondern wandte mich einfach ab. Qualle sagte: Nicht nur, daß du deinen wertvollen Besitz schuldhaft verwirkt hast, Dogge. Es mangelt dir auch an Würde. – Dogge sagte: Deine Würde ist die Scheiße, die dir aus'm Maul läuft. –

Der Wortwechsel beeinträchtigte nun doch die Stimmung. Biber rutschte unschlüssig auf seinem Hocker hin und her. Dogge machte sich die Gelegenheit zunutze und sagte: Dir steck ich 'ne Handgranate ins Arschloch, daß dir die Kutteln aus'n Ohren raushängen. – Biber bezwang sich. Er sah uns an und sagte: Kommt, Kinder. Wir setzten uns in den Mannschaftsraum. – Ich bewunderte Biber. Er wollte sich ganz offensichtlich kein Tötungsdelikt aufladen.

Biber sagte: Nehmt die Gläser mit, ich hol noch 'ne Flasche Schampus. – Biber nahm seinen Geldkoffer in die Linke, mit der Rechten griff er sich eine Flasche Champagner. Qualle nahm seinen Geldkoffer in die Rechte, mit der Linken griff er sich sein Glas. Clarissa nahm ihr und Bibers Glas. Ich nahm mein Glas.

Der Mannschaftsraum liegt nahe der Tür zum Ausgang Zwo. Wir mußten zwangsläufig an Dogge und Natter vorbei. Biber blieb stehen, Qualle, Clarissa und ich blieben stehen. Biber sagte: Na, Dogge. Alter Kämpfer! – Zu uns gewandt sagte Biber: Sieht er nicht süß aus? Man könnte ihn glatt adoptieren. – Er wandte sich wieder Dogge zu und sagte: Schön entspannen! – Qualle sagte zu Dogge: Nimm dir einen von Wanzes Anwälten! – Clarissa überraschte mit einem Satz, der bestimmt nicht auf ihrem Mist gewachsen war. Sie sagte zu Dogge: Der Gram der ewigen Trennung zerreißt mir das Herz! – Ich weiß bis heute nicht, wo sie diesen Spruch aufgeschnappt hatte. Dogge aber schwieg beharrlich. Offenbar hatte er schon alles gesagt.

Wir verzogen uns in den Mannschaftsraum. Dieser Raum war bei weitem nicht so bequem wie die Bar. Es gab nur einfache Tische und einfache Stühle. Auch war das Deckenlicht recht trübe. Da ich eine Hand freihatte, schloß ich hinter uns die Tür. Wir setzten uns zu viert an einen dieser Mannschaftstische. Clarissa stellte Bibers Glas auf den Tisch und hielt Biber ihr Glas hin. Biber sagte: Immer mit der Ruhe und dann mit 'm Ruck. – Er stellte seinen Geldkoffer neben seinen Stuhl und plazierte die Champagnerflasche in die Tischmitte. Qualle stellte seinen Geldkoffer neben seinen Stuhl und behielt sein Glas in der Hand. Ich stellte mein Glas auf den Tisch und sagte: Gibt's denn hier keinen Aschenbecher? – Clarissa sagte: Mußt du in diesem Kabuff unbedingt rauchen? – Ich sagte unverblümt: Ja! – Biber nahm die Flasche und ließ wiederum den Korken knallen. Zuerst goß er Clarissa ein, dann Qualle, drittens mir und schließlich sich selbst. Er sagte zu mir: Was heißt hier «Aschenbecher». Die ganze Bude ist einer. Prost, Leute! – Wir tranken, und ich steckte mir eine Zigarette an. Clarissa sagte: Daß du unbedingt rauchen mußt! Man kann hier sowieso schon schlecht atmen. – Biber sagte: Dann atme nicht! – In der Tat war die Luft im Mannschaftsraum nicht besonders gut. Es roch nach einem Reinigungs- oder Desinfektionsmittel. Ich schnipste meine Zigarettenasche auf den Linoleumfußboden, ich sagte: Bald kommst du an die frische Luft, Clarissa. – Das muß ich auch: sagte Clarissa: Der Gestank hier schadet meiner Stimme. – Qualle sagte: Stimme! –

Endlich konnten wir für meinen Geschmack ungestört miteinander reden. Biber sagte: Wir wandern im Gänsemarsch durch den Ausgang Zwo und schlagen uns oben einzeln zum Fluß durch, oder? – Clarissa sagte: Ich weiß gar nich, wo's zum Fluß geht. Alleine schaff ich das nich. – Biber sagte: Dann schließ dich einem von uns an! – Clarissa sagte: Ich geh mit dir. – Biber sagte: Mir soll's recht sein. Wir beide gehen als erste raus. Wer kommt dann? – Qualle sagte: Ich. – Ich sagte: Ich bilde also das Schlußlicht! – Biber sagte: Wie im Leben. – Mir gefiel der Ton von Biber nicht. Clarissa sagte: Und wie geht's weiter? – Qualle sagte: Wer weiß denn das! – Clarissa sagte: Ich meine, am Fluß! – Biber sagte: Entweder wir gehen am Flußufer entlang oder wir schnappen uns ein Boot. – Clarissa sagte: Sind da Boote? – Mehrere: sagte Biber: Für diesen Fall. – Ruder- oder Motorboote?: sagte ich. Ruderboote natürlich: sagte Biber. Ogott: sagte Clarissa: Ich hab noch nie im Leben gerudert. – Qualle sagte: Den Eindruck hatte ich nicht. –

Clarissa sagte: Ich freu mich schon drauf, daß ich bald wieder tanzen kann. – Qualle sagte: Wem willst du dann deinen Hintern hinhalten? – Diese Terminologie aus Qualles Mund war ungewohnt für uns. Biber sagte: Ich muß doch sehr bitten, Qualle. Du sprichst mit einer Dame! – Clarissa wartete, ob Biber noch mehr sagen würde. Aber Biber begnügte sich mit diesem höflichen Verweis. Da sagte Clarissa: Arschputzer! Du wirst schon wieder 'n Hinterlader auflesen, dem du den Auspuff lackieren kannst! – Ich erschrak. Auch Biber zeigte sich beunruhigt. Er sagte: Clarissa, was zu weit geht, das geht zu weit. – Qualle lief zusehends rot an. Er sagte: Das muß ich mir von einer solchen Hundefotze nicht bieten lassen! – Er stand auf und packte Clarissa mit beiden Händen beim Hals. Clarissa kreischte: Nimm deine Wichsgriffel weg! – Biber sprang auf und stieß Qualle beiseite. Er sagte: Bei aller Liebe, Qualle. Wollen wir uns am Ende noch gegenseitig fertigmachen? – Qualle wischte sich die Hände an der Hose ab und sagte: Sag das deinem Dämchen! Vor drei Tagen hätte ich sie dafür abgeknallt! – Clarissa sagte: Wer hat denn angefangen! Was geht dich mein Hintern an! Furzschnüffler! – Ich sagte: Clarissa! Hör jetzt auf! – Biber sagte: Genau! Halt endlich den Mund! Und du, Qualle, kümmer dich um deinen eigenen … deine eigenen Angelegenheiten. – Qualle setzte sich wieder hin. Ich sagte zu Biber: Was tun, wenn wir oben ankommen, und da ballern welche auf uns? – Biber setzte sich und sagte: Flach hinlegen. Die Lage peilen. Sprung auf, marschmarsch. – Ich sagte: Du mit Clarissa? – Biber schwieg. Er wirkte nachdenklich. Ich glaube, Biber war einfach erleichtert, daß ich das Thema gewechselt hatte. Er sagte zu Clarissa: Traust du dir das zu? – Clarissa sagte: Was soll ich denn *sonst* machen. Wenn ich's nich schaff, ergeb ich mich. – Qualle schien seine Fassung wiedergewonnen zu haben. Er sagte lediglich: Mit Herz und mit Hand. – Clarissa sagte: Fängst du schon wieder an? – Biber sagte: Das muß ich aber auch sagen, Qualle. –

Qualle sagte: Entschuldigt, aber ihr könnt mich alle mal am Arsch lecken. – Clarissa sagte: Das hättest du wohl gerne! – Ich sagte: Ich zerbrech mir den Kopf, und ihr denkt bloß an eure Scheiße. Wir müssen überlegen, wie wir zum Fluß kommen. – Zum Fluß, zum Fluß!: sagte Clarissa: Warum gehen wir nicht einfach raus und heben die Hände? Schluß, aus! – Biber sagte: Tu das. Ich hab mehr zu verlieren. – Er deutete auf seinen Geldkoffer. Clarissa griff instinktiv nach dem Geld in ihrer Hosentasche. Sie sagte zu Biber: Geld allein macht auch nicht glücklich. Wenn du Pech hast, knallen sie dich ab. Was hast du dann von dem Geld! Scheiß auf das Geld! Dann hast du immer noch dein Leben. – Ich mußte Clarissa recht geben. Ich sagte: Das ist nicht von der Hand zu weisen. – Biber sagte: Ich laß mich nich abknallen. Ich hab 'ne Kanone. Sogar zwei. – Qualle sagte: Damit kannst du dich zur Not selber kaltmachen. – Ich denk nich dran: sagte Biber. Qualle sagte: Aber ich! – Ich sagte: Und dein Geld? – Das schmeiß ich ins Wasser: sagte Qualle. Biber sagte: Nich so defätistisch, hätte Dogge gesagt. Ich hab noch was vor. – Clarissa sagte: Was hast du denn noch vor? – Biber sagte mit einem Seitenblick auf Qualle: Ich mach mich selbständig. Mach selber 'ne Firma auf. Ganz legal natürlich! Aber mit unseren ... mit meinen Erfahrungen! Dagegen sind die anderen reine Milchbubis. – Was soll das für 'ne Firma sein: sagte Clarissa. Biber sagte: Beratung, Kapitalanlage, Immobilien, Sicherheitstechnik. Oder Tief- und Hochbau. Ob ich Baracken für Stinker hinstelle oder 'ne tipptopp Bungalowsiedlung für stinkreiche Urlauber, das bleibt sich gleich. Nur das Material ist verschieden. Und die Architektur. – Ich sagte zu Biber: Fachleute werden immer gebraucht. – Biber sagte: Du hast es erfaßt. – Jungejunge!: sagte Clarissa. Auch ich war beeindruckt. Biber sagte: Das läuft! Vielleicht steig ich auch ins Vergnügungsgeschäft ein. – Hier lachte Biber. Er sagte: Nachtbars! – Qualle sagte gallig: Puffs! – Und du, Qualle?: sagte Biber: Was willst du predigen? Deine Sprüche sind veraltet. Du müßtest bißchen mit der Zeit gehen. Aber selbst dann. Wie willst du die Leute dazu zwingen, daß sie dir zuhören? Ohne Dogge und Co. – Qualle äußerte sich wieder unerwartet ordinär. Er sagte: Halt dein Maul, Biber. – Biber sagte: Das werd ich tun. Ich pfusch dir nich ins Handwerk. Aber komm mir nich angeschissen, wenn niemand deinen Sermon hören will. Ich hab keine Verwendung für dich. – Clarissa sagte: Vielleicht kann der Chef dich gebrauchen, Qualle. – Ich sah Clarissa warnend an. Biber rührte sich nicht. Wahrscheinlich fühlte Clarissa sich durch Bibers Zurückhaltung ermutigt. Sie sagte zu Qualle: Für'n Gottesdienst. Machst den Moralpisser für die Äbtissin. Und für den Chef den Kanzelscheißer. – Clarissa!: sagte ich vorsichtshalber. Aber Clarissa sagte: Engagierst 'n Meßdiener. Der kann dir zur Betstunde die Kerze anzünden. Und wenn du hübsch predigst, schickt der 'n Stoßgebet zum Himmel. – Ich sah nervös zu Biber hin. Biber grinste! Das mußte auch Qualle sehen. Zu meiner großen Überraschung sagte Qualle gar nichts. Ich nutzte die Gesprächspause, ich sagte: Und ich?! – Biber sagte: Du machst Pause. Leute wie du finden nach 'ner Weile wieder rein. – Ich sagte: Das sagst du so! – Ich hütete mich wohlweislich, meine Zukunftspläne zu offenbaren. Biber sagte: Die Welt will betrogen sein, müßte Qualle jetzt sagen. Nach ein, zwei Jährchen holst du deine Gedichte aus der Schublade und meldest dich zurück. Aus der Tiefe des reinigenden Schweigens oder so ähnlich. – Ich schwieg, weil Biber mir gefährlich nahe gekommen war. Clarissa sagte: Biber, mach doch wirklich 'ne Bar auf, wo ich tanzen könnte! – Warum nicht!: sagte Biber.

Clarissa hatte Mut gefaßt und sagte: Wer weiß eigentlich, wo der Chef und die Äbtissin abgeblieben sind. – Ich sagte: Und Kralle. – Qualle hob den Kopf. Er sagte: Diese Maulhure soll den Chef aus dem Spiel lassen! – Biber sagte: Clarissa! Geht das nicht in dein Hirn, daß wir darüber nicht reden? Weil es besser für uns ist, wenn wir nichts wissen? – Ach so: sagte Clarissa: Entschuldige. – Biber sagte: Für den Chef ist es natürlich auch besser, aber das ist zweitrangig. Jedenfalls aus *meiner* Sicht. –

Einen Tag vor unserem Einstieg in die Bar hatte Biber zu mir gesagt: Halt dich fest! Der Chef ist weg. Mit der Äbtissin. Und mit Kralle. – Ich hatte gesagt: «Weg!» Was heißt das. – Biber hatte gesagt: Das heißt getürmt. – Das glaube ich nicht: hatte ich gesagt. Dann ruf doch an!: hatte Biber gesagt: Seine Sekretärin leiert die ganze Zeit: Der Chef ist verreist – runter. – Und wann? hatte ich gesagt. Heute in aller Herrgottsfrühe, hat Qualle gesagt. Der ist wie vor den Kopf geschlagen: hatte Biber gesagt. Hat er dir gesagt, wohin der Chef gegangen ist?: hatte ich gesagt. Ja: hatte Biber gesagt: Aber das sag ich dir besser nicht. Ich sag's dir nicht. – Ich hatte gesagt: Das ist mir auch lieber. Was sagt Dogge? – Dogge?: hatte Biber gesagt: Dogge hat gesagt: Der Chef muß wissen, was das beste für uns ist. – Aber Dogge ist wütend. Er hat gesagt: Das hat der Chef jetzt davon. Alles stehen und liegen lassen. Aber ich hab schon lange gesagt: Chef, du läßt die Zügel schleifen. – Dogge behauptet, an der ganzen Misere ist der Chef schuld: hatte Biber gesagt. Wieso?: hatte ich gesagt. Dogge sagt, weil der Chef in letzter Zeit nicht mehr auf ihn gehört hat. Das heißt, gehört schon. Aber er hat nicht ernst genug genommen, was Dogge gesagt hat: hatte Biber gesagt. Stimmt das?: hatte ich gesagt. Biber hatte gesagt: Unter uns gesagt, die sind eben beide keine guten Jäger. Dogge noch weniger als der Chef. – Hör mal!: hatte ich gesagt: Die haben jahrelang fette Beute, prima Geschäfte gemacht. Dazu gehört einiges. – Jaa: hatte Biber gesagt: Aber du siehst ja. Der Laden ist pleite. Der Chef muß die Kurve kratzen, und Dogge verkriecht sich in die Ecke. Neenee. Einer in Dogges Job muß Sachen draufhaben, die Dogge nicht hat. Zum Beispiel Wendigkeit undsoweiter. Dogge ist doch bloß ein verbissener Killer. So einer müßte ein gesundes Temperament haben. Nicht nur blutunterlaufene Augen. Eine ... eine Spielernatur sein. Ausdauer gehört auch dazu. – Ich hatte gesagt: Die hat er. – Biber hatte gesagt: Der ist nur stur. Dogge ist brutal, aber Nerven hat er keine. Das siehst du schon daran, wie er mit Clarissa nich fertig wird. Oder jetzt. Der Mann ist doch kopflos, ohne den Chef. Das einzige, was er hat, und was er haben mußte, das ist sein ... sein ... Beutetrieb. Aber das reicht in unserem Geschäft nicht. Dogge ist ein Primitivling. Unmodern einfach. Genauso seine Leute. Ratte! Natter! Wenn ich denen ihre Fressen sehe, weiß ich schon alles. Die können sich doch in keiner anständigen Gesellschaft blicken lassen. Da heißt es gleich: Was sind denn *das* für Tiere. – Die kannst du meinetwegen in den feinsten Frack stecken, da sehen die immer noch aus wie gerade aus'm

Zoo entsprungen. Auf solche Typen ist letzten Endes auch kein Verlaß. Die fressen sich gegenseitig. Oder die rasen ins nächste Schlupfloch. Das sag ich dir. Oder nimm Wanze. Der stinkt auf 100 Meter Entfernung. Dem siehst du auf'n ersten Blick an, daß er ein schmieriger Krabbler ist. Der fällt einfach unangenehm auf. Das ist das Letzte, was so einem passieren darf, auffallen. Der einzige, der einigermaßen brauchbar ist, ist Aal. Der ist schnell, wendig, der arbeitet geräuschlos, der läßt nicht locker. Den fängst du nicht so leicht. Sieht auch sehr gut aus. Gepflegte Erscheinung, würde ich sagen. Der hat noch Chancen. – Ich hatte gesagt: Der Chef ... – Der Chef!: hatte Biber gesagt. Ich hatte gesagt: Der hat das doch alles gewußt und ... und jahrelang ... – Biber hatte gesagt: Blöde ist der Chef nicht, auf seine Art. Schon wie er heute abgeschwirrt ist, mit Kralle! Das hat was. Aber versetz dich in seine Lage. Der Chef, Dogge, Qualle, Ratte undsoweiter, die haben zusammen angefangen. Da spielen sich auf Dauer Sachen ab, aus denen kommst du nicht raus! – Ich hatte gesagt: Du gehörst auch dazu. – Ich!: hatte Biber gesagt: Erstens war ich immer der reine Techniker. Ich habe meine Sache gut gemacht! An mir kann's nicht liegen. Zweitens, ich habe den Kopf bis zuletzt oben behalten. Das siehst du ja. Die haben sich doch kaum Gedanken darüber gemacht, was schiefläuft. Und wenn! Sofort hat es geheißen: Jaja, dazu haben wir jetzt keine Zeit. – Dahinter hat natürlich ganz was anderes gesteckt. Bloß nicht dran rühren! Der Chef hätte eigentlich die Mannschaft auswechseln müssen. Wie im Fußball. Nach und nach bessere Spieler einkaufen. Dazu hatte der Chef keine Kraft! Hat einfach mit den alten Bolzern weitergespielt. Dazu gehört auch Qualle. Der mit seinem Gesülze ewig. Was hat denn der überhaupt gebracht? Geschäftlich gesehen ist Qualle die reine Nullnummer. Beten kann ich alleine. Aber was hat Qualle gearbeitet? – Ich hatte gesagt: Immerhin hat Qualle die Truppe geistig zusammengehalten. – Daß ich nicht lache!: hatte Biber gesagt: Entschuldige! Hat irgendeiner auf Qualle gehört? Der hat sich selber was gepredigt. Jaa, für den Chef war Qualle wichtig! Qualle hat ihm die Beichte abgenommen. Bei Qualle konnte sich der Chef ausweinen. Aber hat es was geholfen? Letzten Endes hat der Chef an Qualle gehangen, weil Qualle der einzige ist, der paar Semester studiert hat. Außer mir! Weil Qualle schöne Sprüche labern kann. Manchmal sogar lateinisch. Das hat dem Chef gefallen. Bildung! Weil der Chef nicht mal Rechtschreibung gelernt hat. Qualle ist ein Arschprediger, der gerne gut frißt. Das weiß Qualle selber. Deswegen hat er auch nie was auf'n Chef kommen lassen. Treue. Treue ist der beste Kitt für'n Futtertrog. Ich sage dir, Feder, der ganze Betrieb ist schon lange hoffnungslos veraltet. Es ist für mich überhaupt kein Wunder, daß der Pleitegeier lacht. Jetzt heißt es nur noch, aus den Resten das Beste machen. Wie der Chef! Bin neugierig, ob der sich zur Ruhe setzt oder noch mal anfängt. Vielleicht ist er kaputt. Wäre zu erwarten. Genug abgeräumt hat er ja, aus der Konkursmasse. Und Kralle hat noch diverse Konten im Kopf. Der muß bloß aufpassen, daß er nicht abfährt, sobald er seine Schuldigkeit getan hat. Du weißt ja: Wissen und schweigen. –

Ohne Rücksicht auf Qualles Anwesenheit sagte ich: In meiner früheren Redaktion gab es einen Mann, der vielleicht auch gerne für unser Blatt gearbeitet hätte. – Ja und?: sagte Biber. Ich sagte: Als ich hier Fuß gefaßt hatte, hab ich manchmal an den gedacht. Ich war nahe dran, den Mann anzuwerben. Ich hatte sogar schon Qualle gefragt, ob er was dagegen hätte.

Nein, hatte er nicht. Aber ich hab's dann doch gelassen. Aus heutiger Sicht sage ich mir, daß das ein Fehler war. – Aha: sagte Biber. Der Mann könnte mir heute nützlich sein: sagte ich: Er könnte bezeugen, daß meine Arbeit für unser ... euer Blatt eine harmlose Sache war. – Biber sagte: Mach dich nicht lächerlich. Es fehlt bloß noch, daß du sagst, du könntest das auch für ihn bezeugen. – Ich sagte: Andererseits bin ich froh,

daß ich ihn nicht angeworben habe. – Das will ich meinen: sagte Biber: Der könnte ebensogut behaupten, daß deine Arbeit für unser Blatt eine Riesensauerei war, vom journalistischen Standpunkt aus betrachtet. – Ja: sagte ich. Qualle sagte: Du kannst den Schwanz einziehen wie du willst. Du steckst mit drin. Harmlose Sache! Wenn ich bedenke, daß wir uns einig waren! Wie ich dir gepredigt habe: Die Leute müssen glauben, daß unsere Interessen ihre eigenen Interessen sind! –, und du gesagt hast: Exakt! So machen wir es! Das muß unsere Zeitung leisten! – Alles Fassade. Du warst ein falscher Hund, sonst würdest du heute anders reden. – Darauf wußte ich nichts zu sagen. Qualle sagte: Wenn ich dich höre, Feder, und dich, Biber, dann könnte ich mir bloß deswegen eine Kugel in den Kopf schießen. Unsere Sache mußte ja scheitern mit solchen Leuten wie ihr welche seid. – Biber sagte: Tu dir keinen Zwang an. Red weiter. – Qualle sagte: Du mit deinem ... deinem Zynismus bist der Tod für jedes Geschäft. Weil du keine innere Beziehung zur Sache hast. Du machst deine Arbeit für ... egal, für wen. Wenn etwas danebengeht, springst du ab. Von dir, Feder, will ich gar nicht mehr reden. Du bist einfach ein mieser Lohnschreiber. – Biber sagte: Du hast doch fürs Geschäft überhaupt nix getan, Qualle. Nur rumgeschleimt hast du. Immer 'n Scheißspruch auf Lager und sich den Wanst vollschlagen auf anderer Leute Kosten!

Im Höchstfall Schmiere stehen! Und so was quatscht mich voll von wegen innere Beziehung und Vertrauen. Du bist doch der ... der Prototyp eines Parasiten! Jawoll! Sitzt den Leuten im Pelz und säuselst denen deine Scheiße in die Ohren. Daß sie sich anstrengen sollen. Damit du Blut saugen kannst. Soll ich dir sagen, was dir zusteht? Nullkommanichts! Wieso hast du dir die Kohle von Dogge untern Nagel gerissen? Weil ich es zugelassen habe. – Qualle sagte: Auf deine ungeheuerlichen Anwürfe brauche ich nicht zu antworten. Das wäre unter meiner Würde. Aber das eine will ich dir sagen. Ich habe an unser Geschäft geglaubt, und ich glaube noch heute daran. Daß es eine so tragische Wendung genommen hat, das tut mir weh. Aber deswegen kann ich meine Arbeit nicht abstreifen wie ein schmutziges Hemd. Sie ist ein Teil von meinem Leben. – Biber sagte erst einmal nichts. Auch ich schwieg. Ich dachte: Sollen die beiden miteinander abrechnen. – Biber stand auf und sagte: Mein lieber Qualle! Auf deine sogenannte Arbeit ist geschissen! Wenn dein Leben 'n Stück Dreckwäsche ist, deine Sache. Daß du aber abzischen willst, und das noch mit'm Koffer voll Kies, das paßt nicht zu deinem Gesülze. Also stell den Koffer auf'n Tisch und verschwinde zu Dogge. –

Bibers Vorwürfe gegen Qualle riefen mir eine Begebenheit in Erinnerung, die ich verdrängt hatte. Die Geschichte hatte sich nach meinem Besuch im Zellenkeller zugetragen. Ich mußte noch unter dem Eindruck der Verhöre gestanden haben, die Dogge veranstaltete.

Mir war ein Brief zugeleitet worden, den Dogge garantiert vor mir in die Hände bekommen hatte. Der Brief war an mich persönlich gerichtet, aber bereits geöffnet gewesen, eine eindeutige Warnung.

Irgendeine Madame von sonstwoher, von der ich noch nie etwas gehört hatte, war mit einer sogenannten Bitte um Hilfe an mich herangetreten. Sie hatte groß und breit von einem Kerl berichtet, der von ihr als mein junger Kollege bezeichnet worden war. Als ein Dichter! Na Mahlzeit!: hatte ich gedacht: Wenn dieser Mensch ein Dichter sein soll, müßte ich ja zumindest seinen Namen schon mal gehört oder gelesen haben. – Das Schönste war aber noch gekommen. Der unbekannte Dichter wäre von Dogges Leuten zusammengeschlagen und verschleppt worden. «Physisch angegriffen und entführt» hatte die Tante vorsichtshalber geschrieben. Sie hätte erfahren, daß ihr «Dichter» todkrank wäre. Sie bäte mich darum, für diesen Mann ein gutes Wort bei Dogge einzulegen. Ich hätte doch Einfluß! Ich hatte mir sofort gesagt: Ich setze mich bei Dogge nicht in die Nesseln wegen irgendeines Kriminellen, der sich vor lauter Angst als Geistesgröße ausgibt. – Ehrlich gesagt, ich wäre Dogge auch dann nicht angegangen, wenn ich den Mann gekannt hätte. Ich wäre doch in Teufels Küche geraten. Aber ich hatte unter der Hand Biber gefragt, ob er etwas von der Angelegenheit wüßte. Zwei Tage später war ich in einer anderen Sache bei Biber gewesen, und Biber hatte gesagt: Übrigens, dieser Dichter, angebliche, das stimmt. Den hat Dogge sich gegriffen. Sieht nicht gut aus. – Ich hatte im Gefolge dessen an die Madame nach sonstwohin geschrieben, ich dächte nicht daran, in der betreffenden Angelegenheit tätig zu werden. Und: Ein jeder kehre vor seiner Tür! – Mir war bewußt gewesen, daß dieses Sprichwort eine deplazierte, wenn nicht gar zynische Schlußformel darstellte. Aber ich hatte es treffend und zugleich witzig gefunden. Einige Zeit darauf hatte Biber gelegentlich gesagt: Der unbekannte Dichter ist den Verletzungen erlegen, die er sich bei einem Unfall zugezogen hatte. – Ich hatte gesagt: Wie will Dogge das erklären? – Biber hatte gesagt: Unbekannt verzogen heißt die Formel. –

Jetzt tat mir meine Antwort leid. Ich mußte denken: Diese Dame Tralala hat meinen Antwortbrief bestimmt aufbewahrt. Sie kann ihn jederzeit aus der Tasche ziehen und meine Glaubwürdigkeit als Partisan der Wahrheit erschüttern! – Ich hätte ihr gar nicht antworten müssen! Was für ein kurzsichtiger Esel war ich gewesen. Damals mußte ich geglaubt haben, meine Arbeit für diese Leute würde ewig dauern. Ich dachte: Die einzige Möglichkeit mich vor unliebsamen Anwürfen zu schützen, ist die Beteuerung, mein Antwortbrief sei Teil meiner Legende gewesen. Er hätte zwangsläufig ablehnend ausfallen müssen, damit meine wahre Absicht – von innen heraus gegen diese Leute zu kämpfen – nicht aufgedeckt werden konnte. –

Qualle griff nach seinem Geldkoffer und sagte: Ich lasse mich von dir nicht provozieren. Du kannst viel sagen. Aber ich weiß, daß du nichts zu sagen hast. Du willst doch bloß meinen berechtigten Anteil an unserem ... meine Anteile an unserer Sache leugnen. Du willst dir meine Verdienste anrechnen! Das widerspräche der Geschichte. Das gestatte ich nicht. – Qualle machte sich steif und rührte sich nicht von seinem Stuhl. Ich fürchtete eine in letzter Minute ausbrechende Gewalttätigkeit, deren Ausgang ungewiß sein mußte. Was, wenn Biber unterlag? Immerhin war Qualle bewaffnet! Wie kommen wir ohne Biber aus dem Bunker?: dachte ich: Nur er kennt den Mechanismus des Ausgangs Zwo. – Ich sagte: Biber, tu mir einen Gefallen und beruhige dich! – Clarissa war auch ängstlich. Sie sagte: Ich halt's nich aus! – Gottlob ließ Biber von Qualle ab und setzte sich wieder. Er sagte zu Clarissa: Wenn mir dieser Sülzkopp noch mal dämlich kommt, vergeß ich mich! – Qualle war klug genug, den Mund zu halten. Er ließ seinen Koffer los und entspannte sich.

Als Biber einen Tag vor unserem Einstieg in die Bar gesagt hatte: Der Chef ist weg! –, da war mir durch den Kopf gegangen, daß ich recht viel über den Chef wußte. Mir war in diesem Augenblick auch das Äußere des Chefs vor Augen gekommen. Seine geringe Körpergröße im Verhältnis zu seiner kräftigen Statur. Sein glattes Gesicht. Seine dünnen Lippen. Die kleinen beweglichen Augen. Der schmalkrempige helle Hut. Mir war eingefallen, daß sich der Chef immer gerne hatte fotografieren lassen, aber nur von der linken Seite. Wie er mit seiner hohen, fast quäkenden Stimme manchmal gesagt hatte: Ich als Geschäftsmann! – Daß er keine Gangsterfilme gemocht hatte. Das verdirbt die Arbeiter!: hatte er gesagt. Wie er einmal gesagt hatte: Einen Bürgermeister, einen Polizeipräsidenten, einen Richter kann man kaufen wie Kartoffeln, nach Gewicht! – Biber hatte gesagt: Ich glaube, der Chef hat den falschen Stil gepflegt. Seine Art, den Napoleon zu spielen. Seine Vorliebe für Show. Seine dumme Schläue. Der Chef ist immer der kleine Rausschmeißer geblieben. Statt die Leute einzuwickeln immer: Die Welt gehört mir! – Einfach unzeitgemäß. –

Eine Zeitlang hatte ich insgeheim die Absicht gehegt, eine Biographie des Chefs zu schreiben. Der kleine Mann von der Straße, ein Mann des Volkes, steigt zum Herrscher über ein ganzes Firmenimperium auf. Ich war mir irgendwann bewußt geworden, daß ich den Chef trotz – oder wegen? – seiner brutalen Art bewunderte. Es hatte mir sogar gefallen, unter seiner Führung einen Platz gefunden zu haben. Er hatte es zu etwas gebracht. Er hatte aus seinem Leben etwas gemacht. Daß er dabei nicht ohne Härte hatte bleiben können, war mir plausibel erschienen. Anders gesagt, ich hatte ihn abgelehnt *und* gemocht. Mir gegenüber hatte er sich immer gewogen gezeigt. Warum hätte ich ihm meine Dankbarkeit nicht erweisen sollen! Eine Biographie des Chefs hätte zudem meine Position gegenüber Qualle, Dogge etc. gestärkt.

Die Schwierigkeit eines solchen biographischen Vorhabens hatte ich mir allerdings nicht verhohlen. Es wäre zum Beispiel nötig gewesen, eine einleuchtende Erklärung dafür zu finden, daß der Chef nie etwas Richtiges gelernt hatte: Die soziale Situation in seiner Jugend hätte eine geregelte Ausbildung nicht erlaubt. Seine Tätigkeit als Rausschmeißer in zwielichtigen Hafenkneipen und in Bordellen wäre entsagungsvolle Arbeit als Nachtportier gewesen, deren Entlohnung gerade zu einem Dasein am Rande des Existenzminimums gereicht hätte. Den Bankraub hätte ich regelrecht als revolutionären Akt beschreiben müssen: Er nahm von den Reichen und gab es den Armen! Die Zuchthausstrafe wäre als Rache einer mißliebigen Justiz zu verstehen gewesen. Die Zeit der Abgeschiedenheit in der Haft hätte dem Chef seine Bestimmung als Geschäftsmann finden helfen. Daß der Chef in jungen Jahren gerne zu Preisboxveranstaltungen gegangen und sogar selber als Preisboxer aufgetreten war, hätte leicht als Vorliebe für eine gesunde sportliche Lebensweise gedeutet werden können, deren er sich auch später befleißigt hatte, zum Beispiel auf dem Gebiet des Auto-Rennsports, womit die Verfolgungsjagden zu interpretieren gewesen wären, oder des Schießsports, wodurch die Schießereien mit der Polizei eine Erklärung gefunden hätten. Seine Sorge um die alten Kumpane hätte jedermann als Ausdruck der Solidarität mit den unterprivilegierten Bevölkerungsschichten nahegebracht werden können. Die Primitivität und Skrupellosigkeit des Chefs hätte ich als Kennzeichen brillanter Persönlichkeitsstärke verstanden. Die Neigung des Chefs zu Schunkelliedern, Pornofilmen und Striptease wäre genauso als beredtes Merkmal eines kunstsinnigen Verstandes deutbar gewesen wie seine große Liebe zu Blumen, die er stets in größeren Mengen zu den Beerdigungen seiner Opfer hatte schicken lassen. Schließlich die Syphilis, an der er lange herumlaboriert hatte, hätte als Mangelkrankheit infolge eines entbehrungsreichen Lebens erscheinen müssen. Daß der Chef es geliebt hatte, in bescheidenem Luxus zu leben, wäre angesichts seiner schweren Anfänge und aufgrund seiner hohen Leistungen nur billig und allzu verständlich erschienen.

Aber hätte ich für die Chef-Biographie alle notwendigen Daten und Details ermitteln dürfen? Wäre mir der Zugang zu Polizeiakten etc. gewährt worden? Wie stark hätte schließlich der Chef in das Manuskript einzugreifen gewünscht?

Nach Bibers Mitteilung: Der Chef ist getürmt! – hatte ich meine Absicht, eine Biographie des Chefs zu schreiben, endgültig aufgegeben. Ich hatte sofort gedacht: Zu spät! Jetzt verbietet sich jeder Gedanke an ein derartiges Vorhaben. Womöglich schickt mir der Chef aus der Ferne eine seiner Ratten auf den Hals, wenn ich mein – allerdings dürftiges – Wissen nicht verschweige. –

In diese gespannte Ruhe hinein sagte ich ungewollt: Erst jetzt wird mir klar, daß ich nie ernsthaft bedacht habe, es könnte einmal zu Ende sein mit unserer Sache. – Das entsprach zwar nicht der Wahrheit, aber in diesem Moment glaubte ich das. Clarissa sagte: Ich hab bloß darüber nachgedacht, daß es mit Dogge und mir aus is. – Biber sagte: Ich habe schon lange gesehen, daß der Laden schiefläuft. Aber *wie* die Kiste abschmiert, das habe ich mir nie vorgestellt. –

Im selben Augenblick hörten wir in der Bar Stimmen. Clarissa sagte: Dogge und Natter sind das nich! – Biber fuhr hoch und riß die Tür zur Bar auf. Qualle, Clarissa und ich reckten die Köpfe. In der Bar standen mindestens zehn Leute, die sich der Tür unseres Mannschaftsraums zuwandten. Wir starrten sie an, und sie starrten uns an. Drei, vier Leute hatten Stablampen in der Hand. Sie richteten die Lampen auf Biber, auf mich, auf Qualle, auf Clarissa, obwohl es in der Bar und in unserem Raum hell genug war. Vier, fünf Leute hielten Maschinenpistolen im Anschlag, direkt auf uns gerichtet.

Biber stand zwischen Tür und Angel wie eine Salzsäule. Qualle, Clarissa und ich saßen wie behämmert am Tisch.

Plötzlich war einer mit MPi nach vorn getreten und hatte gesagt: Pfoten hoch! –

Ich habe meine Hände hochgenommen und bin aufgestanden. Biber hat die Hände gehoben und ist wie angewurzelt stehengeblieben. Qualle und Clarissa sind aufgestanden und haben die Hände erhoben.

Ich habe nur: Scheißescheißescheiße!: gedacht. Gleichzeitig bin ich erleichtert gewesen. Endlich vorbei!: habe ich gedacht.

Ein anderer hat Biber abgetastet und hat ihm die zwei Pistolen abgenommen, seine eigene Pistole und Dogges Pistole. Derselbe Kerl hat Qualle abgetastet und dessen Pistole an sich genommen. Schließlich ist der Kerl zu mir gekommen, ein baumlanger Kerl. Er hat mich abgetastet und nichts gefunden. Biber und Qualle haben mich blöde angeglotzt, vielleicht aber auch bewundernd. Ich bin herzlich erleichtert gewesen, daß ich meine Pistole und die Pistole des Barkeepers in der Toilette abgelegt hatte. Mit Clarissa hat sich keiner abgegeben. Es war auf einen Blick zu sehen, daß sie in ihrer engen Hose und in ihrem engen Pullover keine Schußwaffe haben konnte. Ach so, der Kerl, der die Pistolen eingesammelt hatte, war bei Qualle noch extra fündig geworden. Er hatte den großen Schlüsselbund von Dogge kassiert.

Ein dritter ist an unseren Tisch getreten und hat sich die Geldköfferchen von Biber und Qualle gegriffen. Er hat sie vor aller Augen aufschnappen lassen und hat gesagt: Sieh mal einer an! – Das schöne Geld war damit futsch. Nur Clarissa hat ihren Anteil behalten, den hatte sie hübsch in der Hosentasche.

Der Anführer hat seine MPi sinken lassen und hat gesagt: Hände auf den Rücken. Und einzeln zu mir, die Herrschaften. – Wir sind nacheinander in die Bar spaziert. Als erster Biber, dann ich, Qualle, zuletzt Clarissa. Die anderen haben ihre MPis sinken lassen und haben uns umringt.

Jetzt erst habe ich gesehen, daß einige von den Kerlen uniformiert waren. Städtische Polizei! Leute von unserem Polizeipräsidenten waren das! Dieser Hundesohn, der vom Chef gelebt hatte, war zur anderen Seite übergelaufen!

Als die noch um uns herumstanden, habe ich jemanden sagen hören: Hier liegt Dogge! Da liegt Natter! – Ich habe mich gefragt, woher die unsere Spitznamen kannten.

Der Anführer ist mit zwei, drei anderen zu Dogge und Natter gegangen und hat gesagt: Durchsuchen! Die Fesseln abnehmen! Krankenwagen! –

Wir standen und standen, und die anderen standen um uns herum. Sie haben uns angestaunt, als wären wir gefesselte Raubtiere gewesen. Wir waren aber gar nicht gefesselt. Ich habe schließlich den Mut aufgebracht, Biber, Qualle und

Clarissa anzusehen. Biber hatte sich gefangen. Er hat mir in die Augen gesehen und hat fast unmerklich gegrinst. Ich kenne das bei ihm. Qualle hat stolz den Kopf gereckt und verächtlich die Mundwinkel heruntergezogen. Clarissa hat unschuldig gelächelt. Ich hätte ihr am liebsten in den kleinen Arsch getreten.

Inzwischen sind Kerle mit Krankentragen in die Bar gekommen. Sie haben die Tragen abgesetzt und geschnauft.
Zuerst haben sie Natter auf eine Trage gelegt. Natter hat gewimmert. Dann haben sie Dogge, das fette Schwein, aufgeladen. Dogge hat schwer geächzt. Den Barkeeper und den Koch haben sie schließlich auch auf Tragen hinausgeschleppt. Wahrscheinlich waren denen die Füße abgestorben. Jemand von den anderen hat gesagt: Die haben sich gegenseitig aufgefressen. –

Im ersten Schreck hatte ich befürchtet, die anderen würden uns zusammenschlagen, ausgenommen Clarissa vielleicht, oder uns gar abknallen. Aber nein. Wir standen, die Hände auf dem Rücken, da und konnten uns beruhigen. Es ist der Donnerstag gewesen, unser Schwarzer Donnerstag, am frühen Morgen. Schon in diesen Minuten habe ich mich von den anderen, die uns bloß anglotzten, gekränkt gefühlt. Die tun uns gar nichts!: habe ich gedacht: Wir sind für die überhaupt nicht wichtig. Die nehmen uns nicht für voll. Die sind so sicher, die haben keine Angst vor uns. – Clarissa mußte das auch gefühlt haben. Clarissa hat gleich etwas daraus gemacht, sie hat plötzlich zu einem der Umstehenden ziemlich arrogant gesagt: Ich habe Durst. Kann ich 'n Glas Wasser haben? – Es hat zunächst keiner darauf reagiert. Schließlich hat einer gesagt: Da müssen Sie sich noch 'n Weilchen gedulden. –

Dogge, Natter, der Barkeeper und der Koch waren endlich abtransportiert. Der Anführer ist zu uns gekommen und hat gesagt: Ab ins Präsidium! – Wir sind aus dem Bunker geführt und in ein Polizei-Auto gesetzt worden. Zwischen Qualle und mir hat einer mit 'ner MPi gesessen, zwischen Biber und Clarissa auch. Ich habe in der Wanne gegenüber von Clarissa gehockt. Wir haben natürlich alle vier nicht mit den Händen auf dem Rücken sitzen können. Unsere Bewacher waren es zufrieden, daß wir die Hände in den Schoß gelegt haben. Clarissa hat ständig an ihrem Ehering gezerrt. Ist das Nervosität gewesen oder hat sie den Ring abziehen wollen. Abgezogen hat sie den Ring schließlich nicht. Vielleicht ist er nicht abgegangen. Qualles Gesicht habe ich nicht sehen können. Aber schräg gegenüber das Gesicht von Biber habe ich gesehen. Biber hat mir mit einem unauffälligen Kopfschütteln zu verstehen gegeben, daß er nichts mit mir zu tun haben wollte. Ich habe das als Vorsichtsmaßnahme gedeutet: Wir schweigen, wenn einer über den anderen ausgefragt wird. –

Im Polizeipräsidium hat es geheißen: Ihre Personalien! – Anschließend sind wir nacheinander gefragt worden: Haben Sie noch Dinge bei sich, die Ihnen nicht persönlich gehören? – Biber hat in seiner Jacke herumgekramt und zwei Schlüssel auf den Tisch gelegt. Was sind das für Schlüssel?: hat ein Polizist gesagt. Biber hat gesagt: Das hier ist der Schlüssel zur Waffenkammer in der Bar ... äh ... im Bunker. Und der hier ist für den zweiten Bunkerausgang. – Aha: hat der Polizist gesagt. Ich hatte nichts abzuliefern. Clarissa hat verschwiegen, daß sie ihren Anteil aus Bibers Geldkoffer in der Hosentasche hatte. Keiner von diesen Polizisten hat verlangt, daß wir unsere Hosen- und Jackentaschen umkrempeln. Wie gesagt, die haben uns nicht wichtig genommen, jedenfalls vorläufig nicht. Daß auch Dogge Schlüssel für die Waffenkammer und für den Ausgang Zwo bei sich hatte, haben die im Krankenhaus bestimmt mitgekriegt.

Im Polizeipräsidium habe ich mich immer wieder gefragt, woher die anderen gewußt haben konnten, daß es die Bar, also den Bunker, gab und wer ihnen verraten haben konnte, wo der Bunkereingang liegt. Die mußten ja auch den Schlüssel und den Code für den Bunkereingang gehabt haben. Ich habe auf Ratte getippt.

Auf das, was jetzt folgte, bin ich überhaupt nicht vorbereitet gewesen. Dieser Anführer ist hereingekommen und hat zu dem Polizisten, der unsere Personalien notiert hatte, gesagt: Fertig? – Ja: hat der Polizist gesagt. Der Anführer hat sich vor uns aufgepflanzt und hat gesagt: Sie können gehen. Sie melden sich morgen um 10 Uhr in diesem Zimmer. Noch eins. Sie dürfen die Stadt nicht verlassen. – Das ist alles gewesen! Ich habe Biber angesehen, Biber hat Clarissa angesehen, Qualle hat mich angesehen. Wir sind wie bekloppt stehengeblieben. Immerhin hatten wir schließlich irgendwie die Verletzungen von Dogge und Natter auf dem Konto. Und die Fesselung des Barkeepers und des Kochs. Der Anführer hat noch einmal gesagt: Sie können gehen! – Als erster hat Biber sich in Bewegung gesetzt. Nach ihm Clarissa. Nach Clarissa ich. Nach mir Qualle. Wir sind langsam zur Tür gegangen und raus. Ich habe bis zuletzt gedacht: Jetzt knallen die uns ab, in den Rücken. –

Auf der Straße sind wir stehengeblieben. Ich habe mir eine Zigarette angesteckt. Clarissa hat hysterisch gelacht. Sie hat gar nicht aufhören können. Biber hat gesagt: Jetzt halt die Luft an! – Qualle hat gesagt: Der Könige Herz ist unerforschlich. – Ich habe gesagt: Die müssen doch blöde sein. – Biber hat gesagt: Denk bloß nicht, daß das schon alles war. – Damit sollte er zwar recht behalten. Aber im Moment sind wir frei gewesen.

Ich habe gesagt: Wohin soll ich jetzt gehen. – Ja, wohin: hat Clarissa gesagt. Qualle hat gesagt: Na, nicht in dein trautes Heim von Dogge! – Biber hat wieder als erster Bescheid gewußt. Er hat gesagt: Clarissa, du hast doch Geld von mir.

Wir gehen ins nächste Hotel, fürs erste. – Mein schönes Geld: hat Clarissa gesagt: Aber meinetwegen. Eine Hand wäscht die andere. –

Auf dem Weg zum Hotel hat Qualle von sich geredet. Wenn Clarissa die Güte besitzt, aus ihren Mitteln, die sie uns verdankt, einen kurzen Hotelaufenthalt für uns zu finanzieren, dann verlange ich wohl nicht zuviel, ein Einzelzimmer für mich zu beanspruchen: hat er gesagt. In dieser Situation einen solchen Satz zu hören, hat mich besser über Qualle belehrt als jede andere Scheiße aus seinem Mund. Ich habe fassungslos zu Biber geblickt. Biber hat geschwiegen. Aber Clarissa ist die passende Antwort eingefallen. Wir sind gerade dem Tod von der Schippe gehopst, und du ... und du ... hast du etwa gedacht, ich will mit dir ins Doppelbett, Qualle?: hat sie gesagt. Qualle hat gesagt: Das hätte mir ferngelegen. Ich muß ... ich will nach allem, was uns widerfahren ist, zu mir selbst kommen. – Biber hat gesagt: Qualle, ich habe dich unterschätzt. Du wirst bestimmt deinen Weg machen, unter den neuen Bedingungen. –

Bis zum Hotel ist es nicht weit gewesen. Wir haben 4 Einzelzimmer genommen, und als wir die Schlüssel in der Hand hatten, habe ich gesagt: Ich mache mich bißchen frisch, und dann komme ich zum Frühstück. – Biber hat gesagt: Gute Idee das. Was meinst du, Clarissa? – Clarissa hat gesagt: Ich komme. – Auf Qualle sind wir nicht erpicht gewesen. Qualle hat gesagt: Ich lasse mir das Frühstück aufs Zimmer bringen, auch wegen der Leute. – Da tust du gut daran: hat Biber gesagt: Du bist der einzige, den die Leute kennen, und ob sie dich ausgerechnet beim Frühstück sehen wollen, das ist doch sehr zweifelhaft. – Clarissa hat gesagt: Mich kennen die Leute auch! – Ich habe gesagt: Aber bei dir kommt den Leuten das Frühstück nicht gleich wieder hoch. – Qualle ist wortlos zum Lift gegangen. Wir haben ihn allein Lift fahren lassen.

In meinem Zimmer habe ich zuallererst einen Whisky aus der Minibar genommen. Ich habe das gebraucht. ALBATROS heißt das Hotel. Ich habe bei meinem Whisky gedacht: Dann wollen wir mal die Schwingen ausbreiten. – Mir ist natürlich tausenderlei durch den Kopf gegangen. Zum Beispiel: Wo ist Ratte geblieben? Wo ist Wanze? Wo steckt Aal? – An Viktor habe ich nicht gedacht. Soweit bin ich noch nicht gewesen. Aber: Was werden Dogge und Natter aussagen? – Ich bin heilfroh gewesen, daß ich mich an Dogges und Natters Folterung nicht beteiligt hatte. Letzten Endes: habe ich gedacht: ist es den anderen wahrscheinlich egal, wer Dogge und Natter zugerichtet hat. Aber andererseits ... man weiß es nicht. Die anderen beherzigen andere Prinzipien. Körperverletzung ist Körperverletzung. Und der Barkeeper? Und der Koch? Freiheitsberaubung ist Freiheitsberaubung, auch wenn *ein* Ganove den *anderen* Ganoven zusammenschnürt. – Sogar an meine Frau ... Ex-Frau habe ich denken müssen. Ob sie nützlich für mich sein könnte. Diesen Gedanken habe ich gleich wieder verworfen. So bin ich automatisch auf mein Haus und auf mein Auto gekommen. Jawohl, *mein* Haus, *mein* Auto. Schließlich hatte ich beides auf Heller und Pfennig abgezahlt, wenn auch zu besonders günstigen Konditionen. Eigentum ist Eigentum. Das gehört auch zu den Prinzipien der anderen, das persönliche Eigentum.

Meine Klamotten haben nicht gerade salonfähig ausgesehen, nach den Tagen im Bunker. Rasierzeug habe ich auch nicht gehabt. Ich habe so unrasiert ausgesehen, daß es schon bald wieder chic aussah. Ich habe geduscht, und weil ich wieder frisch gewesen bin, hat mein Anzug nicht mehr so heruntergekommen ausgesehen. Nur mein Oberhemd ist mir immer noch schmutzig vorgekommen.

Im Frühstückssalon hat sich keine Nase nach uns umgedreht. Clarissa hat gesagt: Wie schnell man vergessen wird! Schließlich habe ich für die Leute gesungen. – Ich habe gesagt: Für *die* Leute bestimmt nicht. – Biber hat die neueste Zeitung in der Hand gehabt. Steht noch nix drin: hat er gesagt. Is ja auch eben erst passiert: hat Clarissa gesagt. Ich habe gleich gesehen, daß Biber die Zeitung erwischt hatte, bei der ich früher gewesen war. Jetzt habe ich an Viktor denken müssen. Kaffee oder Tee?: hat die Kellnerin gesagt. Wir haben alle Kaffee bestellt. Clarissa ist zum Büfett gestakst. Ich hinterher. Biber hat weiter in der Zeitung geblättert. Am Büfett hat Clarissa gesagt: Endlich wieder was Anständiges zu beißen. Der Bunkerfraß hat ausgedient. – Ich habe grinsen müssen. Clarissa hat gesagt: Soll ich dir mal was sagen, Feder? Ich bin froh, daß alles so gekommen is. Ich bin Dogge los. Ich bin endlich wieder frei. – Schließlich ist auch Biber zum Büfett gekommen.

Am Tisch habe ich zu Clarissa gesagt: Was wirst du jetzt tun? – Clarissa hat gesagt: Als erstes gehe ich zu meinen Leuten von der Tanztruppe. Vielleicht kann ich vorübergehend bei einer alten Kollegin wohnen. – Biber hat gesagt: Da wäre ich nicht so sicher. – Und du?: habe ich zu Biber gesagt. Ich?:

hat Biber gesagt: Du wirst lachen, aber ich sehe nach meinem Haus und nach meinem Auto. – Ich habe gesagt: Daran habe ich auch gedacht. Wir können ja zusammen rausfahren. Nehmen wir uns ein Taxi. – Biber hat gesagt: Da muß Clarissa erst 'n bißchen Kohle eintauschen an der Rezeption. Wir können das Taxi nicht mit Devisen bezahlen, mit Clarissas Devisen. – Clarissa hat entgegen meiner Erwartung: In Ordnung: gesagt. Gleich danach aber hat sie gesagt: Ich gebe euch was fürs Taxi, und ich bezahle für alle das Hotel. Aber dann ist Schluß. Ich muß auch an mich denken. Qualle kriegt kein Taschengeld von mir. Der kann froh sein, wenn ich für ihn das Hotel bezahle. Soll er sehen, wie er weiterkommt. – Das ist korrekt: hat Biber gesagt: Der hat zu Hause genug Geld herumliegen. Ich übrigens auch. – Ich habe gesagt: Wenn die uns in unsere Häuser lassen. Geld habe ich in meinem Safe. – Biber hat zu Clarissa gesagt: Deine Auslagen kriegst du zurück. – Von mir auch: habe ich gesagt. Clarissa hat gesagt: Ich bitte darum. Auch Qualle. –

Clarissa ist zur Rezeption gegangen, hat Geld umgetauscht und hat Biber und mir paar Scheine in die Hand gedrückt.

Alsdann: hat Biber zu mir gesagt: Machen wir uns auf die Socken. –

Vor dem Hotel haben Taxis gestanden, und wir sind zusammen losgefahren. Erst mal zu dir: hat Biber gesagt: Du fällst am wenigsten auf. –

Mein Haus ist unbewacht gewesen. Ich habe die Haustür aufgeschlossen, und Biber ist mit ins Haus gekommen. Alles unverändert. Na also: hat Biber gesagt: Wer sagt's denn. – Ich habe gesagt: Ruf vorsichtshalber bei dir an. – Das hat er getan. Es hat sich niemand gemeldet. Biber hat gesagt: Ich gehe den Rest zu Fuß. – Warte!: habe ich gesagt: Ich komme mit raus, nach meinem Auto sehen. – Ich habe die Garage aufgeschlossen, mein Auto hat dagestanden. Ich habe zu Biber gesagt: Wo leben wir denn! – Biber hat gesagt: Was Recht ist, muß Recht bleiben. – Ich habe gesagt: Ich traue dem Frieden nicht. Die anderen hatten noch keine Zeit, sich um unsere Privatangelegenheiten zu kümmern. –

Biber ist losmarschiert. Wenn alles o. k. ist, rufe ich dich an:

hat er gesagt: Wenn nicht, komme ich zurück. – Eine halbe Stunde später hat er angerufen: Wir sollten uns aber doch prophylaktisch nach 'ner anderen Bleibe umsehen. Man weiß nie. –

Ich habe sofort frische Wäsche, ein frisches Hemd und einen sauberen Anzug angezogen. Dann habe ich das Geld, das ich im Safe hatte, eingesteckt. Drittens habe ich zwei Koffer vollgepackt mit Klamotten, Schuhen etc. und mit meinen Papieren. Die Koffer habe ich in meinem Auto deponiert. Erst dann habe ich mir Ruhe gegönnt an diesem Donnerstag. Ich habe mich im Wohnzimmer in meinen Lieblingssessel gesetzt und eine Zigarette geraucht. Dabei mußte ich an den Barkeeper denken, weil ich ja seine Zigaretten und sein Feuerzeug bei mir hatte. Aber hauptsächlich habe ich über mich nachgedacht: Wo kann ich unterschlüpfen, wenn ich aus dem Haus rausmuß? Ob sie mir wenigstens mein Auto lassen? Wie lange reicht mein Geld? Womit kann ich Geld verdienen? Kann ich wieder bei einer richtigen Zeitung arbeiten? Bei welcher? Lebt Viktor noch? Wenn ja, wo? Soll ich nicht doch bei meiner Ex-Frau anrufen? Oder soll ich mich an Clarissa halten? Kann Clarissa mir schaden? Darf ich irgendwie Verbindung zu Ratte oder zu Wanze oder zu Aal aufnehmen? Wie? Halte ich Kontakt zu Qualle oder besser nicht? Tue ich mich mit Biber zusammen? Ja! Biber weiß, wo der Chef ist und wo Kralle ist.

Die Äbtissin hat mich eigentlich gemocht. Zumindest hat sie mich nicht abgelehnt. Wohin haben sich alle die Gorillas verkrochen? Wie lange bleiben der Barkeeper und der Koch im Krankenhaus? Wie lange bleiben Dogge und Natter im Krankenhaus? Sind Dogge und Natter im Knastkrankenhaus? Hoffentlich! Können mir der Barkeeper und der Koch gefährlich werden? Eigentlich nicht. Ich habe ihnen nichts getan. Können mir Dogge und Natter gefährlich werden? Ja!, obwohl ich ihnen nichts getan habe. Für sie bin ich ein Verräter an der Seite von Biber und Qualle. Dogge kann aus dem Knast Leute auf mich hetzen, seine untergetauchten Gorillas. Aber diese Gefahr besteht vor allem für Biber und Qualle. Was hat Biber für Pläne? Einfach fragen. Ob er eine Firma aufmacht? Oder einen Nachtclub? Ob ich eventuell in seinem Nachtclub arbeiten kann? Lust dazu hätte ich. Ob Clarissa in Bibers Nachtclub arbeitet? Was hat Qualle vor? Das ist mir egal. –

Ich habe mich aus meinem Lieblingssessel hochgearbeitet und habe Clarissa im Hotel angerufen. Clarissa? Ich komme nicht ins Hotel zurück. Mein Haus ist o. k., vorläufig: habe ich gesagt. Clarissa hat gesagt: Is gut, Feder. Ich bezahle das Hotel nur für einen Tag. Biber hat schon angerufen. Er kommt auch nich mehr her. – Ich habe gesagt: Hast du Qualle gesehen? – Nee: hat Clarissa gesagt: Ich hau gleich ab. Soll er machen, was er will. – Wohin gehst du?: habe ich gesagt. Clarissa hat gesagt: Ich hab Biber gefragt, ob ich bei ihm wohnen kann. Er hat abgelehnt. – Ich habe gesagt: Vielleicht kannst du bei mir wohnen. – Vielleicht, vielleicht!: hat Clarissa gesagt: Das meinst du doch nicht ernst, Feder. Ihr seid alle beide feige Ärsche, du und Biber. Aber es is auch besser so. Ich glaub nich, daß ihr in euren Häusern bleiben dürft. Dann müßt ich gleich wieder umziehen. – Ich habe gesagt: Clarissa, ich meine das ernst. Du kannst sofort herkommen. – Neenee: hat Clarissa gesagt: Ich mach mich selbständig. Ich hab die Lucie aus meiner alten Tanztruppe angerufen. Meine alte Truppe gibt's nich mehr, aber die Lucie gibt's noch. Sie hat 'n Nachtclub. Ich kann bei Lucie wohnen und in ihrem Club arbeiten. – Ich habe gesagt: Du wolltest doch bei Biber einsteigen. – Clarissa hat gesagt: Das is nich mehr nötig. Soll ich etwa für Biber

anschaffen gehen? – Was heißt anschaffen: habe ich gesagt: Ich denke, du willst tanzen. – Was heißt tanzen!: hat Clarissa gesagt: Glaubst du etwa, damit kann ich Kohle machen? – Wie ist die Adresse von Lucie: habe ich gesagt. Clarissa hat gesagt: Guck ins Telefonbuch. Lucies Bar. – Ich habe gesagt: Wenn ich Bar höre, wird mir schlecht. Ich bin froh, daß ich aus der Bar raus bin. – Aus *der* Bar, ja: hat Clarissa gesagt: Kannst mich in Lucies Bar mal besuchen. Dann zahlst du aber! – Ich habe gesagt: Hast du keine Angst vor Dogge? – Nö: hat Clarissa gesagt: Den stellen sie vor Gericht, das kannst du mir glauben. Der soll meinetwegen im Knast verfaulen. – Ich habe gesagt: Der kann dir aus dem Knast seine alten Gorillas auf den Hals schicken. – Clarissa hat gesagt: Lucie hat selber Gorillas. Die passen schon auf. Außerdem – wo leben wir denn! Schließlich gibt's 'ne Polizei. Hast du ja gesehen. – Ich habe gesagt: Du mußt dich von Dogge scheiden lassen. – Mit Kußhand: hat Clarissa gesagt: Kein Problem. Das versteht doch jeder, daß ich nich mit einem Verbrecher verheiratet sein will. Ich hab nix Schlimmes gemacht. Aber Dogge. Da brauch ich bloß auszupacken. – Ich habe gesagt: Das würde ich an deiner Stelle nicht tun. Sonst reißt du Biber mit rein. Und mich. – Ich werd's mir überlegen: hat Clarissa gesagt: Jedenfalls mit Dogge hab ich nix zu tun. Der hat mich zur Ehe gezwungen. Der hat mich eingesperrt. Der hat mich geschlagen und vergewaltigt. Freiheitsberaubung war das! Sexueller Mißbrauch! Wart nur. Dem werden sie schon die Eier langziehen. – Ich habe gesagt: Die Hammelbeine meinst du. – Das is mir egal: hat Clarissa gesagt: Meinetwegen die Hammelbeine *und* die Eier. Ich bin jetzt frei! Das is 'n ganz geiles Gefühl. Von mir aus sollen sie Dogge die Rübe abhacken. Verdient hätt er's. Und Ratte gleich mit. Dieser Drecksau. Das hab ich dir nie erzählt, weil ich Angst hatte. Ratte hat mich flachgelegt. Im Auto! Sitzlehnen runter und auf mich drauf. Ich hab zu ihm gesagt: Das erzähl ich Dogge, daß du Sau mich vergewaltigt hast. – Ratte hat bloß gelacht. Er hat gesagt: Was meinst du wohl, wem Dogge glaubt, einer Nutte oder einem alten Freund und Kampfgefährten. Ich sag Dogge, daß du mir im Auto an den Schwanz gegangen bist. Daß ich dir eine geknallt hab und gesagt: Clarissa, laß das! – Stell dir das mal vor, Feder! Von da ab hatte Ratte mich in der Hand. Ich weiß nich mehr, wie oft der seinen Saft bei mir abgeschlagen hat. Immer im Auto! Wenn der sich mal in Lucies Bar verirrt, dem laß ich die Eier mit'm abgeschlagenen Flaschenhals amputieren. – Ich habe gesagt: Das ist ja furchtbar. – Das kannste laut sagen: hat Clarissa gesagt: Die einzigen, mit denen ich's freiwillig gemacht hab, waren Biber, der Barkeeper, der Koch und du. – Ich verstehe: habe ich gesagt. Clarissa hat gesagt: Gar nix verstehst du. Meine Scheiß-Ehe mit Dogge war ein Mar ... Mar ... – Martyrium: habe ich gesagt. Genau das: hat Clarissa gesagt: Die ganze Zeit bei dieser Truppe war 'ne Marter. Immer Angst. Immer Zwang. Manchmal mußt ich an ein und demselben Tag für Ratte *und* für Dogge die Beine breitmachen. Ich war noch naß von Ratte, und Dogge, dieser Arsch, hat zu mir gesagt: Clarissa, du bist 'ne heiße Nummer, ganz naß. – Jetzt is endgültig Schluß damit. Das is 'ne richtige Befreiung für mich. Ich bin endlich wieder mein eigner Herr.

Wenn Biber nich gewesen wär, hätt ich mich aufhängen können, als Frau. Biber war der einzige, der mich wirklich geliebt hat. Aber damit isses jetzt auch vorbei. Ich brauch Biber nich mehr. – Ich habe gesagt: Vielleicht braucht Biber dich. – Ach, Scheiße, hat Clarissa gesagt: Biber braucht überhaupt niemanden. Der war lieb und nett, 'ne Notlösung für mich. Damit hat sich's. Ich will frei über meinen Körper bestimmen, und das kann ich jetzt. Ich liebe überhaupt keine Männer mehr. Ich laß mir nur noch ihr Geld geben, wenn sie mir gefallen, und dafür kriegen sie Sex, das is alles. Freiheit, verstehst du? – Ich verstehe: habe ich gesagt.

Am Nachmittag, am frühen, hat es an meiner Haustür geläutet. Ich habe gedacht: Jetzt schmeißen sie mich raus. Jetzt holen sie mich ab. – Ich habe geöffnet, und vor mir hat ein Mann gestanden, der mir bekannt vorkam. Er hat gesagt: Wir kennen uns aus Bibers Büro. Kann ich reinkommen? – Bitte: habe ich gesagt. Ich bin ungeheuer mißtrauisch gewesen, aber langsam hat es mir gedämmert. Das ist tatsächlich einer von Bibers Leuten gewesen, also von Bibers früheren Leuten. Der Mann hat keinen Namen gesagt, nur: Bitte keine Fragen. Und bitte Stillschweigen bewahren. – Ich habe den Mann ins Wohnzimmer geführt. Wollen Sie was trinken?: habe ich gesagt. Einen Whisky, wenn es geht: hat der Mann gesagt.

Der Mann hat gesagt: Wir haben eine Wohnung für Sie. Nicht allzu groß, aber ausreichend. Und sehr billig! Es ist besser, Sie geben das Haus auf. Irgendwann müssen Sie hier raus, und es ist von Vorteil, wenn Sie schon vorher weg sind. Die neue Wohnung liegt auch viel günstiger. Mitten in der Stadt. Nehmen Sie nur mit, was Ihnen persönlich gehört. Die neue Wohnung ist vollständig eingerichtet. Möbel brauchen Sie nicht, auch wenn Sie eigene Möbel besitzen. Es sieht besser aus, wenn Sie ohne Möbel umziehen. – Und mein Auto?: habe ich gesagt. Das lassen Sie auch hier: hat der Mann gesagt: Ich hole Sie morgen nachmittag mit einem kleineren Wagen ab, den können Sie dann behalten. Leihweise. Er gehört uns und ist auf einen anderen Namen zugelassen. Steuer und Versicherung bezahlen wir. – Das ist ja ... phantastisch: habe ich gesagt. Der Mann hat gesagt: Wir kümmern uns um unsere Leute. Das ist Ehrensache. Also dann, morgen nachmittag um vier. – Ich habe gesagt: Ich danke Ihnen. – Ach, ehe ich es vergesse: hat der Mann gesagt: Hier ist Geld. Fürs erste. – Er hat mir ein halbes Jahresgehalt auf den Tisch geblättert und ist aufgestanden und hat gesagt: Einer für alle, alle für einen. Es wird keiner vergessen. – Das Geld habe ich sofort eingesteckt.

In der Nacht zum Freitag habe ich schlecht geschlafen. Einerseits bin ich froh gewesen, andererseits habe ich Angst gehabt. Ich habe an Dogge denken müssen. Dogge hatte seine Gorillas immer nachts losgeschickt, wenn jemand geschnappt werden sollte. Machen die anderen das auch so? Ob ich die Nacht heil überstehe?: habe ich gedacht. Am Freitag bin ich sehr früh aufgestanden. Meine persönlichen Sachen hatte ich ja schon gepackt und in meinem Auto verstaut. Ich bin von einem Zimmer ins andere gewandert und habe Abschied genommen von meinem Haus.

Gegen halb neun habe ich ein Taxi bestellt und bin zum Polizeipräsidium gefahren. Vor der Tür haben Biber und Clarissa gestanden. Punkt zehn sind wir hineingegangen und haben uns gemeldet. Der Polizist, der am Donnerstag unsere Personalien notiert hatte, ist zu einem Schrank gegangen und hat eine Mappe geholt. Er hat bloß: Name?: gesagt, hat mich angesehen und hat eine Notiz gemacht. So ging es auch bei Biber und Clarissa. Am Ende hat er gesagt: Täglich um zehn

Uhr hier melden, bis auf weiteres. Und Sie dürfen die Stadt nicht verlassen. – Biber und Clarissa haben nichts gesagt. Ich habe: Wiedersehen!: gesagt, und wir sind abgedampft.

Vor der Tür sind wir auf Qualle gestoßen. Qualle hat gesagt: Seid untertan der Obrigkeit ... und leckt ihr den Arsch. – Jetzt hat Clarissa sich gehenlassen und hat gesagt: Da bist du ja richtig. – Qualle hat sie keines Blickes gewürdigt, hat nur zu Biber gesagt: Ein schweinisches Pack seid ihr, mich einfach im Hotel sitzenzulassen ohne Geld. – Clarissa hat gesagt: Du schuldest mir für einen Tag die Hotelkosten, falls du *das* meinst. – Biber hat gesagt: Gott, der Herr wird sich deiner annehmen in seiner Gnade. – Ich habe nichts gesagt. Qualle hat uns grußlos stehenlassen und ist ins Präsidium gerauscht.

Trinken wir irgendwo 'n Kaffee?: habe ich gesagt. Clarissa ist sofort einverstanden gewesen, Biber erst nach einigem Zögern.

Im Café habe ich mir erst einmal ein großes Frühstück bestellt. Ich ziehe übrigens heute nachmittag um: habe ich gesagt. Biber hat gesagt: Ich auch. – Clarissa hat gesagt: Ich hab mich schon bei Lucie einquartiert. – Dann ist ja alles in feinster Butter: hat Biber gesagt: Feder, gibst du mir deine neue Adresse? – Die weiß ich noch nicht: habe ich gesagt. Clarissa hat gesagt: Du hast 'ne neue Wohnung und weißt die Adresse nicht? – Biber hat gesagt: Hier! Ich geb euch meine neue Adresse. Ruft mich mal an. Aber Vorsicht, Feind hört mit. – Die doch nich!: hat Clarissa gesagt: Recht und Ordnung! Aber jetzt mal ehrlich. Woher habt ihr so schnell neue Wohnungen? – Biber hat gesagt: Betriebsgeheimnis. – Ich habe gesagt: Sobald ich meine Adresse weiß, sag ich dir Bescheid, Biber. Dir auch, Clarissa. – Ich bin nich scharf drauf: hat Clarissa verschnupft gesagt.

Biber hat eine Zeitung vom Haken genommen, mit dem rechten Handrücken auf die Titelseite geschlagen und gesagt: Der Niedergang unserer Sache! Ganz groß! Das Schlupfloch ausgehoben! Dogge im Haftkrankenhaus! – Und wir?: hatte Clarissa erschreckt gesagt. Biber hat gesagt: Legst du Wert auf namentliche Erwähnung? – Clarissa hat gesagt: Um Gottes-willen! – Biber hat weitergelesen und hat gesagt: Wir kommen gar nicht vor. Außer ... Moment mal. Hier! Weitere Angehö-
rige der Organisation befinden sich unter Polizeiaufsicht! Die Ermittlungen haben begonnen! – Das ist alles. –

Mein Umzug aus dem Haus in die neue Wohnung ist der leichteste und schwerste Umzug meines bisherigen Lebens gewesen. Ich habe die beiden Koffer aus meinem Auto in das neue Auto gepackt und fertig. Aber ich habe mich kaum von meinem Haus trennen können. Wenn sie mir wenigstens ein anderes, kleineres Haus gegeben hätten. Das neue Auto ist nicht nur kleiner als meines, sondern ein Kleinwagen. Nur ein Koffer hat in den Kofferraum gepaßt. Den anderen Koffer mußte ich auf die Rücksitze hieven, und zwar durch die Vordertür, über die Rückenlehnen der Vordersitze. Ich habe nichts gesagt. Wenigstens ist es ein Auto: habe ich gedacht. Vor der Abfahrt hat der Mann gesagt: Haben Sie das Haus und die Garage abgeschlossen? – Ja: habe ich gesagt. Die Schlüssel bitte!: hat der Mann gesagt. Ich habe ihm meine Haus-, Garagen- und Autoschlüssel gegeben, ich habe gesagt: Was passiert damit? – Der Mann hat gesagt: Das wird zentral erledigt. – Aha: habe ich gesagt. Ich habe gedacht: Die haben also immer noch eine Zentrale. – Gefragt habe ich nichts mehr.

In der Innenstadt, in einer Nebenstraße, in einem geschmacklosen Neubau im dritten Stock ist meine neue Wohnung. Immerhin hat das Haus einen Fahrstuhl.

Der Mann hat mir die Wohnung aufgeschlossen, hat mir die Schlüssel gegeben und hat gesagt: Tritt ein, bring Glück herein. – Das hat ein Witz sein sollen. Der Mann hat mir die Autopapiere gegeben und einen Zettel und hat gesagt: Meine Telefonnummer, wenn irgend etwas ist. Sie können mich Adam nennen. – Dann hat er vor der Wohnungstür kehrtgemacht. Ich habe meine Koffer in den schmalen Korridor gestellt und die Tür geschlossen. Uff! Ganz langsam bin ich in die Küche gegangen. Einbauküche. Im Kühlschrank Bier. Ich bin ins Bad gegangen. Es hat nach Putzmittel gerochen. Ich bin ins Schlafzimmer gegangen. Gardinen wie bei meiner Großmutter. Ich bin ins Wohnzimmer gegangen. Gardinen und Möbel wie bei meiner Mutter. Die ganze Wohnungseinrichtung etwas besser als in unserem Bunker. Wer hat diese Wohnung eingerichtet?: habe ich mich gefragt: Biber? In der guten alten Zeit? Wahrscheinlich. – Plötzlich ist das ganze Elend meiner neuen Situation über mich gekommen. Das ist also das Ende: habe ich gedacht: Nein! Das ist der Anfang! Kopf hoch! Ich lebe! Ich bin frei! Auch, wenn ich die Zimmerdecke mit Händen greifen kann. Auch, wenn die Fenster so klein sind. Auch, wenn auf dem Klingelschild ein anderer Name steht. Derselbe Name wie in den Autopapieren. Hauptsache, ich habe die Wohnungs- und Autoschlüssel. –

Ich bin nach 10 Minuten aus der Wohnung gegangen. Spazierengehen. Luft schnappen. Die Straße erkunden.

Unterwegs habe ich gedacht: Nicht vergessen, jeden Tag um 10 Uhr ins Polizeipräsidium! – Und: Haben sie Qualle auch so eine neue Wohnung gegeben? Sicher. – Und: Was wohl mit dem Bunker geschehen ist? Haben die anderen den Bunker gesprengt? Oder halten sie den in Ordnung? Für wen? – Und plötzlich: Was ist, wenn mir Ratte über den Weg läuft? Oder Wanze? Neenee. Die laufen nicht einfach durch die Stadt. – Mit Dogge und Natter habe ich nicht gerechnet. Ich habe gedacht: Die sitzen fest. Aber was ist mit dem Barkeeper? Dem schulde ich ein Feuerzeug und eine Schachtel Zigaretten. Und der Koch? Kein Problem. Den kenne ich gar nicht. – Eines aber ist mir sonnenklar gewesen. Daß ich bestimmt auf den einen oder anderen Gorilla stoße. Die trotten durch die Gegend und suchen eine artverwandte Beschäftigung. Arbeit gibt es genug. Jeder Juwelier und jede Bank und jeder Puff braucht einen Wachschutz: habe ich gedacht. Und: Was treiben Wanzes Spitzel? Für wen spitzeln die Spitzel jetzt? Oder wechseln sie vielleicht den Beruf? Nee. Spitzel ist Spitzel. Womöglich wird der eine Privatdetektiv, und der andere wird Fahrkartenkontrolleur. Gute Schnüffler werden immer gebraucht. – Ich habe mich gefragt: Aber was kann *ich* machen? Zu meiner alten Zeitung, wo ich Viktor hatte, kann ich nicht gehen. Die nimmt keine Zeile mehr von mir. Die lassen mich eventuell gar nicht ins Haus. Die Zeitung von unserer Truppe ist am Montag zum letzten Mal erschienen. Die existiert nicht mehr. Ob die Zentrale daran denkt, unser Blatt neu auf die Beine zu stellen? Dann hätte ich eine Chance. – Ich habe gar nicht gewagt, an das alte große Haus mit der schweren Tür zu denken, wo wir alle gearbeitet haben, der Chef, Dogge, Biber, Kralle, Qualle, Ratte, Natter und Wanze, die Gorillas und die Spitzel. Ob die anderen wohl schon den Schießstand und die Zellen im Keller inspiziert haben? Ich habe mir gesagt: Auf keinen Fall gehe ich in die Nähe unseres alten großen Hauses. Ich kann höchstens Adam nach unserem Haus fragen. Aber natürlich nicht am Telefon. – Ich habe mich gefragt: Was sollte Adams Satz: Meine Telefonnummer, wenn irgend etwas ist –: bedeuten? Wenn *was* ist! Bezieht sich das Was auf die neue Wohnung? Oder auf das neue Auto? – Dabei ist mir eingefallen, daß Adam kein Wort darüber verloren hat, wer meine neue Wohnung saubermacht. Soll ich das etwa selber tun? – Bei diesem Gedanken ist mir so flau geworden, daß ich in eine Kneipe am Ende meiner neuen Straße gegangen bin. Meine elende Lage ist mir wieder schmerzlich bewußt geworden. Ich habe mir einen Whisky und einen Kaffee bestellt. Ja: habe ich mir gesagt: Was kann *ich* machen? Ich werde nicht mehr gebraucht. Die Jahre beim Chef sind umsonst gewesen. Verfehlt und vertan. Ich stehe ohne Perspektive da. Und das in meinem Alter. Ich bin doch noch jung, relativ. Irgendwann ist mein Geld verbraucht. Bringt Adam dann neues? Oder heißt es, ich hätte genug Zeit gehabt, mich auf eigene Beine zu stellen? – Nach dem Whisky und dem Kaffee habe ich mich wohler gefühlt. Ich habe mir gesagt: Nur nicht den Mut verlieren. Die Zentrale läßt mich nicht hängen. Letzten Endes habe ich auch noch Biber. –

Vor der Kneipe ist ein Taxistand. Mir ist der Schreck in die Glieder gefahren, als ich den Fahrer im ersten Taxi sah. Ohne nachzudenken bin ich in das Taxi gestiegen und habe gesagt: Fahren Sie los. – Der Fahrer hat mich von der Seite angesehen und ist gestartet. Ehe ich etwas sagen konnte, hat er sein Funktelefon abgeschaltet. Ich habe gesagt: Sie sind doch der ehemalige Fahrer von Dogge! – Der Fahrer hat gesagt: Das vergessen wir mal lieber. – Daraufhin habe ich geschwiegen. Ich mußte nur staunen: Der hat es aber schnell geschafft! – Der Fahrer hat gesagt: Wo soll's denn hingehen. – Ich habe gesagt: Eigentlich nirgends. – Das ist sehr weit: hat der Fahrer gesagt. Entschuldigen Sie: habe ich gesagt: Setzen Sie mich hier ab. – Ich habe ihm den doppelten Preis gezahlt und bin ausgestiegen. Bis bald!: habe ich gesagt. Der Fahrer hat gesagt: Nur im Notfall. –

Zu Hause habe ich mir das Telefon gegriffen und Biber in seiner neuen Wohnung angerufen. Biber hat sich nicht gemeldet. Aber in seinem alten Haus habe ich ihn an die Strippe gekriegt. Du wolltest doch heute nachmittag umziehen: habe ich gesagt. Wollte!: hat Biber gesagt: Ich will aber nicht mehr. – Ich habe gesagt: Wie soll ich das verstehen. – Ganz einfach: hat Biber gesagt: Ich habe keine Lust. Ich warte, bis die mich hier rausschmeißen. Die neue Wohnung bleibt vorläufig menschenleer. – Ich habe gesagt: Jungejunge. Du hast Nerven. – Biber hat gesagt: Eben nicht. Ich halt's nicht aus in der neuen Wohnung. Das reinste Rattenloch. Übrigens verwanzt. Noch aus Wanzes Zeiten. Wenn die anderen wollen, können sie dich furzen hören. – Ich habe gesagt: Das wollen die nicht. – Man weiß nie: hat Biber gesagt: Die haben unser schönes altes großes Haus übernommen. Wenn sie nicht blöde sind, schalten sie die Anlage ein. – Ich habe gesagt: Dann können sie auch hören, was wir gerade sagen. – Sicher: hat Biber gesagt: Die Telefone sind auch undicht. Aber mir ist das egal. – Auch dein Haus hat Ohren: habe ich gesagt. Na gewiß doch: hat Biber gesagt: Aber legal ist das nicht. Hast doch gehört, was Clarissa gesagt hat: Recht und Ordnung. – Anfangen dürfen die mit den Abhörprotokollen nix. Es sei denn ... – Was: habe ich gesagt. Biber hat gesagt: Es gibt 'n richterlichen Beschluß. Im Rahmen der Ermittlungsverfahren gegen uns. – Gegen uns!?: habe ich gesagt: Gibt's was zu ermitteln gegen mich? – Darauf kannst du dich verlassen: hat Biber gesagt: Gegen mich sowieso. – Das ist ja alles ganz furchtbar: habe ich gesagt. Biber hat gesagt: Wird alles nicht so heiß gegessen. Außerdem, wir kennen doch Anwälte, oder? Hast du die vergessen? – Ob die zugelassen werden: habe ich gesagt. Biber hat gesagt: Warum nicht. Anwalt ist Anwalt. Die haben doch nur ihre Berufspflicht getan. Haben sogar verschiedenen Leuten geholfen, gegen Dogge etcetera. – Soll das ein Witz sein?: habe ich gesagt. Das ist mein voller Ernst: hat Biber gesagt: Das weiß ich. Das kann jeder mithören. – Na wunderbar: habe ich gesagt. Biber hat gesagt: Ein bißchen vorsichtig mußt du natürlich sein. Beim Telefonieren. Falls Qualle dich anruft oder Ratte ode Wanze. Aal wird ja nicht unbedingt anrufen. –

An dem Abend bin ich wieder vollkommen abgesackt. Nicht einmal frei telefonieren kann ich: habe ich gedacht: Und diese Scheißbude verwanzt. Was ist das für ein Leben. – Ich habe nicht einmal Lust auf Whisky gehabt. Oder auf eine Frau. Ich habe mich ins Bett gelegt und nicht einschlafen können. Mir ist wieder durch den Kopf gegangen, daß die anderen unsere Spitznamen kannten. Irgendein Schwein hat sich durch Verrat rechtzeitig saniert: habe ich gedacht: Und ich? Ich habe mir geschworen, den Mund zu halten. Auch Biber hält den Mund, da bin ich ganz, ganz sicher. – Ich bin einfach nicht von dem Gedanken losgekommen, daß Ratte der Verräter ist. Wahrscheinlich sitzt Ratte in einem weichen Versteck, das die anderen ihm gebaut haben, und plaudert alle unsere Geheimnisse aus: habe ich gedacht: Zum Verrücktwerden ist das! Ich bin geliefert! Biberbiber, warum sind wir nicht rechtzeitig aus der Bar abgehauen, durch den zwoten Ausgang zum Fluß, zusammen mit Clarissa. Du hattest doch den Schlüssel, Biber! Statt dessen haben wir uns den Kopf über Dogge zerbrochen und haben Clarissa gebumst und haben gesoffen. Wir Idioten! – Aber ich habe mir leider auch sagen müssen: Wenn die anderen den Eingang zum Bunker kannten, dann kannten sie auch den Ausgang zum Fluß. Von Ratte, dieser Sau. Dann standen auch dort welche und haben mit ihren MPis auf uns gelauert. Das wäre wahrscheinlich sehr viel übler ausgegangen. Wo ist Ratte! Den müßte man rechtzeitig kaltmachen. Und wo ist Wanze! Der weiß auch zuviel. Von Aal ist weniger zu befürchten. Der hat es nicht nötig, sich den anderen an den Hals zu schmeißen. Der ist weit weg, dem geht es gut. –

Ich wohne jetzt schon 9 Monate in meiner neuen Wohnung.
Nach den ersten 6 Monaten war Adam da. Er hat gesagt: Brauchen Sie etwas? – Ja: habe ich gesagt: Geld. – Das habe ich mir gedacht: hat Adam gesagt: Bitte sehr, hier. – Er hat mir wieder ein halbes Jahresgehalt auf den Tisch gepackt. Er hat gesagt: Und sonst? – Alles in Ordnung: habe ich gesagt.

Ich habe ihm natürlich nicht erzählt, daß ich alles aufschreibe, was mir widerfahren ist. Ich schreibe es nur für mich auf. Ich *muß* irgend etwas schreiben. Ich bin Journalist! Wenn ich nicht schreibe, werde ich in dieser sogenannten Wohnung verrückt. Aber ich werde auch verrückt, wenn ich daran denke, daß alles, was ich schreibe, nie gedruckt werden kann. Hauptsache, ich denke nicht daran, während ich schreibe.

Ich bin in dieser Bude impotent geworden. Anders ausgedrückt, ich hatte zwar noch Lust auf Sex, aber ich bring's nicht mehr. Monatelang war mir der Gedanke an Sex nicht gekommen. Aber eines Abends hatte ich im Fernsehen einen Pornofilm erwischt und hatte gedacht: Probier's halt. – Ich hatte daraufhin in Lucies Bar angerufen und nach Clarissa gefragt. Clarissa war gleich ans Telefon gekommen. Hast du Zeit, Clarissa: hatte ich gesagt: Ich hab Lust, dich zu besuchen. – Clarissa hatte gesagt: Das finde ich sehr, sehr schön, Feder. Komm her. Ich warte. –

Die Bar von Lucie ist phantastisch. Groß, halb dunkel, viele Nischen mit 2er-Tischen. Tolle Musik. Striptease. Clarissa ist mir um den Hals gefallen und hat zu Lucie gesagt: Champagner! – Zu mir hat sie gesagt: Is dir doch recht, Feder? – Wir haben getrunken, und ich dachte: Clarissa sieht scharf aus in ihrem luftigen Fummel. – Clarissa hat gesagt: Willst du aufs Zimmer? – Na und ob!: habe ich gesagt. Clarissa hat den

Champagner und die Gläser auf das Zimmer bringen lassen und hat zu mir gesagt: Das kostet dich was! – Is o. k.: habe ich gesagt. Als wir ausgezogen waren und auf dem breiten Bett lagen, hat Clarissa mir Zeit gelassen. Aber schließlich hat sie gesagt: So 'n Liebesstündchen vergeht schnell. Willst du nich? Oder kannst du nich. – Kurz und gut, ich hab keinen hochgekriegt. Auch nicht mit Clarissas Hilfe. Sie hat von mir abgelassen und hat gesagt: Was is'n mit dir los! Du warst doch sonst immer gut drauf. – Ich hab bloß mit den Schultern gezuckt. Tja!: hat Clarissa gesagt: Ziehen wir uns halt wieder an. Die Zeit is um. –

Seit diesem Desaster habe ich keine Lust mehr. Ich bin wie abgestorben. Mit mir ist es aus.

Ich weiß nicht, was ich mit meiner Zeit anfangen soll, wenn ich mit dem Schreiben aufhöre. Ich muß ja irgendwann aufhören, denn es gibt nichts mehr zu schreiben. Ich sehe und höre nichts. Ich rede mit niemandem. Worüber sollte ich denn noch schreiben. Ganz abgesehen davon, daß ich nur für die Schublade schreibe. Ich bin Journalist. Ein Journalist, der nichts erfährt und der nicht gedruckt wird, ist kein Journalist.

Ich bin leer. Ich habe nur noch drei Dinge im Kopf – essen, trinken und essen.

Ich habe daran gedacht, mir das Leben zu nehmen. Ich weiß bloß nicht, wie ich das anstellen soll.

Was mich besonders runterzieht, ist das Putzen meiner Wohnung. Adam hat mir keine Putzfrau geschickt. Es passiert öfter, daß ich 3–4 Wochen lang nicht putze. Wie es dann zum Beispiel in der Küche aussieht, will ich nicht extra aufschreiben. Nur, daß ich mir einen Pfad durch Müll und Abfälle trampeln muß. In meinem Schlafzimmer schlafe ich wie in einer steinzeitlichen Höhle. Ich öffne das Fenster nicht. Ich rauche im Bett. Die Bettwäsche wechsle ich höchstens alle zwei Monate. Keine Lust. Der Zigarettenrauch übertönt Gottseidank alles andere. Im Wohnzimmer ist der Teppich total versaut, weil ich die Zigarettenasche und die Kippen einfach auf den Boden schmeiße. Ich kann nicht mehr in meine Badewanne steigen, weil ich von dem Dreck darin ausrutsche. Das Klo ist der schlimmste Ort. Ich ekle mich davor, pissen zu gehen. Ich trinke aber viel Bier. Dann pisse ich im Bad ins Waschbecken. Hoffnungslos.

Außer Adam lasse ich niemanden in die Wohnung. Als Adam vor 3 Monaten Geld gebracht hat, war die Bude zufällig halbwegs sauber. Halbwegs!

Von Biber kommt kein Mucks. Er ruft mich nicht an, ich rufe ihn nicht an. Keine Ahnung, wie der seine Brötchen verdient.

Clarissa habe ich seit der Pleite in Lucies Bar nicht mehr gesprochen. Soll ich mir ihre Sprüche anhören? Bruder Schlappschwanz! Das kenne ich aus ihren Erzählungen über Dogge.

Kürzlich lag in meinem Briefkasten eine Broschüre. Überschrift: Gemeindeblatt. Ich wollte das Ding schon in die Ecke knallen, da fiel mein Blick auf einen Artikel von Qualle! Ich dachte, ich falle aus allen Wolken. Qualle schreibt! Und worüber? Über Religion und Gesellschaft! Das kann doch nicht wahr sein: dachte ich. Jetzt habe ich mir das Blättchen genauer angesehen. Vorträge im Gemeindesaal! Mit Adresse und Telefonnummer. Ich habe angerufen, und Qualle war an der Strippe. Komm doch morgen zu uns!: hat Qualle gesagt: Wir treffen uns jeden Donnerstag. – Warum gerade donnerstags?: habe ich gesagt. Qualle hat gesagt: Weil wir an einem Donnerstag aus unserer Heimstatt vertrieben wurden. Unser Motto ist Besinnung und Aufbruch. – Na schön: habe ich gesagt: Ich komme. – Das freut mich: hat Qualle gesagt: Wir sind nicht wenige. Du wirst so manchen wiedererkennen. Wir nehmen dich in unseren Kreis und in unser Gebet auf. –

Am darauffolgenden Donnerstag war ich dort. Der Gemeindesaal ist das Hinterzimmer einer Kneipe. Ich bin beinahe aus den Latschen gekippt, denn der Kneipenwirt ist unser schöner Barkeeper aus dem Bunker, und in der Küche schwingt unser Bunkerkoch die Schöpfkelle. Der Barkeeper war nicht erfreut, mich wiederzusehen, aber er war höflich und hat kein Wort über die Bunkernacht verloren. Er ist in die Küche gegangen, um ein Bauernfrühstück für mich zu ordern. Der Koch hat mir das Bauernfrühstück eigenhändig an den Tisch gebracht, scheißfreundlich. Ich dachte: Alles neu macht der Mai. –

Qualle hat mir auf die Schulter gehauen und hat gesagt: Welche Freude, dich bei uns zu wissen. – Nach dem Essen habe ich meinen Standort ins Hinterzimmer verlegt. Ich habe mich gleich neben der Tür in die letzte Reihe gesetzt. Kurz vor 8 war die Bude voll. Die meisten Kerle habe ich gekannt, aber ich habe nicht jeden Bekannten gegrüßt. Manche hatten ihre Frauen dabei, die kannte ich größtenteils nicht. Ich habe mindestens 10 alte Gorillas gezählt, außerdem 5 alte Spitzel, 2 Rechtsanwälte, 2 Sekretärinnen, 1 Fahrer. Sogar aus der

Redaktion unserer Scheißzeitung war einer dabei. Wir haben uns zugenickt. Wahrscheinlich macht der das Gemeindeblatt: habe ich gedacht.

Dem Vortrag von Qualle habe ich, ehrlich gesagt, nicht besonders aufmerksam zugehört. Ich war zu sehr hin- und hergerissen zwischen dem Ekel, alle diese Gestalten vor Augen zu haben, und dem Gefühl der Geborgenheit. Qualle hat mit der Gemeinschaft im Glauben angefangen, mit der Verbundenheit aus gemeinsamer Überzeugung. So hat er geredet. Aus der Verbundenheit im Glauben müsse gemeinsames Handeln entstehen. Nicht ungeschickt: habe ich gedacht: Das kommt mir bekannt vor und klingt doch bißchen anders als früher. – Qualle hat gesagt, wir dürften nicht kraftlos verharren. Wir müßten unsere Hoffnungslosigkeit und unsere Sprachlosigkeit aus der Kraft des Glaubens überwinden. Gemeinschaftlich. Nicht bloß abwarten, was kommt. Sondern das Kommende gestalten.

Ich habe Ausschau danach gehalten, ob jemand raucht. Offiziell saßen wir zwar im sogenannten Gemeindesaal, aber für mich war das auch das Hinterzimmer einer Kneipe. Aschenbecher hat es natürlich nicht gegeben. Wo auch. Es hat niemand geraucht. Trotzdem habe ich mir eine Zigarette angesteckt. Allerdings nicht mit dem Feuerzeug des Barkeepers, das ich im Bunker vom Tresen genommen hatte. Sondern ich hatte mir längst ein besseres gekauft.

Am Ende hat die ganze Meute ziemlich lange geklatscht. Schließlich hat Qualle sich ans Klavier gesetzt und hat gesagt: Wir singen gemeinsam. – Das war eine Mixtur aus Choral und Marsch. Ich habe gestaunt, wie viele das Lied kannten.

Der Gesang ist mir auf die Nerven gegangen. Ich bin nach der zweiten Strophe in die Gastsube entwichen und aus der

Gaststube in die Toilette. Es war herrlich, sich zu erleichtern. Ich mußte denken: Pissen ist unter Umständen schöner als ficken. – Auf dem Rückweg in die Gaststube habe ich eine Schachtel Zigaretten gezogen. In der Gaststube bin ich zum Wirt gegangen, zu unserem sauberen Barkeeper aus Bunkers Zeiten, und habe zu ihm gesagt: Ich schulde Ihnen eine Schachtel Zigaretten und ein Feuerzeug. – Mit diesen Worten habe ich ihm die Zigaretten und mein Feuerzeug auf den Tresen gelegt. Der Barkeeper, der Wirt, der neue, hat wie aus der Pistole geschossen gesagt: Das wäre doch nicht nötig gewesen! – Ich habe gesagt: Für mich schon. – Am Tresen kam Qualle auf mich zu und hat gesagt: Willst du nicht bei uns mitarbeiten? Wir brauchen gute Leute. – Ich weiß nicht so recht: habe ich gesagt. Qualle hat gesagt: Du bist ein erfahrener Journalist. Du könntest unser Gemeindeblatt auf Vordermann bringen. Es soll umfangreicher und gehaltvoller werden. Wir wollen auch Fotos bringen. – Ich habe gesagt: Ich überleg's mir. – Qualle hat gesagt: Das wäre sehr, sehr wichtig. Wir gehören doch trotz mancherlei Mißhelligkeiten zusammen. – Mal sehen: habe ich gesagt. Gedacht habe ich: Hat Qualle einen Auftrag von der Zentrale? Hängt von meiner Antwort die weitere Geldlieferung ab? – Qualle hat gesagt: Du könntest auf diese Weise deine Selbstisolation überwinden. Es ist nicht gut, daß der Mensch allein sei. Gemeinsam sind wir stark. – Ich habe nachdenklich geschwiegen. Ich habe gedacht: Wenn du wüßtest, wie du mich ankotzt, Qualle! Woher weißt du Arsch, daß ich isoliert bin? –

Neben Qualle hat sich plötzlich der Hausmeister an die Theke geschoben, der in dem Haus, wo ich jetzt kampiere, jeden Freitag das Treppenhaus putzt. Er hat mich schmierig angegrinst, und ich habe zurückgegrinst. Dieser Kerl war mir im Treppenhaus von Anfang an bekannt vorgekommen. Jetzt ist es mir wie Schuppen von den Augen gefallen: Das war einer von Wanzes kleinen Spitzeln! Diese Schabe rennt zu den Gemeindeabenden von Qualle! Wahrscheinlich hat der das Gemeindeblatt in meinen Briefkasten gesteckt. –

Nachdem dieser Schlüssellochgucker mit seinem Bier abgezischt war, habe ich leise zu Qualle gesagt: Was macht eigentlich Biber? – Qualle hat hinter vorgehaltener Hand gesagt: Biber hat seine Firma gegründet. Ganz groß! Er wohnt noch immer in seinem Haus. Leider meidet er unsere Gemeindeabende. – Aha: habe ich gesagt. Nach Dogge und Natter brauchte ich nicht zu fragen. Ich hatte in der Zeitung gelesen, daß gegen beide ein Prozeß vorbereitet wird. Qualle hat gesagt: Weißt du was? Besuch mich doch mal privat. Wir machen einen schönen Spaziergang. Hier ist meine Adresse. Ruf vorher an. – Ich habe den Zettel weggesteckt und habe gesagt: Das mach ich gerne. Aber jetzt will ich gehen. Noch bißchen Luft schnappen. –

Auf dem Heimweg dachte ich: Soso. Biber ist bis heute nicht aus seinem Haus ausgezogen. Die anderen haben ihn nicht rausgeschmissen. Und ich Idiot hause in diesem Verschlag, den Adam mir unter der Überschrift Wohnung angedreht hat. – Weiter hat mein Gehirn nicht gedacht. Ich bin nicht darauf gekommen, daß ich wieder in mein eigenes Haus ziehen könnte. Daß da wahrscheinlich noch immer mein eigenes Auto in der Garage steht. Erst zu Hause ist mir das schlagartig eingefallen. Obwohl es schon spät war, habe ich sofort zum Telefon gegriffen und habe Biber in seinem Haus angerufen. Biber!: habe ich gesagt: Warum hast du mir nichts gesagt! – Mal langsam!: hat Biber gesagt: Wovon redest du eigentlich. – Von meinem Haus. Und von meinem Auto: habe ich gesagt. Biber hat gesagt: Weißt du das nicht? – Was!: habe ich gesagt. Biber hat gesagt: Dein Haus ist verkauft. Dein Auto auch. – Ich habe gesagt: Wer kann denn *mein* Haus und *mein* Auto verkaufen! – Die Zentrale: hat Biber gesagt: Du bist doch entschädigt worden. – Wie bitte?!: habe ich gesagt. Biber hat gesagt: Hast du eine neue Wohnung oder nicht. Hast du ein neues Auto oder nicht! Zahlst du Miete? Nein. Zahlst du Kfz-Steuer und Versicherung? Nein. Hat Adam dir ein volles Jahresgehalt in zwei Raten ausgezahlt oder nicht!? – Ich habe gesagt: Ach! So läuft der Hase? – So läuft er: hat Biber gesagt. Ich habe gesagt: Und an wen habt ihr mein Haus und mein Auto verscherbelt? – An Qualle: hat Biber gesagt. Mir ist buchstäblich schwarz vor Augen geworden. Biber hat gesagt: Hallo! Bist du noch dran? – Ich habe gesagt: Ihr seid doch die größten Schweine, die mir in den letzten Jahren begegnet sind. – Biber hat gesagt: Vorsicht, Feder! *Ich* hab *keine* blutigen Hände. Und Qualle auch nicht. Ich habe eine Firma. Und Qualle hat die Gemeinde. – Und wer hat deine Firma finanziert und Qualles Gemeinde?: habe ich gesagt. Biber hat gesagt: Qualle würde jetzt sagen: Schweig und verstumme! – Aber im Ernst. Du fragst doch nicht wirklich, Feder, oder? – Nein: habe ich gesagt: Ich weiß nur, daß ich noch für 3 Monate Geld habe. Dann ist Schluß mit mir. – Biber hat gesagt: Auch mit deiner neuen Wohnung und mit deinem neuen Auto. – Wie meinst du das: habe ich gesagt. Biber hat gesagt: Die Wohnung kostet dann Miete, und das Auto kostet dann Steuer und Versicherung. Aber beruhige dich. Behalten kannst du das Auto, und wohnen bleiben kannst du auch, wenn du zahlst. Ist das etwa nichts? Da muß 'ne alte Frau lange für stricken. – Ich hatte unterdessen den Zettel von Qualle aus der Hosentasche gekramt. In der Kneipe hatte ich den gar nicht gelesen. Tatsächlich! Da stand die Adresse meines Hauses drauf und meine alte Telefonnummer. Zufrieden?: hatte Biber gesagt. Hör zu, Biber: habe ich gesagt: Warum habt ihr das mit mir gemacht? Das ist vielleicht das letzte Mal, daß ich mit dir rede. – Warum denn gleich so theatralisch: hat Biber gesagt: Du hattest es immer gut bei uns. Aber du bist käuflich! Deshalb haben wir das mit dir gemacht. Wir haben dich ausgezahlt, und jetzt können wir dich nicht mehr gebrauchen. Kralle würde sagen: Verwandte sind die Pest. Die glauben immer, sie können alles umsonst haben. – Jetzt habe ich den Hörer auf die Gabel geknallt.

Diese Verbrecher! Die haben es mir gezeigt! Aber ich bin selber schuld. Warum habe ich mich auf die eingelassen. Wie könnte ich doch heute dastehen ohne diese Bande! Wäre ich nur mit Viktor auf und davon! Ich hätte eine Karriere als anständiger Journalist machen können irgendwo.

In der Nacht in meinem schmierigen Bett hatte ich einen saftigen Schüttelfrost. Ich habe zwischen Wachen und Schlafen nur immer gedacht: Jetzt schlage ich zurück! Ich veröffentliche meine Aufzeichnungen! Erstens werde ich davon reich, und zweitens kann ich wieder atmen. –

Am nächsten Morgen war mein Blick wieder klar. Die Veröffentlichung wäre mein Todesurteil.

Heute, genau 3 Tage nach dem Telefonat mit Biber, lag ein anonymer Brief unter meiner Tür: Feder, mach Dein Maul nicht auf, sonst schieben wir Dir Deinen Schuh rein! Du lebst nicht allein auf der Welt! Sag Dir immer: «Ich will nichts! Das ist es, was ich will!» –

Ich muß mir jetzt ’ne Schachtel Zigaretten besorgen.

Hans Joachim Schädlich, 1935 in Reichenbach im Vogtland geboren, arbeitete an der Akademie der Wissenschaften in Berlin, bevor er 1977 in die Bundesrepublik übersiedelte. Heute lebt er wieder in Berlin. Für sein Werk bekam er viele Auszeichnungen, u.a. den Heinrich-Böll-Preis, Hans-Sahl-Preis, Kleist-Preis, Schiller-Gedächtnispreis des Landes Baden-Württemberg, Lessing-Preis, Samuel-Bogumil-Linde-Preis, Großen Literaturpreis der Bayerischen Akademie der Schönen Künste, Bremer Literaturpreis, Corine-Preis und Joseph-Breitbach-Preis.